LIESTALER ZWIELICHT

Ina Haller lebt mit ihrer Familie im Kanton Aargau, Schweiz. Nach dem Abitur studierte sie Geologie. Seit der Geburt ihrer drei Kinder ist sie »Vollzeit-Familienmanagerin« und Autorin. Zu ihrem Repertoire gehören Kriminalromane sowie Kurz- und Kindergeschichten.
www.inahaller.ch

 Ab S. 266 finden sich Rezepte und ein Glossar.

INA HALLER

LIESTALER ZWIELICHT

Kriminalroman

emons:

Bibliografische Information der Deutschen Nationalbibliothek
Die Deutsche Nationalbibliothek verzeichnet diese Publikation in der Deutschen Nationalbibliografie; detaillierte bibliografische Daten sind im Internet über http://dnb.d-nb.de abrufbar.

FSC www.fsc.org
MIX
Papier | Fördert gute Waldnutzung
FSC® C083411

Umschlagmotiv: arcangel.com/Balazs Kovacs
Umschlaggestaltung: Nina Schäfer, nach einem Konzept von Leonardo Magrelli und Nina Schäfer
Umsetzung: Tobias Doetsch
Gestaltung Innenteil: DÜDE Satz und Grafik, Odenthal
Druck und Bindung: CPI – Clausen & Bosse, Leck
Printed in Germany 2024
ISBN 978-3-7408-2043-5
Originalausgabe

Für Mela

Prolog

Sie stieß die Tür auf und strauchelte ins Innere. Mit dem Fuß gab sie der Tür einen Stoß, sie fiel aber nicht ganz zu. Durch den Spalt drang Licht herein und malte einen hellen Streifen auf den Holzboden. Ihre Augen brauchten einen Moment, bis sie sich an die Dunkelheit gewöhnt hatten. Sie stolperte weiter nach rechts. Knapp konnte sie sich am Türrahmen des Arbeitszimmers auffangen. Schwer atmend lehnte sie sich gegen das Holz und starrte in den kleinen Raum. Das Fenster auf der gegenüberliegenden Seite zeichnete sich als helles Rechteck am Boden ab. Sie erkannte die Konturen des Schreibtisches und des Büchergestells an der Wand.

Was war mit ihr los? Die Übelkeit war wie aus dem Nichts aufgetaucht, als sie die Treppe nach oben gelaufen war. Wieso war ihr auf einmal so schlecht? Nicht nur schlecht. Kotzübel traf es besser. Sie stützte sich auf dem Tisch ab. Ihre Finger berührten Leder. Ihre Handtasche. Ihre Annahme, sie hier liegen gelassen zu haben, war richtig gewesen.

Sie atmete tief ein und wieder aus, was nicht half. Im Gegenteil. Die Übelkeit verstärkte sich.

Bis eben war alles in bester Ordnung gewesen. Sogar mehr als das. So gut war es ihr lange nicht gegangen. Im Magen rumorte es. Okay, sie hatte viel gegessen. Und alles durcheinander. Das sollte aber bei ihrem Magen kein Problem sein. Wie oft hatte man ihr gesagt, sie könne sogar Schuhsohlen und rostige Nägel verdauen.

War etwas unter den Speisen gewesen, das verdorben war? Oder war es der Alkohol, der ihr zu schaffen machte? War das letzte Glas Wein, das sie rasch geleert hatte, zu viel gewesen? Normalerweise vertrug sie einiges und wurde um ihre Trinkfestigkeit beneidet. Wenn andere nicht mehr wussten, wo sie waren, und Mühe hatten, geradeaus zu laufen, ging sie mit festem Schritt durch die Gegend.

Wieso musste sich der Abend so entwickeln, obwohl er vielversprechend angefangen hatte? Perfektes Essen im Restaurant Farnsburg, eine Menge Alkohol und als Zugabe dieses einmalige Intermezzo. Kurz verdrängte wohlige Wärme die Übelkeit, als sie daran dachte, wie er vor der Tür zum WC gewartet hatte, als sie es verlassen hatte. Den ganzen Abend hatte er sie mit diesem Blick angeschaut. Wiederholt waren seine Augen zu ihrem Dekolleté gewandert. Sie musste zugeben, es genossen zu haben, und hatte die Bluse ein Stück nach unten gezogen. Unauffällig, damit seine Frau es nicht bemerkte.

Sie waren in einen Raum neben den WCs geschlüpft. Ein neuer angenehmer Schauer durchlief ihren Körper, als sie sich in Erinnerung rief, wo seine Hände überall gewesen waren. Kurz, leider zu kurz, dafür intensiv war es gewesen. Sie hatte ihm nicht zugetraut, so hemmungslos zu sein. Das ließ ihn direkt in einem neuen Licht erscheinen.

»Das müssen wir wiederholen«, hatte er ihr zugeraunt.

»Unbedingt«, hatte sie erwidert. Sie hatte die Bluse zugeknöpft und den Rock glatt gestrichen, bevor sie zu den anderen zurückgekehrt waren. Dabei hatte sie den finsteren Blick seiner Frau ignoriert. Es war egal, wenn sie Bescheid wusste. Wenn sie es sich genau überlegte, geschah es der Schnepfe recht. Regelmäßig ließ sie sie spüren, etwas Besseres zu sein. Besonders, seitdem sie in diesem Haus wohnten.

Als es ans Zahlen ging, hatte sie bemerkt, dass ihre Handtasche weg war. Glücklicherweise hatte sie ihr Portemonnaie in der Jackentasche, doch in der Handtasche war ihr Wohnungsschlüssel. Ihr war eingefallen, diese vermutlich auf dem Schreibtisch liegen gelassen zu haben, als sie überstürzt losgezogen war, da sie zu spät dran gewesen war.

»Ich muss meine Handtasche holen und komme gleich zurück«, hatte sie zu den anderen gesagt und war nach draußen geeilt. Die anderen hatten versprochen zu warten.

Schlagartig kehrte die Übelkeit zurück. Schwindel gesellte sich dazu, und sie hatte Mühe, stehen zu bleiben. In ihrem Magen rumorte es stärker. Würde sie es bis zum WC schaffen?

Sie wandte sich ab, strauchelte und blieb mit dem Fuß an einem Tischbein hängen. Knapp konnte sie sich an der Tischplatte abstützen und erbrach sich – mitten auf die Tastatur und die Couverts, die dort lagen.

Ihre Kollegin würde sie vierteilen. Das war im Moment ihr geringstes Problem.

Der Geruch des Erbrochenen verursachte neue Übelkeit. Bevor ihr Magen sich ein zweites Mal zusammenzog, taumelte sie nach hinten. Das linke Bein knickte ein. Als sie mit der Hand nach Halt suchte, griff sie ins Leere. Dumpf schlug sie auf und blieb einige Sekunden benommen liegen. Sie wollte sich auf die Seite drehen und aufrappeln, war aber unfähig, Arme und Beine zu koordinieren. Sie fiel zurück und blieb regungslos liegen.

EINS

»Ich muss einen Abstecher machen, bevor ich zu Amry zurückkehre«, sagte Giulia zu Samantha und deutete nach rechts. »Wenn ich im Stedtli bin, kann ich das gleich erledigen.«

»Was musst du machen?«, fragte Samantha und schaute auf ihre Armbanduhr. Es blieb nicht mehr viel Zeit bis zur Wochenbesprechung.

Franz Ammann hatte eine solche eingeführt, da am Montag jeweils Cornelia Ryser in Liestal war. Cornelia war seine Nichte und seit letztem Sommer nach dem Tod ihrer Mutter Annemarie die Miteigentümerin des kleinen Kosmetikunternehmens Amry Cosmetics.

Seit zwei Jahren war Samantha bei dem Familienbetrieb angestellt, der vorwiegend Bodylotionen, Gesichts- und Sonnencremen sowie Hautreinigungsprodukte herstellte. Als sie angefangen hatte, waren sie zehn Angestellte. Inzwischen waren es fünfzehn. Samantha gefiel an ihrem Job, zur Allrounderin geworden und nicht nur für die Qualitätssicherung zuständig zu sein.

Franz und Cornelia legten großen Wert auf die Natürlichkeit und Nachhaltigkeit ihrer Produkte. Auch das gefiel Samantha.

Franz war ein angenehmer Chef, obwohl es für Samantha nach wie vor seltsam war, direkt dem Eigentümer unterstellt zu sein. Er ließ seinen Mitarbeitenden viel Freiheit, solange die Arbeit zu seiner Zufriedenheit erledigt wurde. Was er nicht ausstehen konnte, war Unpünktlichkeit.

Mit Cornelia hatte Samantha wenig zu tun.

»Das reicht locker«, sagte Giulia. Sie war die Chefsekretärin.

»Das ist meine rechte Hand«, stellte Franz sie jeweils vor. »Ich wüsste nicht, was ich ohne sie tun sollte.«

»Ich muss nur die Pflanzen gießen. Eine Freundin von mir

hat eine Physiotherapiepraxis aufgemacht. Ihre Partnerin Fabia ist in den Ferien, und sie selbst liegt krank im Bett. Da hat sie mich gebeten, ob ich vorbeischauen kann«, sagte Giulia.

»Ist es weit von hier?«, fragte Samantha.

»Nein. Die Praxis befindet sich im Ziegelhof.«

»Im Ziegelhof? Du meinst in der stillgelegten Brauerei?«

»Genau dort.«

Samantha warf einen neuen Blick auf ihre Armbanduhr. »Okay, ich komme gerne rasch mit, besonders bei dem schönen Frühlingswetter.«

Das gesamte Wochenende hatte es geregnet, und es hatten Temperaturen um zehn Grad geherrscht. Der Frühling war bisher ins Wasser gefallen. An den Ostertagen vor zwei Wochen, die dieses Jahr Ende März gewesen waren, hatte es sogar geschneit. Das für den April typisch wechselhafte Wetter dauerte seitdem an. Pünktlich zum Wochenstart hatte die Sonne die Wolken vertrieben, und das Thermometer zeigte zum ersten Mal in diesem Jahr fast zwanzig Grad.

Sie liefen an dem »Museum.BL« vorbei in den Neuweg und bogen kurz darauf links in eine schmale Straße ab. Samantha erkannte die beiden Gebäude, die mit einer überdachten Galerie verbunden waren. Davor parkten mehrere Autos. Im Veloständer standen drei Velos. Die Fassaden der Häuser waren mit Graffitis besprayt, und an einigen Stellen blätterte der Putz ab.

Giulia hielt vor dem rechten der beiden Häuser an und holte einen Schlüssel aus ihrer Handtasche. Sie stieß die Holztür auf. Samantha folgte ihr, und sie liefen die Steintreppe in den ersten Stock hoch. Giulia machte halt. Samantha lehnte sich im Treppenhaus gegen die Wand mit den mintgrünen Plättli, während Giulia den richtigen Schlüssel suchte. Sie betraten einen Korridor mit einem Holzboden mit Fischgrätenmuster. Rechts und links hatte es Türen. Einige von ihnen hatten Holzrahmen mit Glasfenstern, durch die man nicht in die Räume schauen konnte, da sie eine unebene Oberfläche besaßen oder auf der Innenseite eine Store heruntergezogen war.

»Wieso ist hier offen?«, fragte Giulia und zeigte auf eine angelehnte Tür, neben der eine Tafel angebracht war, auf der in geschwungenen blauen Buchstaben »Physio Arnold & Burri« stand.

»Pfui Teufel!«, entfuhr es ihr, als sie die Tür aufstieß und die Physiopraxis betrat.

Samantha registrierte den Gestank, der nach draußen strömte. Scharf, beißend und gleichzeitig muffig und faulig.

»Erst einmal lüften«, sagte Giulia. Sie presste ein Papiertaschentuch auf Nase und Mund, hielt sich links und verschwand im Inneren. Samantha hörte, wie sie eine Tür öffnete.

Samantha zögerte, bevor sie ihr in die Praxis folgte. Sie fand sich in einem schmalen Gang wieder, in dem zwei Stühle mit einem schwarzen Tischchen standen. Die Holzwand sah nicht stabil aus und musste nachträglich eingezogen worden sein. Auf dem Tischchen lagen einige Illustrierte. Offenbar war das der Wartebereich.

Samantha presste den Kragen ihrer Jacke gegen Nase und Mund und bemühte sich, flach durch den Mund zu atmen.

Es hatte zwei Türen. Die rechte war einen Spaltbreit geöffnet, und die linke stand ganz offen. Samantha hörte aus dem linken Zimmer ein Klicken. Sie spähte in den Raum und erblickte Giulia, die gerade die Sprossenfenster aufriss.

Hier roch es nicht so intensiv, dennoch nach wie vor unangenehm genug. Samantha ging hinein und stellte sich vor ein Fenster. Milde Luft strömte herein und drängte den Geruch zurück, aber ganz verschwand er nicht.

Der Boden bestand ebenfalls aus Fischgrätenparkett. In der Mitte stand eine anthrazitfarbene Behandlungsliege. An der linken Wand hatte es einen weißen Schrank. Ein Poster mit der Überschrift »Die Muskulatur des Menschen« hing daneben, auf dem ein Mann von vorne und hinten abgebildet war. Die verschiedenen Muskelstränge waren beschriftet, allerdings waren die Buchstaben klein, und Samantha konnte sie von ihrem Standpunkt aus nicht entziffern. Auf der gegenüberliegenden Seite waren zwei Stühle und ein zweites schwarzes Tischchen, auf dem eine Digitaluhr und eine Grünpflanze standen. Vor den Fenstern befanden sich zwei weitere Pflanzen, die fast so groß wie Samantha waren. Die Sonne schien herein, was den Raum freundlich und hell erscheinen ließ. Alles sah sauber aus, und Samantha erkannte nichts, das der Grund für den Gestank sein konnte.

»Ich frage mich, was die beiden gemacht haben«, sagte Giulia.

»Sie haben Essbares über das Wochenende vergessen«, versuchte Samantha sich an einer Erklärung.

»Essbares in einer Physiopraxis – so ein Blödsinn.« Giulia verließ den Raum und sagte: »Aber ich schaue mal nebenan nach.«

Samantha blickte auf die schmale Straße, auf der gerade ein Auto langsam über das Kopfsteinpflaster fuhr. Der Gestank … das roch nicht nach verdorbenem Essen, sondern als ob jemand erbrochen hätte. Doch es war nicht nur das. Samantha starrte zur Tür, durch die Giulia verschwunden war. Bevor sie wusste, woran der Gestank sie erinnerte, ließ sie ein Schrei zusammenfahren. Das war Giulia gewesen.

Samantha rannte aus dem Zimmer. Giulia wankte und taumelte auf Samantha zu. Ihr Gesicht war blass. Als sie Samantha erreichte, knickten ihre Beine ein. Knapp konnte Samantha sie auffangen und zu einem der beiden Stühle führen.

»Da«, stammelte Giulia. »Dadrin.« Sie zitterte am ganzen Körper.

»Was ist dort?« Samantha nahm ihre Hand, die eiskalt war.

Giulia antwortete nicht und schüttelte den Kopf.

Samantha richtete sich auf. Der Gestank intensivierte sich, je näher sie der Tür kam. Vorsichtig spähte Samantha ins Innere.

»Um Gottes willen!«, entfuhr es ihr, als sie die Person auf dem Boden liegen sah. Erbrochenes war auf dem Tisch und Boden verteilt.

Samantha drängte den Ekel zurück und hockte sich neben die Frau auf dem Boden, darauf bedacht, nicht in das Erbrochene zu treten.

Die Frau reagierte nicht, als Samantha sie antippte. Die Augen waren starr zur Decke gerichtet. Das Gesicht war grau und die Farbe aus den Lippen gewichen. Samantha tastete nach dem Puls. Die Haut fühlte sich klamm an. Kalt. Leblos.

»Sie ist tot, nicht wahr?«, hörte Samantha hinter sich.

Giulia stand gegen den Türrahmen gelehnt. Die Farbe ihrer Haut hatte fast den gleichen Ton wie die der Frau am Boden.

Samantha spritzte sich Wasser ins Gesicht und schaute auf. Sie musterte sich im Spiegel. In ihren braunen Teint, der für eine Inderin untypisch hell war, hatte sich ein grauer Farbton gemischt. Ihre leuchtend grünen Augen waren aufgerissen. Eine Strähne ihrer schwarzen, dichten Haare hatte sich aus dem Rossschwanz gelöst.

Samantha verließ das WC, das sich im Treppenhaus befand, und setzte sich neben Giulia auf die Stufen. Vom Wesen der sonst so quirligen Italienerin war nichts zu spüren. Zusammengesunken kauerte die zierliche Frau neben ihr und starrte vor sich hin. Die Tür zum Korridor stand offen, aber Giulia schien nichts davon mitzubekommen, was dort gerade passierte.

Samantha hörte Stimmen, und zwei Männer traten aus der Physiopraxis. Beide trugen weiße Ganzkörperanzüge. Der eine streifte die Kapuze vom Kopf. Den Namen, den er ihr genannt hatte, wusste sie nicht mehr. Nur noch, dass er der Amtsarzt war. Einer der Polizisten hatte ihn in die Praxis begleitet. Ein Beamter in einem weißen Anzug mit einem silbrigen Koffer betrat jetzt die Praxis.

Samantha schaute zu Giulia. Sie war aschfahl. Seitdem Samantha den Notruf gewählt hatte, hatte sie kein Wort mehr gesprochen. Samantha lehnte sich gegen die Wand mit den mintgrünen Plättli. Ihr war übel, und sie hätte einiges darum gegeben, an die frische Luft zu dürfen.

»Bitte bleiben Sie dort«, hatte ein Beamter sie angewiesen.

Das Klingeln eines Handys ließ sie zusammenfahren.

»Das ist deins«, sagte Samantha.

Giulia rührte sich nicht.

Samantha berührte ihren Arm. »Dein Handy klingelt.«

Keine Reaktion.

Das Klingeln hörte auf. Einige Sekunden später klingelte es erneut. Dieses Mal war es Samanthas Handy. Sie holte es aus ihrer Handtasche und erkannte »Franz Ammann« auf dem Display.

»Wo bist du?«, kam es aus dem Hörer. »Ich warte seit fünfzehn Minuten auf dich!« Sein Ärger prallte mit voller Wucht gegen sie, und sie hielt das Telefon ein Stück vom Ohr weg.

Die Sitzung. An die hatte Samantha nicht mehr gedacht, geschweige denn daran, ihn zu informieren.

»Ich wäre dir zudem verbunden, wenn du mir sagen könntest, wo Giulia ist. Mit ihr war ich vor dir verabredet.«

»Sie –«

»Wir wollten entscheiden, welchem der von uns ins Auge gefassten Lieferanten wir den Zuschlag für das Guar Gum geben wollen«, fuhr Franz fort, ohne Samantha zu Wort kommen zu lassen.

Sie waren auf der Suche nach einem neuen Lieferanten für das Guarkernmehl, das sie als Verdickungsmittel und Stabilisator in Shampoos und Cremen einsetzen wollten und das aus dem Samen der aus Indien stammenden Guarpflanze gewonnen wurde. Es verlieh der Haut ein glattes und weiches Aussehen.

Dieser Entscheid war schon länger hängig. Aufgrund der Vorkommnisse im vergangenen Sommer, bei denen das Labor bei einem Brand zerstört worden war, waren diese Dinge liegen geblieben. Es hatte länger als angenommen gedauert, bis der normale Betrieb wieder aufgenommen werden konnte. Das Labor war zwar seit Anfang Jahr einsatzfähig, aber es galt einiges aufzuarbeiten. Dazu gehörte das Guar Gum. Die Laborantin Emma Hofmann hatte die Proben nicht fertig analysieren können. Trotzdem hatte Franz darauf bestanden, dass einige Entscheidungen nicht weiter hinausgezögert werden sollten.

»Samantha!«, rief er, da Samantha schwieg. Die Schärfe in seiner Stimme war nicht zu überhören.

»Ich bin im Ziegelhof.«

»Wo?« Erneut musste Samantha das Handy ein Stück vom Ohr weghalten.

»Giulia wollte –«

»Wo ist sie?«, unterbrach er sie unwirsch.

»Sie sitzt neben mir.«

»Was habt ihr im Ziegelhof zu suchen?«

Stimmen, die vom Erdgeschoss zu ihnen drangen, lenkten Samantha ab. Sie bemerkte drei Männer, die die Treppe hochkamen. Einer von ihnen war Lorenz Bühler von der Kantonspolizei Baselland. Als er sie bemerkt hatte, blieb er stehen und lehnte gegen das weinrote Treppengeländer aus Holz.

»Ich muss Schluss machen. Die Polizei ist da«, sagte Samantha.

»Wic bitte?«

»Erzähle ich später.« Samantha erhob sich schwerfällig. Giulia tat es ihr gleich.

Bühler schaute abwechselnd Samantha und Giulia an, bis sein Blick an Samantha hängen blieb.

Samantha hatte ihn das letzte Mal im letzten Sommer gesehen. Seitdem hatte er sich nicht verändert. Wie damals war Samantha über seine Ausstrahlung erstaunt. Der Mann Mitte fünfzig hatte volle dunkelblonde Haare. Im Kontrast dazu stand ein weißer, akkurat getrimmter Vollbart. Er trug eine Brille mit goldenem Rahmen.

»Wieso erstaunt es mich nicht, Sie hier anzutreffen, Frau Kälin«, sagte er anstelle einer Begrüßung.

Samantha zog die Jacke fester um die Schultern, doch es half nichts. Obwohl sie auf einem der Parkfelder neben einem Polizeifahrzeug in der Sonne standen, fror sie.

Das Areal war abgesperrt. Beamte standen an den Bändern, an denen sich einige Schaulustige eingefunden hatten. Was sie ihnen sagten, konnte Samantha aus der Entfernung nicht hören. Den Widerwillen der Leute spürte sie deutlich, als diese sich abwandten.

Sie schaute zu Giulia, die sich in einiger Entfernung neben zwei Polizisten befand. Was die Beamten miteinander besprachen, konnte Samantha nicht verstehen.

Nachdem Bühler die Leiche in Augenschein genommen hatte, hatte er Giulia und Samantha gebeten, ihm nach draußen zu folgen.

Bühler stand vor ihr. Das Sonnenlicht spiegelte sich in den Gläsern seiner Brille, und Samantha konnte den Ausdruck seiner Augen nicht erkennen. Zu gerne hätte sie gewusst, was in seinem Kopf vorging.

»Können Sie bitte erzählen, wie Sie die Leiche aufgefunden haben?«, fragte er.

Samantha tat ihm den Gefallen.

»Habe ich richtig verstanden, Giulia Russo hat Sie gebeten, sie zu begleiten?«

»Ja.«

»*Sie* kennen die Eigentümer der Praxis nicht?«

»So ist es. Ich war vorher nie hier gewesen. Weder in der Physiopraxis noch in dem Gebäude«, fühlte sie sich genötigt anzuhängen, da sie ahnte, Bühler werde als Nächstes eine Frage in diese Richtung stellen.

»Woher kennen Sie Giulia Russo?«

Eigentlich sollte er das seit letztem Sommer wissen. Giulia war im Zuge der Ermittlungen damals befragt worden. »Wir arbeiten beide bei Amry Cosmetics. Sie ist Franz Ammanns Sekretärin.«

»Kennen Sie die Tote?«

»Nein.«

»Haben Sie in der Praxis etwas angefasst?«

Wenn sie das wüsste. »Ich glaube nicht. Giulia hat Türen und Fenster geöffnet.«

»Die Tote haben Sie aber berührt, hat der Kollege mir gesagt.«

Samantha wurde heiß. War das ein Fehler gewesen?

»Ich musste schauen, ob sie lebt … also Erste Hilfe …« Sie brach ab. Das Gestammel klang in ihren Ohren wie ein Schuldeingeständnis.

»Natürlich. Haben Sie die Position der Leiche verändert?«

»Ich habe nur nach dem Puls getastet – am Hals und an der linken Hand. Ob sich dadurch ihre Lage geändert hat, weiß ich nicht. Nachdem mir klar war, dass sie nicht mehr lebt, habe ich sofort den Notruf gewählt – mit meinem Handy.«

Aus den Augenwinkeln nahm Samantha eine Bewegung wahr. Einer der anderen Beamten näherte sich mit Giulia.

»Wir sind fertig«, sagte er.

»Ich auch«, erwiderte Bühler zu Samanthas Erstaunen. Er war nicht, wie er es sonst tat, ins Detail gegangen.

Mit der Bitte, sich weiterhin zur Verfügung zu halten, verabschiedete er sich und entfernte sich mit dem Kollegen. Samantha starrte ihm verwirrt über den plötzlichen Abgang nach. Bühler gab sich mit so wenig zufrieden? Von früher wusste sie, wie hartnäckig er jeweils nachfragte. Jedes Detail ließ er wiederholen. Obwohl er es nicht so meinte, war Samantha sich bei seinen Befragungen grundsätzlich schuldig vorgekommen und hatte das Bedürfnis gehabt, sich zu rechtfertigen. Dieses Mal war es nicht so.

»Lass uns gehen«, sagte Giulia leise.

»Du hast recht«, pflichtete Samantha ihr bei. Sie verspürte den Drang, schnell einen großen Abstand zum Ziegelhof zu bekommen.

Ein Streifenpolizist hob das Absperrungsband an, als sie unten durchschlüpften.

Sie liefen schweigend nebeneinanderher, bis sie das Schildareal erreichten, auf dem sich die Räumlichkeiten von Amry Cosmetics befanden. Es war Samantha, als würden sie langsamer, je näher sie dem Gebäude kamen. An der Tür blieb Giulia stehen.

»Franz wird sauer sein«, sagte sie.

Das war ihr geringstes Problem.

»Es tut mir leid, wenn ich dich in die Sache mit hineingezogen habe.«

»Du konntest nicht wissen, was uns dort erwartet. Kennst du die Frau?«, fragte Samantha.

»Wen? Die Tote?« Giulia starrte an ihr vorbei. »Nein. Ich habe sie nie gesehen, und ich frage mich, wieso sie in der Praxis war.«

Abrupt drehte Giulia sich um und betrat Amry Cosmetics. Verwundert schaute Samantha ihr nach, wie sie den kleinen Empfangstresen umrundete, in ihrem Büro dahinter verschwand und die gläserne Tür schloss.

***

»Was für eine Geschichte«, sagte Joel. Er setzte sich neben Samantha mit dem Rücken zur Terrassentür auf das Sofa. In dem Gegenlicht trat der kastanienfarbene Ton in seinen braunen Haaren deutlich hervor. Mehr als einmal war Joel gefragt worden, ob das seine natürliche Haarfarbe sei.

»Wieso muss das ausgerechnet wieder mir passieren?«, stieß Samantha hervor. »Ich wünschte, ich hätte mich nicht überreden lassen mitzugehen.«

»Wenn ich das zwischen den Zeilen richtig heraushöre, war Giulia nicht handlungsfähig, und es war gut, dass du mitgegangen bist.«

Samantha lehnte sich nach hinten und starrte an die Decke, die zu einer Leinwand wurde. Sie sah Giulia und sich, wie sie die Tote aufgefunden hatten. Als handlungsfähig würde sie sich selbst nicht bezeichnen. Aber es stimmte, sie hatte besser als Giulia funktioniert.

»Als ich jemanden zum Reden brauchte, hat sie mich im Stich gelassen und sich in ihrem Büro verschanzt«, sagte Samantha.

Nach kurzem Zögern war Samantha Giulia gefolgt und hatte gegen den Türrahmen geklopft.

»Lass mich in Ruhe«, hatte Giulia sie angefaucht und die Tür abermals energisch geschlossen. Durch die gläserne Tür hatte Samantha gesehen, wie Giulia sich an ihr Pult gesetzt und ihr demonstrativ den Rücken zugekehrt hatte.

Bevor sie überlegen konnte, wie sie sich verhalten sollte,

war Franz aufgetaucht. Mit einem »Die Dame ist endlich da, wie schön« hatte er sie zu sich ins Büro beordert. »Die Geschichte mit der Polizei war ein netter Versuch, mich abzuwürgen.«

»Es stimmt aber. Die Polizei war da.« Nachdem Samantha ihm berichtet hatte, was vorgefallen war, war sein Ärger verraucht und hatte Entsetzen Platz gemacht. Er hatte ihr angeboten, früher Feierabend zu machen, was Samantha dankend angenommen hatte.

»Gib ihr Zeit«, sagte Joel.

Samantha hing einen Moment ihren Gedanken nach. Nach wie vor hatte sie den üblen Geruch in der Nase. Ob sie den jemals loswerden würde? Rückblickend hätte es ihr klar sein müssen, was der Grund dafür gewesen war. Als sie einmal mit Joel auf der Terrasse gesessen war, war ein ähnlicher Gestank zu ihnen herübergeweht. Zunächst hatten sie ihn nicht einordnen können, bis Joel auf die Idee kam, es rieche nach Aas. Wie sich später herausstellte, handelte es sich um die Katze, die den Leuten drei Häuser weiter gehört hatte. Sie war angefahren worden und hatte sich in ihren Garten unter den Busch geschleppt. Dort war sie gestorben.

Samantha fragte sich, wie lange die Frau in der Praxis gelegen war. So wie sie Giulia verstanden hatte, war deren Freundin das letzte Mal am Freitag dort gewesen. Das hieß, sie konnte seit Freitagabend dort liegen. Mit der Wärme, die in der Praxis geherrscht hatte, war die Geruchsentwicklung kein Wunder. Samantha wagte sich nicht vorzustellen, wie es gewesen wäre, wenn sie nicht zum Pflanzengießen gekommen wären und die Frau längere Zeit unentdeckt geblieben wäre. Ein Schauer durchlief Samanthas Körper.

Joel legte seinen Arm um sie und zog sie zu sich.

»Ich habe nicht gewusst, was es alles in dem Gebäude gibt«, sagte Samantha und versuchte das Bild der Toten loszuwerden, das vor ihrem inneren Auge erschienen war.

»Wie meinst du das?«

»Es hat Räume, wo Pilates- und Yogastunden abgehalten

werden, eine Hypnosepraxis, ein Keramikatelier und sogar einen Take-away. Ich wohne ungefähr ein Jahr bei dir, aber war nie dort. Das Areal war für mich nur eine stillgelegte Brauerei.«

»2006 stellte die Brauerei den Betrieb ein, und das Areal wurde verkauft. Aber seit 2021 wird wieder Bier gebraut.«

»Wie es aussieht, versucht man zusätzlich, das Areal anders zu nutzen.«

»Genau. Es wandelt sich immer mehr zu einem Ort, wo man arbeitet, wohnt oder sich in der Freizeit aufhalten kann, weil es Kulturveranstaltungen gibt. Es hat eine Kletterhalle, und es haben sich Bands, Musiker und Kulturschaffende eingemietet. Und es gibt Büros kleinerer Firmen.«

»Und wann wurde die Brauerei gebaut?«

»Du fragst Sachen.« Joel legte den Zeigefinger gegen die Lippen, wie er es häufig tat, wenn er nachdachte. »Keine Ahnung, bis Mitte des 19. Jahrhunderts war es eine Ziegelbrennerei. Danach wurde Bier gebraut, zunächst ohne großen Erfolg. Erst dem nachfolgenden Besitzer gelang der Durchbruch, bis 2006, wie eben erwähnt, die Produktion eingestellt wurde.«

»Von außen sieht das Areal für mich abweisend, beinahe unheimlich aus. Nie hätte ich vermutet, dass es genutzt wird.«

»Du hast recht. Ein wenig Glanz würde dem Ganzen guttun. Es hat jedenfalls Potenzial. Es hat sogar Wohnungen auf dem Areal. Vor längerer Zeit bin ich in den Genuss einer Führung gekommen. Unter anderem war ich in den Kellergewölben, wo das Bier gelagert wurde. Dort war es richtig beklemmend. Die Gebäude sind im Inneren verwinkelt, und ich war froh, nicht allein hinausfinden zu müssen.«

Es klingelte.

»Ich übernehme«, sagte Joel.

Samantha hörte Stimmengemurmel.

»Okay«, sagte Joel. Das klang allerdings nach dem Gegenteil.

Er kehrte ins Wohnzimmer zurück. Hinter ihm erschien zu Samanthas Erstaunen Nussbaum.

»Jan?« Sie stand auf, und er begrüßte sie mit drei Wangenküssen.

»Entschuldigt, wenn ich euch störe. Erst heute Morgen habe ich mit Ricarda darüber gesprochen, mein Versprechen einzulösen und euch endlich einzuladen.«

Im vergangenen Sommer hatte Samantha Nussbaum aus einer misslichen Lage befreit. Mehrfach hatte er betont, er verdanke ihr sein Leben, was Samantha übertrieben fand. Er hatte Samantha und Joel zum Essen eingeladen – das Mindeste, was er tun könne. Ein Velounfall seiner Frau vereitelte dieses Vorhaben. Bei dem zweiten Anlauf im Winter hatte Joel eine heftige Grippe erwischt. Offenbar wollte Nussbaum einen dritten Versuch starten.

»Nun kommt diese Sache dazwischen.« Nussbaum setzte sich unaufgefordert Samantha gegenüber. Er war hagerer geworden, oder wirkte er so, da seine blonden Haare einen neuen Schnitt vertragen konnten?

»Möchtest du etwas trinken?«, fragte Joel.

Ihm war Nussbaums Erscheinen eindeutig nicht recht. Normalerweise maß Samantha Joels kühlem Verhalten gegenüber Nussbaum nicht viel bei. Obwohl sie inzwischen per Du waren, blieb er »Nussbaum« für ihn.

Allgemein hielt Joel sich lieber im Hintergrund, wenn sie einander begegneten. Woher die Vorbehalte gegen den Polizeibeamten rührten, hatte er Samantha nie verraten. Samantha vermutete, Joel nahm es ihm weiterhin übel, bei früheren Fällen als Tatverdächtiger in den Fokus gerutscht zu sein, und gab ihm die Schuld, dass Samantha in gefährliche Situationen geraten war. Eine Weile war nichts mehr passiert, doch er traute dem Frieden nicht. Offenbar zu Recht, wenn man an heute dachte.

»Gerne ein Glas Wasser«, sagte Nussbaum. »Du hast ein Talent, gewisse Dinge anzuziehen«, wandte er sich an Samantha. Das hatte Bühler bereits angedeutet. Bei Nussbaum klang es dagegen nicht vorwurfsvoll, sondern eher belustigt.

»Du hast weitere Fragen, wenn du hier unangemeldet auftauchst und dieses Thema anschneidest«, sagte Samantha und verwünschte sich einmal mehr, mit Giulia mitgegangen zu sein. Das Letzte, das sie wollte, war, in einen neuen Mordfall hineingezogen zu werden.

Joel kehrte mit drei Gläsern Wasser zurück, die er auf das Tischchen stellte, und setzte sich neben Samantha.

»Ich weiß, du hast es Lorenz gesagt, aber ich möchte nochmals hören, wie du und deine Kollegin die Leiche aufgefunden habt.«

Samantha tat ihm widerwillig den Gefallen und schilderte das, was sie Bühler am Mittag erzählt hatte.

»Du kennst die Frau nicht?«

»Nein, ich bin ihr nie begegnet. Obwohl, um ehrlich zu sein, kann ich das eigentlich nicht beantworten. Ihr Gesicht war mit Erbrochenem verschmiert, und ich habe sie daher nicht genau angeschaut.«

Nussbaum holte sein Handy hervor. Nachdem er auf dem Display herumgetippt hatte, hielt er es Samantha hin. Auf dem Foto war eine braunhaarige Frau mit grauer Gesichtsfarbe abgebildet. Sie hatte die Augen geschlossen. Nur der Kopf und ein Teil der Schultern waren zu erkennen. Samantha brauchte nicht zu fragen, woher die Aufnahme stammte. Das grau Glänzende im Hintergrund musste ein Stahltisch in der Rechtsmedizin sein. Auf der Wange hatte die Frau ein Muttermal von ungefähr einem halben Zentimeter Größe. Die Augenbrauen waren zu schmalen Linien gezupft. Da die Aufnahme von der Seite gemacht worden war, erkannte Samantha am Hals eine sternförmige Tätowierung. Im Ohrläppchen hatte sie drei oder vier Piercings. Die Ohrringe mussten allerdings entfernt worden sein.

»Ich kenne sie definitiv nicht«, beantwortete sie Nussbaums unausgesprochene Frage.

Nussbaum schwieg. Samantha hielt dem Blick stand.

»Welchen Eindruck machte deine Kollegin?«, brach Nussbaum das Schweigen und brachte Samantha damit aus dem Konzept.

»Beim Auffinden der Leiche? Sie war völlig durch den Wind und handlungsunfähig.«

»War das authentisch?«

Was war das für eine seltsame Frage? »Du willst wissen, ob sie das gespielt hat?« Wie kam er auf diese Annahme?

Nussbaum schwieg und schaute sie unverwandt an.

»Für mich war es glaubwürdig. Wieso sollte es anders sein?«

»Ihr Verhalten erschien dem Beamten, der sie befragt hatte, seltsam.«

»Wieso?«

»Ich weiß es nicht. Ich war nicht dabei.«

»Jeder reagiert in einer solchen Extremsituation anders.«

»Das ist mir bewusst. Lorenz hat mit dem Kollegen gesprochen und stimmt ihm zu.«

Was nicht verwunderlich war. Ein Polizist war grundsätzlich misstrauisch, was er in seinem Beruf sein musste. Manchmal übertrieb Bühler es jedoch. Sie dachte an seine Reaktion, als er Giulia und sie angetroffen hatte. Der Befragungsstil war zwar korrekt gewesen, aber die Schärfe in der Stimme hatte er nicht ganz kaschieren können.

»Der Beamte, der Frau Russo befragt hat, kann es nicht greifen, aber es war ihm, als habe sie nicht die Wahrheit gesagt, als er sie fragte, ob sie die Tote kenne.«

Das Warum lag Samantha zuvorderst auf der Zunge, als ihr Giulias Verhalten in den Sinn kam, nachdem sie zu Amry Cosmetics zurückgekehrt waren. Wenn sie ihr Verhalten unter diesem Aspekt betrachtete, erinnerte sich Samantha, dass Giulia ihr auf diese Frage auch ausgewichen war.

»Kennst du diese Personen?« Nussbaum stand auf und setzte sich auf Samanthas andere Seite auf das Sofa. Langsam wischte er über das Display.

»Nein«, sagte Samantha. »Oder warte.« Sie nahm Nussbaum das Handy ab und kehrte zum vorletzten Bild zurück. »Nein, doch nicht. Ich dachte, das ist die Tote. Aber diese Frau hier hat kürzere Haare und trägt eine Brille.«

»Es ist ihre Schwester. Wo warst du am vergangenen Samstagabend?«

Wollte er etwa ein Alibi? Samantha spürte, wie Joel sich neben ihr anspannte. Das ist nur eine Routinefrage, sagte sie sich.

»Wir waren zu Hause und haben es uns gemütlich gemacht«, antwortete sie.

»Ich habe gekocht«, mischte sich Joel in das Gespräch ein. Obwohl er ruhig klang, wusste Samantha, wie es in ihm brodelte. Ihm passte es eindeutig nicht, welche Richtung das Gespräch nahm. »Gekocht ist übertrieben. Ich habe thailändisches Take-away mitgebracht, das ich auf dem Heimweg organisiert habe.« Er nannte das Restaurant, das Nussbaum notierte.

»Wer sind diese Leute?«, fragte Samantha und zeigte auf das Handy.

»Du weißt, ich darf dir das bei laufenden Ermittlungen nicht sagen. Das Gleiche gilt für die Identität des Opfers«, erwiderte Nussbaum und stand auf.

ZWEI

Samantha schloss ihr Velo ab und eilte zum Eingang. Auf halbem Weg kam ihr Franz Ammann entgegen. Er blieb stehen und musterte sie kritisch. Dabei schaute er demonstrativ auf seine Armbanduhr.

An sich war Franz ein angenehmer und fairer Chef. Mit den krausen grauen Haaren und der Brille vermittelte er den Eindruck eines Teddybären und ging als gemütlicher Kumpel durch.

»Ich weiß, ich bin spät dran«, sagte Samantha. »Hast du meine E-Mail nicht gesehen?«

»Welche E-Mail?«

»Ich musste auf den Polizeiposten und meine Fingerabdrücke abgeben.«

Zwischen Franz' Augenbrauen entstand eine tiefe Falte.

»Wegen der toten Frau im Ziegelhofareal gestern«, fügte Samantha an.

»Wieso musst du deine Fingerabdrücke abgeben? Verdächtigen sie dich?«

»Nein. Aber ich war in den Räumen, und sie müssen meine Fingerabdrücke aussortieren können.«

»Haben sie die nicht von früher? Es ist für dich nicht das erste Mal, in einen Todesfall, der Untersuchungen nach sich zieht, involviert zu sein.«

»Nach dem Ende von Ermittlungen werden die Abdrücke gelöscht.«

»Ach so. Bei dir würden sie diese besser behalten.« Die Falte glättete sich, und sein Mund deutete ein Lächeln an. »Ich habe meine Mails noch nicht gelesen. Musste Giulia das auch?«

»Das weiß ich nicht, aber es ist anzunehmen. Warum?«

»Sie ist nicht da. Bis später.« Mit ausgreifenden Schritten lief Franz zum Parkplatz.

Verdutzt schaute Samantha ihm nach. Er musste weg? Das

hatte sie nicht gewusst. Sie setzte ihren Weg fort und machte einen Abstecher in die Küche. Als sie sich einen Cappuccino zubereitete, hörte sie Stimmen aus dem Empfangsbereich. Zwei Frauen. Die eine klang aufgebracht. Das war Giulia. Wieso hatte Franz sie nicht gesehen? Samantha trat zur Tür und sah die beiden, die zu Giulias Büro abbogen.

»Warum musstest du herkommen?«

»Ich will wissen, was passiert ist.«

»Das kann ich dir nicht sagen«, rief Giulia.

»Du bist mit ihr an dem Abend gemeinsam weggegangen.«

»Bin ich nicht. Okay, wir sind gemeinsam nach draußen gegangen. Danach ist sie allein losgezogen.«

»Wohin?«

»Das weiß ich nicht. Bitte geh.«

»Du willst nicht mit mir zusammen gesehen werden.«

Ein Lachen folgte, das Samantha das Blut in den Adern gefrieren ließ. Wer war die Frau, und was wollte sie von Giulia?

»Eine andere Möglichkeit habe ich nicht, mit dir zu sprechen. Du ignorierst meine Anrufe und antwortest nicht auf meine WhatsApp-Nachrichten. Das Ghosting ist für mich gleichbedeutend damit, dass du etwas verschweigst. Und ich möchte wissen, was das ist.«

»Es gibt nichts zu erzählen, weil ich dir nichts zu sagen habe. Ich habe damit nichts zu tun und weiß nicht, was geschehen ist. Wieso willst du es mir nicht glauben?«

»Schau dich an. Deine Körpersprache und deine Mimik sagen alles.«

»Raus! Sofort!«

»Du hast Angst, offenbar zu Recht. Ich will Antworten und komme wieder. Falls du nicht kooperierst, werde ich der Polizei einen Hinweis geben.«

Bevor Samantha sich schlüssig war, ob sie Giulia zu Hilfe eilen oder besser Hilfe holen sollte, stürmte eine dunkelhaarige Frau aus Giulias Büro. Erschrocken wich Samantha in die Küche zurück. Hoffentlich hatte die Frau sie nicht gesehen. Ein Klicken der Tür, die nach draußen führte, und es war still.

Der Cappuccino war fertig. Samantha nahm die Tasse und einen Löffel. Gedankenverloren starrte sie zur Tür, während sie den Schaum löffelte. Sie bezweifelte, dass es eine gute Idee wäre, zu Giulia zu gehen und sie zu fragen, wer das gewesen war und worauf sie angespielt hatte. Belauscht worden zu sein würde Giulia nicht schätzen. Bereits gestern war sie abweisend gewesen. Doch die Frau hatte Giulia eindeutig gedroht. Bevor Samantha sich zu einer Entscheidung durchgerungen hatte, betrat Giulia die Küche und schrie auf.

»Bist du schon lange hier?« Gehetzt schaute sie sich um, bevor sie Samantha mit den Augen fixierte. Der Ausdruck jagte Samantha Angst ein.

»Nein«, log sie. »Ich bin gerade gekommen.«

Giulia forschte weiter in ihrem Gesicht.

»Möchtest du einen Kaffee?«, fragte Samantha.

»Nein.« Abrupt drehte Giulia sich um. »Ich habe keine Zeit für ein Kaffeekränzchen.«

Samantha eilte ihr hinterher.

»Warte.«

»Keine Zeit.«

Bevor Samantha Giulia eingeholt hatte, war sie in ihrem Büro verschwunden. Als Samantha die Tür erreichte, hatte Giulia das Telefon am Ohr.

»Ja, genau«, sagte sie in den Hörer.

Es gab keinen Gesprächspartner, war Samantha sich sicher. Giulia wich ihr eindeutig aus. Am liebsten hätte sie demonstrativ vor der Tür gewartet, zog es aber vor, dies nicht zu tun, und lief in ihr Büro.

»Was ist mit dir los?«

Samantha schreckte auf. Christian stand neben ihr. Der Verkäufer für den Schweizer Markt schaute auf sie herunter. Sie hatte nicht gehört, wie er ihr Büro betreten hatte.

Er schob seine Brille zur Nasenspitze und musterte Samantha über den Rand hinweg. »Seit gestern stehst du völlig neben dir und bist seltsam. Was ist los?«

Wusste er nichts von Giulias und Samanthas Erlebnis? Bis auf Franz hatte Samantha keinen informiert. Das galt offenbar auch für Giulia.

»Hat Franz dir unmissverständlich klargemacht, was er davon gehalten hat, dass du und Giulia gestern die Besprechung nach dem Mittag verpasst habt und heute unpünktlich wart?«

»Das hat sich geklärt«, antwortete Samantha.

»Giulia verhält sich mehr als merkwürdig. Ist zwischen euch etwas vorgefallen?«

Fieberhaft überlegte Samantha, was sie ihm antworten sollte. Von der Toten in der Physiotherapiepraxis wollte sie beim besten Willen nichts berichten.

Das Klingeln des Telefons auf Christians Pult kam Samantha zu Hilfe. Sie konzentrierte sich auf die E-Mail, die sie zu schreiben hatte, und begann zu tippen, als eine Nachricht von Giulia kam.

»Hallo, zusammen«, schrieb diese. »Mir geht es nicht gut, und ich gehe nach Hause.«

Samantha widerstand dem Drang, aufzuspringen und zu Giulia zu eilen. Sie mussten dringend reden, aber nicht hier und jetzt.

Sie betrachtete weiter den Einzeiler, als ihr eine Idee kam, wer die Frau gewesen sein könnte. Samantha rief das Internet auf und googelte nach der Physiopraxis. Sie klickte »Über uns« an.

Treffer! Es war ein Schock, als sie die beiden braunhaarigen Frauen sah, die ihr entgegenlächelten. Eine saß auf der Behandlungsliege, die zweite stand am Fußende.

Darunter hatte es zwei Porträtfotos und eine kurze Beschreibung des beruflichen Werdegangs und wann die Praxis eröffnet worden war.

Es war eindeutig. Fabia Burri war vorhin bei Giulia gewesen. Die andere hieß Bianca Arnold. War sie die Tote? Samantha beugte sich dichter zum Bildschirm. Schwer zu sagen. Die Frau auf dem Bild war geschminkt und hatte im Gegensatz zur Toten lange Haare und kein Muttermal auf der Wange, soweit Samantha es erkennen konnte. Die Haare deckten die Ohren und den Hals ab. Keine Chance festzustellen, ob sie dort eine Tätowierung hatte. Auf dem rechten Unterarm hatte sie eine. Es musste sich um eine Schlange handeln, deren Schwanzende unter dem Saum des Pullis hervorschaute. Die Tote hatte das nicht gehabt. Stopp, sagte Samantha sich. Die Tote hatte einen langärmeligen Pullover getragen, und auf dem Foto aus der Rechtsmedizin waren die Arme nicht zu sehen gewesen.

Eine Tätowierung am Arm musste nicht automatisch heißen, auch eine am Hals zu haben. Außerdem trug Bianca eine Brille. Eine Brille hatte Samantha bei der Toten nicht gesehen. Das musste genauso nichts bedeuten. Sie hatte nicht darauf geachtet, ob irgendwo eine gewesen war.

Samantha lehnte sich nach hinten und verschränkte die Hände hinter dem Kopf.

Wie auf dem anderen Bild verdeckten auf dem Porträtfoto neben ihrem Werdegang die Haare ihren Hals, und sie hatte ebenfalls eine Brille auf. Bianca war auch auf diesem Bild geschminkt. Falls sie ein Muttermal besaß, war es mit dem Make-up abgedeckt.

Zurück zu Fabia. Samantha meinte sich zu erinnern, wie Giulia von einer Fabia gesprochen hatte, die ihr den Schlüssel gegeben habe, damit sie nach dem Rechten sehen konnte. War sie also wieder gesund? Die andere, also Bianca, war in den Ferien, fiel ihr ein. Sie konnte also nicht die Tote sein.

Samantha dachte an das, was sie vorhin gehört hatte. Was war am Samstagabend passiert?

***

Heute ließ die Kondition zu wünschen übrig. Samantha stieg vom Velo und wartete, bis sie wieder normal atmete. Es rächte sich, während der Wintermonate nicht mit dem Velo, sondern mit dem Auto zur Arbeit gefahren zu sein. Zuerst hatte sie die Ausrede gefunden, es sei zu kalt. Später war das Wetter zu unbeständig gewesen. Heute hatte sie sich einen Ruck gegeben und das Velo aus der Garage geholt.

Sie schob es die Seltisbergerstraße aufwärts. Fast oben, bog sie ab und erreichte kurz darauf ihr Haus.

Verdutzt blieb sie stehen, als ihr der silberne Hyundai gegenüber ihrer Einfahrt auffiel. War das Nussbaums Wagen? Sie näherte sich dem Auto. Keiner war drin. Auf dem Beifahrersitz erkannte sie eine Tasche, wie Nussbaum sie hatte. Wieso hielt er nicht in ihrer Einfahrt, wie er es normalerweise tat, wenn er zu ihnen kam? Samanthas Smart stand am Rand, und der Hyundai hätte genügend Platz gehabt.

Sie betrat ihre Einfahrt. Das Garagentor war offen. Kein Wagen stand darin. Joel war offenbar nicht zu Hause. Das bedeutete, Nussbaum war nicht bei ihnen. Sie schaute die Straße entlang, und Beklemmung machte sich breit. Es gab für ihn keinen Grund, hier zu sein, außer es war etwas passiert.

Samantha betrachtete die Häuser in ihrer Nachbarschaft. Alles sah wie immer aus. Ein Wagen fuhr vorbei. Er verschwand. Die Straße war wieder leer, und es war still. Kein Vogel sang. Es kam Samantha vor, als hielte die Welt den Atem an.

Du bist albern, schalt sie sich. Vermutlich gehörte der Wagen nicht Nussbaum, sondern jemandem, der zu Besuch war.

Sie stellte das Velo in die Garage, holte die Post aus dem Briefkasten und blätterte die Couverts durch, als eine Bewegung gegenüber ihre Aufmerksamkeit auf sich zog.

Nussbaum trat aus dem von Büschen verdeckten Windfang des Hauses, in dem Annina und Florin Nidegger wohnten, und kam die Treppe herunter.

Wieso war er bei den Nideggers?

Samantha hatte ein Déjà-vu und fühlte sich ein Jahr zurückversetzt, als ihre damalige Nachbarin Josefina brutal ermordet in dem Haus aufgefunden worden war. Es hatte mehrere Wochen gedauert, bis der Eigentümer neue Mieter gefunden hatte.

Nussbaum bemerkte sie und kam auf sie zu. »Hallo, Samantha.« Er küsste sie auf beide Wangen.

»Wieso bist du hier? Ist etwas passiert?«

»Nur eine Zeugenbefragung.«

»Zeugenbefragung?«

»Wie du weißt, darf ich zu laufenden Ermittlungen nichts sagen.«

Laufende Ermittlungen? Welche meinte er? Die Tote im Ziegelhof oder handelte es sich um einen anderen Fall? Sie schaute zum Haus der Nideggers.

»Es war keiner da. Wo ich gerade hier bin, ist dir ein weiteres Detail zur Toten im Ziegelhofareal eingefallen?«

»Nein. Was sollte mir zusätzlich in den Sinn kommen?«

»Ob du jemanden gesehen hast, als ihr zum Ziegelhof gelaufen seid, oder ob ihr im Haus einer Person begegnet seid.«

Das hatte Bühler gestern und der Beamte heute Morgen noch mal gefragt.

»Nein. Auf dem Hinweg sind uns Leute begegnet, aber ich habe nicht auf sie geachtet. Ich glaube, es waren zwei Frauen und ein Mann, die uns entgegenkamen.«

»Kamen sie aus einem der Ziegelhofgebäude?«

»Das weiß ich nicht. Drinnen war niemand.«

»Schönen Abend und Grüße an Joel«, sagte Nussbaum, nachdem er weitere Fragen gestellt hatte, die Samantha bereits früher beantwortet hatte und denen nichts mehr hinzuzufügen war. Er stieg in seinen Wagen und hob die Hand, als er abfuhr.

Samantha meinte, eine Bewegung am Vorhang im ersten Stock des Hauses der Nideggers wahrzunehmen. Dort stand jemand. Annina oder Florin? Wieso starrte die Person auf die Straße?

Die Frage ließ sich umdrehen. Wieso starrte sie auf das Haus? Samantha schüttelte das Unbehagen ab und betrat ihr Entrée.

»Mir gefällt das nicht«, sagte Joel.

Sie überquerten die Seltisbergerstraße und liefen geradeaus weiter. Heute hatten sie nur eine kurze Runde gedreht, da es angefangen hatte zu nieseln. Der Regen roch nach Sommer, und Samantha sog die Luft tief ein.

Die erhoffte Entspannung machte sich nicht breit.

»Immer noch kein Licht.« Samantha zeigte auf Nideggers Haus.

»Das muss nichts heißen«, sagte Joel.

Wie oft hatte er das heute Abend schon gesagt?

»Lass uns ins Haus gehen.« Joel berührte Samanthas Arm. »Sie können im Ausgang sein.«

»An einem Dienstagabend?«

»Wieso nicht? Wir gehen auch mal unter der Woche etwas essen.«

»Wenn es einen speziellen Anlass gegeben hat.«

»Wieso sollten die beiden heute keinen speziellen Anlass haben? Feiern einen Geburtstag oder sie haben einfach keine Lust zum Kochen.«

Er hatte recht. Dennoch konnte Samantha sich damit nicht zufriedengeben. Es stimmte etwas nicht. Den ganzen Abend hatte sie wiederholt zum Haus geschaut. Nie hatte es den Anschein gemacht, es sei jemand da.

Nussbaum hatte erklärt, es sei keiner zu Hause. Doch den Schemen am Fenster hatte Samantha sich nicht eingebildet. Die Person, die dort gestanden war, hatte sie und Nussbaum beobachtet, als sie miteinander gesprochen hatten.

Wieso hatte die Person Nussbaum die Tür nicht geöffnet? Oder war es doch nur Einbildung, und Annina und Florin waren später heimgekommen? Doch in dem Fall hätte im Verlauf des Abends Licht brennen müssen.

Florin und Annina können gegangen sein, als du gerade nicht hingeschaut hast, sagte sie sich und folgte Joel ins Haus. Der schale Beigeschmack, den Nussbaums Anwesenheit verursacht hatte, blieb.

Sie gingen in die Küche.

»Einen Tee?«, fragte Joel.

»Gerne.« Samantha nahm Teepackungen aus dem Schrank, während Joel Wasser aufsetzte. »Welchen möchtest du?«

»Ich nehme den gleichen wie du.«

Samantha wählte eine Alpenkräutermischung. »Ich frage mich, ob Nussbaums Besuch bei den Nideggers mit der Toten im Ziegelhof zu tun hat«, sprach sie aus, was sie den ganzen Abend nicht losgelassen hatte.

»Wie kommst du auf diese Idee? Ich finde es weit hergeholt.«

»Vielleicht kannten sie sich.«

»Das wäre ein großer Zufall.«

»Florin oder Annina können in Behandlung gewesen sein.«

»Du meinst, sie klappern alle Patienten der Physiopraxis ab? Was sollen die mit der Toten zu tun haben?«

»Ich würde als Erstes im Familienkreis und im Patientenumfeld nach dem Täter suchen.«

»Du willst damit andeuten, die Tote war eine Patientin? Weiß man, um wen es sich handelt?«

»Bisher wurde in den Medien kein Name genannt. Und Jan hüllt sich in Schweigen.«

»Was ich logisch finde.«

»Schon klar.«

»Frage Giulia. Wie du erzählt hast, weiß sie mehr.«

»Sie wird mir kaum etwas sagen. So wie sie mich abgeblockt hat. Außerdem ist sie krank. Wobei ich denke, sie ist nicht richtig krank. Sie hat Angst. Angst vor der Frau, die heute bei ihr war.«

»Diese Fabia Burri, eine der Physiotherapeutinnen? Du solltest Jan darauf ansprechen. Es klingt danach, als habe die Frau Giulia bedroht. Das hättest du vorhin schon machen sollen.«

Samantha ließ es sich durch den Kopf gehen. Joel hatte recht. »Ich schaue, wie Giulia morgen drauf ist, und wenn sie gleich wie heute ist, werde ich es nachholen und mit Jan sprechen.«

DREI

»Du bist vor mir da?«, fragte Franz Ammann. Erschrocken schaute Samantha auf. »Es kommt so gut wie gar nicht vor, dass jemand am Morgen früher als ich da ist. Es sei denn, es gibt einen Grund.«

»Ich sollte das aufarbeiten, was wegen des Durcheinanders in den letzten Tagen liegen geblieben ist.«

Franz stellte sich hinter Samantha. Sie hatte es nicht gern, wenn ihr jemand beim Arbeiten über die Schulter schaute.

»Wie stark bist du im Rückstand?«

Samantha hielt den Daumen in die Luft. »Die Entscheidung, welcher Lieferant den Zuschlag für das Guar Gum bekommen soll, ist hängig.« Sie hob den Zeigefinger dazu und tippte mit dem der anderen Hand dagegen. »Die letzten Details für den Laboraufbau fehlen.«

»Welche letzten Details? Das Labor ist seit Anfang Jahr einsatzfähig. Nicht alle Zusatzwünsche von Emma haben wir berücksichtigt, wie du weißt. Zum einen aus Kostengründen, zum anderen, weil Cornelia und ich den Sinn für diese Anschaffungen nicht sahen.«

»Emma sagte, es fehlen –«

»Ich dachte, das ist geklärt. Ich übernehme das und spreche mit ihr. Was gibt es sonst?«

Samantha tippte gegen den Mittelfinger. »Die Vorbereitungen für die internationale Kosmetikmesse in-cosmetics in Barcelona Ende April sind ins Stocken geraten. Mit den Sicherheitsdatenblättern, also den MSDS, die ich für die Kosmetikmesse überarbeiten muss, bin ich noch nirgends.« Sie zeigte auf den Bildschirm. »Ich habe gerade mit dem ersten Sicherheitsdatenblatt angefangen. Ist Giulia schon da? Ich sollte mit ihr besprechen …« Am rechten oberen Bildschirmrand erschien die Mitteilung einer neuen E-Mail mit dem Betreff »Abwesenheit«.

Rasch wechselte Samantha zu Outlook. Sie stöhnte auf. »Giulia kommt nicht.«

»Wunderbar«, sagte Franz und klang alles andere als begeistert. »Ich bitte dich, ihre Mailbox zu hüten und die Terminabsprachen für die Messe zu verwalten.«

»Ich?« Das war definitiv nicht ihre Aufgabe.

»Ihr habt euch gegenseitig Zugriff gegeben, wenn ich das richtig in Erinnerung habe.«

»Ja, aber –«

»Ich bitte dich, die Organisation des Standes zu übernehmen. Das hat Priorität.«

An dieser in-cosmetics hatte Franz beschlossen, zum ersten Mal einen eigenen Stand zu haben.

»Fürs Marketing ist Jasmin –«

»Die Koordination liegt bei Giulia. Und das hat, wie gesagt, Priorität.«

»Aber ich –«

»Vielen Dank.« Franz verließ eilig das Büro, und Samantha schaute ihm frustriert hinterher. Hatte sie eben nicht gesagt, sie versinke in der Arbeit? Wieso musste er ausgerechnet ihr diese Zusatzaufgaben aufbrummen?

Samanthas Laune verschlechterte sich zusehends, und sie musste eine Zumutung für ihre Kollegen sein. Jeder, der sie ansprach, erntete eine unfreundliche Antwort. Inzwischen machten alle einen großen Bogen um sie. Sogar Christian hatte sie vergrault. Die meiste Zeit war er nicht an seinem Platz.

Genauso hatte niemand gefragt, ob Samantha mit in die Mittagspause kommen wolle.

Selbst schuld, sagte sie sich und starrte missmutig auf den Bildschirm. Die Hälfte der Zeit hatte sie damit verbracht, Termine für Franz und Cornelia an der Messe abzumachen oder zu schieben.

Besonders zeitaufreibend war, sich in die Korrespondenz einzulesen. Giulia hatte alles akribisch dokumentiert und übersichtlich abgelegt, aber nur bis vorgestern. Seitdem hatte sie es liegen gelassen, wie Samantha feststellen musste. Es war mühsam, dies aufzuarbeiten. Zumal Erinnerung-E-Mails gekommen waren – mit der Bitte um eine baldige Antwort. Es dauerte, bis Samantha alles durchgelesen hatte.

Ein vorsichtiges Klopfen gegen den Türrahmen ließ Samantha aufschauen. Emma Hofmann, die Laborantin, und Jasmin Hofer, die das Marketing von Amry unter sich hatte, standen in der Tür. Jasmin hielt ein Sandwich hoch, und Emma deutete auf den Teller in ihrer Hand, auf dem ein Kuchenstück lag.

»Mit leerem Magen lässt es sich nicht arbeiten«, sagte sie in Hochdeutsch. Emma war Grenzgängerin und wohnte ungefähr zwanzig Kilometer von hier entfernt in einem kleinen Ort, dessen Namen Samantha vergessen hatte.

»Ich habe dir ein Sandwich mitgebracht«, sagte Jasmin.

»Und hier ist etwas zum Dessert.« Emma drückte die andere Hand ins Hohlkreuz und setzte sich aufrecht auf einen Stuhl.

»Was ist mit dir?«, fragte Samantha.

»Ich habe gestern eine falsche Bewegung gemacht.«

»Andere nennen das Hexenschuss«, sagte Jasmin. »Ja, ja, das Alter …«

Emma streckte ihr die Zunge raus und schob den Teller mit dem Kuchenstück zu Samantha.

Samantha wurde heiß. »Ich Ekelpaket habe deinen Geburtstag vergessen. Anstatt dir zu gratulieren, schnauze ich dich an.« Sie stand auf und umarmte Emma.

»Du musst dich nicht entschuldigen«, sagte sie. »Jeder sieht, was du zu tun hast.«

»Trotzdem –«

»Komm mit in die Küche und iss dort«, fiel Jasmin ihr ins Wort. »Bei einem Kaffee besprechen wir, was ich dir abnehmen kann.«

Samantha folgte den beiden und setzte sich zu ihnen an den Tisch. Heißhungrig schlang sie das Sandwich hinunter. »Ihr seid wahre Engel.«

»Nichts zu danken«, sagte Jasmin. »Wieso halst Franz dir das mit den Terminen und der Organisation der Messe auf?«

»Bitte frage mich nicht. Als ob ich nicht genug zu tun hätte, muss ich mich damit auseinandersetzen, wer in welchem Hotel übernachtet.«

Fragend schauten Emma und Jasmin sie an.

»Franz und Cornelia wollen nicht im selben Hotel logieren.«

»Wieso?«, fragte Emma.

»Wie du weißt, sind die beiden nicht die besten Freunde«, sagte Jasmin.

Das stimmte. Cornelias und Franz' Meinungen über das Führen der Firma waren nicht kompatibel. Franz hatte pharmazeutische Produkte wie eine Cortisonsalbe einführen wollen. Cornelia war dagegen gewesen, und das Projekt war auf unbestimmte Zeit vertagt worden. Auch bei den Schwerpunkten der kosmetischen Produkte waren sie sich häufig nicht einig, was gewisse Prozesse erschwerte.

»Sie werden sich zusammenraufen«, hatte Christian gesagt.

Bisher war die Annäherung der beiden nur schleppend vorangekommen. Glücklicherweise war Cornelia nur zwei- oder dreimal in der Woche in der Firma, weil sie an ihrer Doktorarbeit in Chemie schrieb, die im Herbst fertiggestellt sein sollte. Wenn Cornelia in Liestal war, ließ Franz' Laune zu wünschen übrig.

»Was soll das Theater mit dem Hotel?«, fragte Emma. »Das ist schlimmer als in einem Kindergarten.«

»Wem sagst du das?«, erwiderte Samantha. »Zu weit dürfen die Unterkünfte nicht auseinander sein. Ein gewisser Komfort soll gegeben sein. Finde mal etwas Anständiges.«

»Du bist reichlich spät dran. Barcelona wird ausgebucht sein.«

»Ich frage mich sowieso, ob es mit beiden auf der Reise gut geht«, sagte Jasmin.

Diese Frage hatte Samantha sich selbst mehr als einmal gestellt.

»Davon abgesehen finde ich es zu früh, sich auf den europäischen Markt auszudehnen, solange wir uns nicht richtig in der D-A-CH-Region etabliert haben.«

Das hatte Christian ebenfalls beanstandet.

»Soweit ich es verstanden habe, sucht Franz Distributoren in Frankreich, Spanien und Italien«, sagte Emma.

Es war Cornelias Idee gewesen, keine eigenen Verkäufer einzustellen, sondern in den jeweiligen Ländern Distributoren als Partner zu suchen, die die Akquisition übernahmen. Die in-cosmetics bot eine gute Gelegenheit, mit welchen in Kontakt zu kommen. Zum Erstaunen aller hatte Franz Cornelias Vorschlag gutgeheißen.

»Hallo, ihr drei.« Dominik Eichinger, der für den Einkauf der Rohstoffe verantwortlich war, streckte den Kopf zur Tür herein. »Habt ihr Christian gesehen? Franz möchte mit ihm die CVs der Kandidaten für den Ersatz von Bruno Fassbinder als Verkäufer für den deutschen Markt durchgehen.«

»Ich habe keine Ahnung, wo er steckt«, sagte Jasmin.

»Ich sollte mich langsam an die Arbeit begeben«, sagte Emma, nachdem Dominik gegangen war.

»Das Gleiche gilt für mich.« Jasmin stand auf.

»Geht nur«, sagte Samantha.

»Nun haben wir nicht darüber gesprochen, was ich dir abnehmen kann. Komm nach dem Essen zu mir.«

»Hast du Zugriff auf Giulias E-Mails?«

»Das nicht, aber ich werde das eine oder andere übernehmen können, wofür ich keinen Zugriff auf die Mails brauche. Zum Beispiel nach passenden Hotels suchen.«

»Danke! Und ich bin froh, dass ihr mich zu einer Pause gezwungen habt. Den Kuchen esse ich draußen, damit ich frische Luft bekomme.«

Im Windschatten in der Sonne war es angenehm. Samantha stellte Kuchen und Cappuccino auf einen der runden Tische auf der »Firmenterrasse«, die sich neben dem Eingang von Amry Cosmetics befand, und setzte sich.

Diese kleine Fläche hatte ursprünglich keinen offensichtlichen Nutzen gehabt, bis Franz Ammanns Schwester auf die Idee gekommen war, sie als Pausenecke zu nutzen.

Liebevoll hatte Annemarie Ryser die Fläche mit Blumenkübeln, Tischen und Sonnenschirmen gestaltet und sie so zu einem kleinen grünen Flecken in dem Gewerbegebiet gemacht. Nach Annemaries Tod hatte Jasmin die Aufgabe übernommen, diese kleine Oase zu pflegen. Sie lebte in einer Wohnung im Stedtli und freute sich über die Gelegenheit, gärtnern zu können.

Um einen Holzbogen, der von der Straße auf die Terrasse führte, rankten eine Clematis, deren Blüten noch geschlossen waren, und ein Geißblatt, wie ihr Jasmin erklärt hatte. In den länglichen Pflanzgefäßen hatte es verschiedene saisonale Blumen. Im Moment blühte ein buntes Gemisch aus Frühblühern und Polsterpflanzen, deren Namen Samantha nicht kannte. Zudem hatte es vier Blumenkübel mit einer Zwergkirsche, einem Zwergapfel sowie einem Oleander und einer Rose am Rand der Terrasse. Fünf runde Tischchen mit je vier Stühlen vervollständigten das Bild. Die Blumen zogen Wildbienen und Insekten an, die das Bienenhotel, das neben der Terrasse stand, fleißig nutzten.

Samantha schob einen Bissen vom Kuchen in den Mund, lehnte sich nach hinten und kaute mit geschlossenen Augen. Der Kuchen war köstlich. Ihre Eltern hätten eine Konditorei gehabt, hatte Emma erzählt, als Samantha gefragt hatte, woher sie die feinen Rezepte hatte. Emma brachte nicht zum ersten Mal Kuchen mit. Konditorin war nicht Emmas Berufswunsch gewesen, aber sie backte für ihr Leben gern.

»Was man offensichtlich sieht«, hatte sie gesagt und dabei über ihren fülligen Bauch gestrichen. Heute hatte sie einen Mohnstreuselkuchen gezaubert. Samantha nahm sich vor, Emma nach dem Rezept zu fragen.

»Entschuldigung. Darf ich kurz stören?«

Samantha richtete sich auf und erblickte eine Frau mit dunklen, kurzen Haaren. Vage kam sie Samantha bekannt vor, aber sie konnte nicht einordnen, wann und wo sie ihr begegnet war.

»Womit kann ich helfen?«

»Ich suche Giulia. Wir … waren verabredet.«

»Giulia ist nicht da. Sie hat sich krankgemeldet. Kann ich etwas ausrichten, wenn sie zurück ist?«

Ein finsterer Ausdruck huschte kurz über das Gesicht der Frau, und Samantha wusste auf einmal, wo sie die Frau gesehen hatte. Sie war hagerer als auf dem Foto auf der Webseite, und die Haare waren kürzer.

»Ich bin Fabia Burri«, sagte die Frau und umrundete den Blumenkübel. Sie trat auf die Terrasse, was Samantha nicht recht war. Heute sah sie nicht so aufgebracht aus wie beim letzten Mal, als Samantha sie und Giulia belauscht hatte. »Ich … wir hatten eine Meinungsverschiedenheit, und ich wollte mich bei Giulia entschuldigen, obwohl mein Verhalten unentschuldbar ist. Kann ich mich setzen?«

Bevor Samantha einen Einwand erheben konnte, ließ sie sich auf den Stuhl ihr gegenüber fallen.

»Giulia hat Biancas Leiche gefunden«, sagte sie.

»Bianca?« Sprach sie von ihrer Physiopartnerin?

»Bianca Arnold.«

Samantha konnte Fabia nur anstarren. Wie passte das zu Giulias Aussage, Bianca sei in den Ferien?

»Wir haben uns zusammen vor einem Jahr selbstständig gemacht und die Physiopraxis eröffnet.«

Das alles wollte Samantha gar nicht wissen, und sie überlegte fieberhaft, wie sie die Frau abblocken konnte, ohne unhöflich zu erscheinen. Sie wollte nicht weiter in die Sache hineingezogen werden, als sie schon drinsteckte.

»Es war ein riesiger Schock für mich, als plötzlich die Polizei bei mir vor der Tür stand. Dabei waren wir erst am Samstag gemeinsam im Ausgang.«

»Wir?«, rutschte es Samantha heraus.

»Wir sind eine Clique von zehn Personen und unternehmen häufig etwas zusammen.« Sie nestelte an dem Reißverschluss ihrer Handtasche und holte eine Zigarettenpackung hervor.

»Darf ich?«, fragte sie und steckte sich eine Zigarette zwischen die Lippen. Samantha griff nach dem Aschenbecher, der auf dem Nebentisch stand.

Fabias Hände zitterten, als sie die Zigarette anzündete. »Giulia war dabei. Ich meine, am Samstag im Ausgang. Als wir nach dem Nachtessen zahlen wollten, fiel Bianca auf, ihre Handtasche nicht zu haben. Sie müsse sie holen, und wir sollten rasch warten. Giulia ist mit ihr nach draußen gegangen, um eine zu rauchen.«

»Giulia raucht?«, fragte Samantha verdutzt und schaute auf den Aschenbecher. Sie hatte Giulia nie rauchen gesehen. Der Aschenbecher wurde, wenn überhaupt, nur von Cornelia benutzt.

»Na ja, eigentlich tut sie das nicht mehr. Nur gelegentlich auf Partys. Da Bianca nicht zurückkam, haben wir beschlossen, zum Ziegelhof zu gehen. Verschiedene Bands hatten dort an dem Abend Kurzkonzerte. Wir schickten Bianca eine WhatsApp-Nachricht und sind losgezogen.«

»Wussten Sie, wo Bianca hingegangen war?«

»Nein. Bianca war schneller weg, als ich fragen konnte. Aber rückblickend war es mir im Unterbewusstsein klar. Ich habe sie von der Praxis abgeholt. Von dort sind wir gemeinsam zum Restaurant Farnsburg gegangen.« Sie zog mehrmals hintereinander an der Zigarette. »Ausgerechnet an Biancas Geburtstag.« Fabia strich mit ihren Fingerspitzen über die Augenwinkel. »Da kommt mein Freund.« Sie drückte die Zigarette aus und stand auf, als sich ein braunhaariger Mann näherte. Die Frage, was Fabia bei Samantha machte, war ihm deutlich anzusehen.

»Matteo und …« Fragend schaute Fabia Samantha an.

»Samantha.« Sie ergriff die Hand, die er ihr hinhielt. »Ich glaube, wir haben uns mal auf dem Areal gesehen.«

»Das kann sein. Ich bin Elektriker bei Baselland Electrics.« Mit dem Daumen deutete er nach hinten. Das Elektrikunternehmen war ebenfalls im Schildareal. »Was machst du hier, Fabia?«

»Ich habe darüber nachgedacht und muss dir zustimmen.

Ich wollte zu Giulia, mich entschuldigen.« Sie holte eine neue Zigarette hervor.

»Du solltest nicht wieder damit anfangen«, sagte Matteo. Sanft strich er über ihren Rücken.

»Ich weiß, aber im Moment brauche ich das.« Sie inhalierte tief. »Giulia ist nicht da, und ich bin mit Samantha ins Gespräch gekommen. Sie hat zusammen mit Giulia Bianca gefunden.«

Moment mal, dachte Samantha. Davon war in ihrem Gespräch nicht die Rede gewesen. Woher wusste sie das? Von Giulia?

»Das muss schlimm gewesen sein«, sagte Matteo.

»Ja, das war es«, war das Einzige, das Samantha herausbrachte. Nur mit Mühe konnte sie das Bild der auf dem Boden im Erbrochenen liegenden Frau, das unmittelbar vor ihrem inneren Auge erschien, zur Seite drängen.

»Wieso musste der schöne Abend so enden?«, fragte Fabia. »Die Überraschung für Bianca ist uns voll geglückt, und dann das. Ich wünschte, ich wäre mitgegangen.«

»Keiner von uns wusste, was passieren würde«, sagte Matteo.

»Wir haben Biancas Geburtstag gefeiert«, wandte Fabia sich an Samantha. »Sie ist dreißig geworden. Am Sonntag wollte sie in die Ferien. Sie hat sich zwei Wochen Malediven geschenkt.« Fabia senkte den Kopf. Die Hand, die die Zigarette hielt, zitterte immer noch.

»Hatte Bianca ein gesundheitliches Problem?«, fragte Samantha vorsichtig.

»Nein, nicht dass ich wüsste.« Fabia schaute auf. Tränen glänzten in den Augen. »Gemäß Biancas Schwester ging die Polizei anfangs von einer Verkettung ungünstiger Umstände aus. Bianca muss schlecht geworden sein, und sie ist unglücklich gestürzt. Dabei hat sie das Bewusstsein verloren, weil sie mit dem Kopf gegen die Tischkante geprallt ist, und ist an ihrem Erbrochenen erstickt.«

»Davon wusste ich. Aber wieso anfangs und jetzt nicht mehr?«, fragte Matteo.

»Ich habe vorhin mit Biancas Schwester telefoniert. Alexandra war außer sich. Die in der Rechtsmedizin haben Substanzen nachgewiesen, wie sie in K.-o.-Tropfen enthalten sind.«

Es war, als sei eine Bombe eingeschlagen. Samantha und Matteo starrten Fabia an.

Matteo fing sich zuerst. »Wie bitte? Das ist unmöglich.«

»Unmöglich ist nichts«, erwiderte Fabia. »Es wäre nicht das erste Mal, dass jemandem solche Tropfen ins Getränk gemischt werden.«

»Bei einer Person, die allein an einer Bar ist, mag das zutreffen. In einem Restaurant mit Freunden sollte so etwas allerdings nicht passieren.«

»Es war voll.«

»Willst du behaupten, einer der anderen Gäste hat die Tropfen in Biancas Glas geschüttet? Warum ausgerechnet in ihres, und wann soll das geschehen sein? Wir hätten es bemerkt.«

»Sie saß am Rand, und zwischendurch war immer mal einer auf dem WC.«

»Es war immer mindestens einer von uns am Platz«, hielt Matteo dagegen.

»Wie du weißt, hatte Bianca genug intus. Wie wir alle. Erst den Aperitif und anschließend … Wie viele Flaschen Wein haben wir geleert? Wir waren aufgedreht und angeheitert. Keiner hat darauf geachtet, was um uns geschah. Als sie nach draußen ging, verhielt sie sich normal.«

Matteo sah skeptisch aus. »Bist du sicher?«

»Ja. Nein. Ich erinnere mich nur, wie Giulia ihr kurz drauf gefolgt ist.«

»Wenn ich es richtig überlege, muss ich dir recht geben. In dem alkoholisierten Zustand waren wir nicht gerade aufmerksam. Da ist es nicht schwer, rasch etwas in ein Glas zu träufeln, wobei ich es in einem Restaurant dreist finde. Doch es herrschte ein enormer Lärmpegel, und die anderen Gäste werden vorwiegend mit sich selbst beschäftigt gewesen sein.«

»Wer sagt, dass es im Restaurant passiert ist?«

Matteo war die Verwirrung deutlich anzusehen. »Wo sonst?«

»Keine Ahnung. Irgendwo draußen? Auf dem Weg in die Praxis?«

»Wie lange dauert es, bis die wirken?«

»Woher soll ich das wissen?«, fragte Fabia. »Zehn Minuten? Eine halbe Stunde? Erinnerst du dich, wie sie den Wein hinuntergestürzt hat, kurz bevor sie gegangen ist. Vielleicht waren da die Tropfen drin.«

»Oh Mann.« Matteo fuhr mit der Hand durch seine Haare. »Ist dir etwas an Bianca aufgefallen, bevor sie gegangen ist?«

»Das Gleiche hat mich dieser Polizeibeamte gefragt. Sosehr ich mir den Kopf zermartere – nein.«

»Welcher Polizeibeamte?«

»Ich war eben auf dem Polizeiposten.« Fabia zog an der Zigarette und drückte sie im Aschenbecher aus. »Ihr werdet auch für eine Aussage aufgeboten werden.«

»Ich werde nicht weiterhelfen können. Leider.«

»Das musst du diesem Polizeibeamten sagen. Oh entschuldige.« Fabia wandte sich Samantha zu. »Mit dem wollte ich dich nicht behelligen.«

»Kein Problem. Soll ich Giulia etwas ausrichten?«, fragte Samantha.

»Nein danke. Ich rufe sie an«, antwortete Fabia.

Samantha schaute Fabia und Matteo nach, wie sie sich entfernten. Sie fragte sich, ob die beiden beim Gespräch ihre Anwesenheit vergessen hatten, wie Fabia vorgegeben hatte. Das Ganze kam Samantha gestellt vor. Es war, als ob Fabia ihre Reaktion testen wollte. Die verstohlenen Blicke, die sie Samantha zugeworfen hatte, waren keine Einbildung gewesen. Es musste ihr gerade recht gekommen sein, dass ihr Freund sie bemerkt und sich zu ihnen gesellt hatte, um dieses Gespräch zu inszenieren.

Fabia hatte gewusst, dass Samantha dabei gewesen war, als Biancas Leiche gefunden worden war. Wollte sie prüfen, was Samantha genau wusste? Wieso?

»Das ist absurd«, murmelte Samantha. Sie stand auf und brachte Tasse und Teller in die Küche.

Dort traf sie auf David Gerber, der eine Schachtel mit Chips- und Nusstüten auf den Tisch stellte. Er war der IT-Verantwortliche bei Amry Cosmetics.

»Was machst du?«, fragte Samantha.

»Da Giulia krankfeiert, hat Franz Emma den Job aufgebrummt, sich um den Apéro zu kümmern, den es anlässlich des Tages der offenen Tür zur Neueröffnung unseres Labors gibt.«

Davon hatte Emma nichts gesagt. Offenbar war Samantha nicht die Einzige, die Zusatzarbeit aufgebrummt bekommen hatte. Abermals hatte sie ein schlechtes Gewissen, so unausstehlich gegenüber den Kollegen gewesen zu sein.

»Sie hat mich gefragt, ob ich mich um den Knabberkram und die Getränke kümmern kann. Wie du weißt, hat sie gestern die Hexe gestreift, und sie traut sich nicht zu, das alles einzukaufen.«

»Was ist mit der Catering-Firma?«, fragte Samantha.

»Die kümmert sich nur um die Häppchen und das andere Zeug.« Mit dem Fuß stieß er die Harasse mit dem Mineralwasser, Bier und den Softgetränken in die Nische neben der Anrichte. »Ich weiß, es ergibt keinen Sinn, aber Cornelia wollte es so. Im Grunde ist es kein Problem für mich, die Sachen zu organisieren.«

»Aber?«

»Einkaufen ist mühsam. Zumal die Großverteiler gefühlt täglich ihr Sortiment umräumen. Du musst suchen und benötigst dadurch doppelt so lange.«

»Du sollst nicht deine vordefinierte Route nehmen und alles schnell erledigen, sondern durch den Laden schlendern und Spontaneinkäufe tätigen.«

»Nicht mit mir.« David stellte die Schachtel mit den Chips auf die Harasse. »Ich hoffe, ich habe alles. Wir haben Giulias Einkaufsliste nicht gefunden, und dummerweise nimmt sie das Telefon nicht ab. Ich muss weitermachen.«

»Das sollte ich auch.« Samantha folgte David in den ersten Stock.

***

Samanthas Gedanken kamen nicht zur Ruhe. Konzentrieren funktionierte nicht. Dabei musste sie vorwärtskommen, wenn sie nicht endgültig in der Arbeit untergehen wollte.

K.-o.-Tropfen. Was bedeutete das für Biancas Tod?

Giulia habe sich normal verhalten, als sie nach draußen gegangen sei, hatte Fabia erzählt. Sie sei aufgedreht gewesen, wie alle. Aufgedreht und angeheitert, da sie einiges intus gehabt hatten. Giulia sei ihr kurz darauf gefolgt, hatte Fabia zudem gesagt.

War bei dieser Aussage unterschwellig die Beschuldigung mitgeschwungen, Giulia habe Bianca die Tropfen verabreicht? Sie musste die letzte Person gewesen sein, die Bianca lebend gesehen hatte. Samantha dachte daran, wie sie gestern das Gespräch belauscht und mitbekommen hatte, wie wütend Fabia gewesen war und wie sie Giulia bedroht hatte.

Wie sollte Giulia es draußen bewerkstelligt haben, Bianca die Tropfen zu verabreichen? Und vor allem, wieso? War etwas zwischen den beiden Frauen vorgefallen? Es musste etwas Gravierendes sein. Immerhin hatte Giulia gelogen und angegeben, Bianca nicht zu kennen, als Samantha sie darauf angesprochen hatte. Auch bei Nussbaum. Sollte das Jan Nussbaum und seinem Team zu Ohren kommen, war klar, was passierte. Giulia landete ganz oben auf ihrer Tatverdächtigenliste.

K.-o.-Tropfen. Regelmäßig hörte man in den Medien von Personen, die Opfer geworden waren. Die sich nicht mehr erinnern konnten, was geschehen war, und Opfer eines Sexualdelikts wurden. War Bianca missbraucht worden? War ihr jemand in die Physiopraxis gefolgt und hatte sie dort vergewaltigt? Die Tür war nur angelehnt gewesen. Das würde passen. Wenn sich jemand schnell von einem Tatort entfernte, würde er keine Zeit verschwenden, um die Tür zu schließen.

Bianca war bekleidet gewesen. Ein Sexualstraftäter würde sein Opfer nicht im Anschluss wieder anziehen, oder?

Bisher hatte keiner etwas in dieser Richtung verlauten lassen. Weder die Medien noch Nussbaum und sein Team. Diese Ermittlungsdetails würde er ihr nicht ohne Weiteres sagen.

Die Gedanken rotierten schneller im Kopf. War Bianca nicht am Erbrochenen gestorben, wie Fabia erzählt hatte, sondern hatte die Person, die sich an ihr vergangen hatte, sie getötet? Hatte er sie erwürgt? Samantha erinnerte sich nicht, entsprechende Male am Hals gesehen zu haben. Die Kopfwunde. War nicht ein unglücklicher Sturz die Ursache, sondern war sie erschlagen worden?

Outlook vermeldete den Eingang einer Nachricht. Die E-Mail kam von Giulia.

Hoffentlich bist du noch im Büro. Ich habe mein Handy auf meinem Pult liegen gelassen. Würde es dir etwas ausmachen, es mir zu bringen?

Wieso ausgerechnet ich?, fragte sich Samantha. Sie hatte keine Zeit dafür. Giulia verdankte sie die Zusatzarbeit.

Warum kann das nicht bis morgen warten, oder du holst es selbst?, schrieb Samantha zurück.

Immerhin hatte Giulia das Handy bisher nicht vermisst, was Samantha erstaunlich fand. Giulia hätte es im Büro holen können, niemand hätte sich darüber gewundert, auch wenn sie krank war. Oder war es ihr so schlecht gegangen, und sie hatte es daher mehr als vierundzwanzig Stunden nicht vermisst?

Mir geht es immer noch dreckig, und mit diesen Kopfschmerzen gehe ich heute nicht mehr aus dem Haus, kam prompt die Antwort. *Ich wäre froh, wenn ich es so bald wie möglich hätte.*

Samantha verwünschte sich. Wieso hatte sie auf die Nachricht reagiert? Giulia musste damit rechnen, dass Samantha um diese Zeit längst gegangen war. Samantha schaute auf die kleine Digitaluhr oben rechts auf ihrem Bildschirm. Kurz vor acht. So spät, dachte sie entsetzt. Über den Himmel zogen Wolken in unterschiedlichen Rottönen. Die Sonne musste untergegangen sein.

Christian war vor zwei Stunden gegangen. Jasmin und Dominik hatten ihr zum Abschied zugewunken. Wann das gewesen war, wusste Samantha nicht. Sie registrierte, wie ruhig es war. Es war die Stille leerer Räume. Die Lüftung ihres Laptops, die sich kurzfristig eingeschaltet hatte, durchbrach sie, und das Rauschen des Verkehrs auf der Umfahrungsstraße A 22 drang durch das gekippte Fenster. Sie musste die Letzte sein.

Samantha hatte keine Lust, allein in den Büroräumen zu sein. Es war unheimlich.

Sie schaute das Sicherheitsdatenblatt an. Damit würde sie heute nicht fertig werden.

»Schluss«, sagte Samantha energisch.

Sollte sie Giulia den Gefallen tun? Lust dazu hatte sie nicht. Auf der anderen Seite konnte sie Giulia endlich die Fragen stellen, die ihr während des Nachmittags durch den Kopf gegeistert waren. Heute war sie mit dem Auto gekommen, da ihr Velo am Morgen einen Platten gehabt hatte.

Joel hatte am Morgen erklärt, es werde heute später, da sie heute Abend einen Apéro mit Lieferanten bei AarePharm hatten.

Samantha schrieb Giulia, dass sie vorbeikäme, und verwünschte sich erneut, sich breitschlagen gelassen zu haben.

Die Antwort kam postwendend. *Danke, du hast was gut bei mir.*

Samantha fuhr den Computer herunter und lief zu Giulias Büro. Es war tatsächlich niemand mehr da.

Das Handy lag dort, wo Giulia angegeben hatte, neben ihrem Computer. Samantha schaute sich um. Alles war aufgeräumt. Völlig untypisch für Giulia.

Samantha steckte das Handy ein und verließ Amry Cosmetics.

Zehn Minuten Fahrzeit, verriet das Navi Samantha, als sie Giulias Adresse eingegeben hatte. Samantha bog rechts in die Rheinstraße ab. Sie entschloss sich, auf dieser zu bleiben und nicht auf die Umfahrungsstraße zu wechseln. Samantha folgte dem Straßenverlauf entlang von Autohäusern und Gewerbebetrieben, überquerte die A 22 und erreichte Pratteln. Im nächsten Kreisel nahm sie die zweite Ausfahrt und bog anschließend links ab. Sie überquerte eine Kreuzung mit einer Ampel und bog ein weiteres Mal ab. Kurz darauf erreichte sie ein hellgelbes zweistöckiges Haus. Gegenüber vom Eingang fand Samantha ein freies Parkfeld.

Sie legte die Parkscheibe auf das Armaturenbrett, nahm Giulias Handy und stieg aus. Der Wind hatte aufgefrischt, und es war kühl. Niemand war zu sehen. Das entfernte Rauschen des Verkehrs war zu hören – vermutlich von der Hauptstraße, auf der Samantha hergefahren war. Auf der Bahnlinie weiter vorne fuhr ein Zug Richtung Pratteln Bahnhof.

Samantha suchte auf der Klingelleiste nach Giulias Namen. Nichts passierte, nachdem sie auf den Knopf gedrückt hatte. Samantha stieß gegen die Glastür mit dem blauen Rahmen. Sie war verschlossen.

»Ich bin extra hergefahren, und nun das«, brummte sie ärgerlich.

So wie Giulia geklungen hatte, wollte sie das Handy dringend haben. Oder hatte sie es sich anders überlegt und war zu feige, die Tür zu öffnen? Ihr musste klar geworden sein, Samantha nicht ausweichen zu können und dass Samantha die Gelegenheit nutzen würde, um Antworten einzufordern.

Das Handy in den Briefkasten zu legen fand Samantha keine schlaue Idee. Durch den schmalen Schlitz würde es einfach sein, das Handy herauszufischen. Eigentlich war es nicht ihr Problem, aber ihr widerstrebte es.

Ein Mann in Joggingkleidern hielt neben Samantha an. Er grüßte, schob einen Schlüssel ins Schloss und ging hinein. Bevor die Tür zufiel, stieß Samantha sie auf und schlüpfte ebenfalls hinein.

Giulia hatte erzählt, im Erdgeschoss zu wohnen. Samantha entdeckte das Namensschild von Giulia auf der rechten Seite und klingelte. Abermals wurde nicht geöffnet. Der Ärger nahm zu, und Samantha war versucht, das Handy auf die Fußmatte zu legen. Das war die dümmere Alternative als der Briefkasten. Sie lehnte sich gegen die Tür, die unverhofft aufschwang. Überrascht stolperte Samantha in die Wohnung.

Hatte Giulia sie vorfahren gesehen und die Tür geöffnet?

»Giulia, ich bin es«, rief sie.

Das Licht im Treppenhaus ging aus, und Samantha realisierte, wie finster es in der Wohnung war.

Sie tastete nach dem Lichtschalter neben der Tür. Das Entrée war klein. Die Garderobe nahm die Hälfte der Fläche ein. Gegenüber hing ein Spiegel, der fast von der Decke bis zum Boden reichte. Daneben befand sich ein Schränkchen, auf dem eine Glasschale mit Schlüsseln und Stiften stand, neben der Couverts und eine Handtasche lagen. Fünf oder sechs Schuhpaare waren auf dem beigen Plattenboden aufgereiht. Drei Türen gingen vom Entrée weg. Die Türen rechts und links waren geschlossen. Die geradeaus führte offenbar ins Wohnzimmer. Von ihrem Standpunkt aus erkannte Samantha einen Teil eines Sofas und eines Salontischchens.

»Giulia?«

Keine Antwort. Das durfte nicht wahr sein! War sie gegangen, obwohl sie Samantha erwartete?

In Samantha brodelte es. Sie würde Giulia ordentlich die Meinung sagen, wenn sie ihr das nächste Mal begegnete.

Samantha wollte das Handy auf das Schränkchen legen, als es im Wohnzimmer einen Knall gab, als ob etwas umgefallen wäre. Schnelle Schritte folgten. Samantha sah eine Person vorbeihuschen.

»Giulia?«

Samantha eilte zum Wohnzimmer und tastete nach dem Lichtschalter. Sie schrie auf, als sie das Chaos erblickte. Bücher waren aus dem Regal herausgezogen worden. Ein zersplitterter Blumentopf mit einer Grünpflanze lag auf dem Boden. Erde hatte sich über den Plattenboden verteilt. Gegenüber befand sich eine Wohnküche, deren Schränke offen standen. Ein Luftzug ließ Samantha herumfahren. Der Vorhang bauschte sich im Wind. Die Terrassentür stand sperrangelweit offen. In dem Licht, das aus dem Wohnzimmer nach draußen fiel, erkannte sie die Hälfte eines dunklen Gartentisches mit zwei Stühlen, die auf der kleinen Terrasse standen. Im Hintergrund sah sie einen Streifen einer Wiese und dahinter den Umriss eines Hügels mit Bäumen.

»Verlass sofort die Wohnung, setze dich ins Auto und warte, bis wir da sind«, hatte Nussbaum gesagt. Das war vor zwanzig Minuten gewesen. Wo blieb er?

Samantha starrte zum Gleis weiter vorne. Ein Zug fuhr Richtung Liestal, danach war es wieder ruhig.

Ein Wagen hielt neben ihrem Smart an, und Samantha bemerkte Nussbaums silbrigen Hyundai. Bühler saß neben ihm. Die Männer hatten sie ebenfalls entdeckt. Nussbaum parkte rückwärts hinter Samantha ein. Erleichtert stieg sie aus.

»Wieso sind Sie hier?«, fragte Bühler, nachdem sie einander begrüßt hatten.

Samantha berichtete von Giulias Bitte. Bühlers Skepsis war deutlich, und er setzte zu einer Erwiderung an.

»In der Wohnung ist niemand?«, kam Nussbaum ihm zuvor.

»Nein. Ich habe in den Räumen nachgeschaut.«

»Das war keine gute Idee. Ein Einbrecher hätte sich verstecken können.«

»Darüber habe ich nicht nachgedacht. Ich wollte schauen, ob Giulia da ist und ob sie verletzt ist. Da war diese Person.«

»Welche Person?«

»Ich habe Giulias Namen gerufen. Daraufhin rannte jemand aus dem Raum.«

»Frau Russo?«, fragte Bühler. »Oder war es ein Einbrecher?«

»Ich habe nicht erkennen können, ob es ein Mann oder eine Frau war. Es ging zu schnell. Ich weiß nur, dass sie dunkle Kleidung trug.«

Neben Nussbaums Wagen hielt ein Polizeiauto, aus dem eine Frau und ein Mann in Uniform stiegen. Das Blaulicht zuckte in regelmäßigen Abständen und blendete Samantha. Sie wünschte, die beiden würden es abstellen. Den Gefallen taten sie ihr nicht.

In einzelnen Fenstern der Nachbarhäuser tauchten Gesichter auf.

»Bitte bleiben Sie hier«, sagte Bühler und ging zu den beiden Beamten. Was er ihnen sagte, konnte Samantha nicht verstehen, da er die Stimme senkte. Vermutlich waren es Anweisungen.

»Sind Sie die Frau, die den Einbruch gemeldet hat?«, fragte die Beamtin Samantha.

»Ja.«

Die Frau musterte Samantha. »Sie wollen etwas gesehen haben? Ausgerechnet Sie?«

»Was meinen Sie damit?«

»Hat es nicht geheißen, eine dunkelhäutige Person habe fluchtartig den Tatort verlassen?«

»Das habe ich so nicht gemeldet. Ich sagte –«

»Wollen Sie von sich ablenken? Es wäre nicht das erste Mal, dass jemand wie Sie das tut.«

»Moment«, fuhr Nussbaum dazwischen.

Zu mehr, als die Beamtin anzustarren, war Samantha nicht fähig. Wie so oft in ähnlichen Situationen ließ ihre Schlagfertigkeit sie im Stich.

»Ich möchte kurz mit dir sprechen.« Nussbaums Ton ließ keinen Widerspruch zu. Die beiden Beamten entfernten sich.

»Dieses Verhalten toleriere ich nicht«, sagte er scharf, bevor sie außer Hörweite waren. Die Beamtin erwiderte etwas, woraufhin Nussbaums Antwort heftig ausfiel, wenn Samantha die damit verbundenen Gesten richtig interpretierte.

Regelmäßig gab es diesen verbalen Schlag in die Magengrube. In letzter Zeit häuften sie sich. Immer aus dem Hinterhalt, wenn Samantha nicht damit rechnete, und oft nur wegen Kleinigkeiten.

Die Beamtin wandte sich von Nussbaum ab. Sie schaute Samantha wütend an, als sie an ihr vorbeiging. Mit einer energischen Handbewegung bedeutete sie ihrem Kollegen, ihr zum

Haus zu folgen, in dem Giulia wohnte. Bevor er der Aufforderung nachkam, beugte er sich ins Auto und schaltete das Blaulicht aus.

Obwohl Samantha an Nussbaums Stelle die Frau auch gerügt hätte, machte sich Unmut breit. Sie wollte nicht in Schutz genommen werden. Das hatte sie bereits wiederholt Joel erklärt, der sich, wenn auch nur widerwillig, daran hielt. Sie musste selbst mit diesen Situationen zurechtkommen und sich selbst wehren.

Nussbaum kehrte zurück.

»Du musst nicht für mich Partei –«, begann Samantha.

»Nochmals von vorne«, unterbrach er sie und nahm ihr den Wind aus den Segeln. »Du hast die E-Mail bekommen mit der Bitte, Frau Russo das Handy zu bringen.«

»Genau.« Samantha brauchte kurz, bis sie gedanklich an das Gespräch vor dem Eintreffen des Polizeiwagens angeknüpft hatte. »Giulia hatte Glück, weil ich noch da war. Sonst hätte ich die Mail erst morgen gesehen.«

»Telefoniert habt ihr nicht?«

»Nein. Wie denn? Das Handy war im Büro, wie sie geschrieben hat.«

»Sie hätte ihren Festnetzanschluss benutzen können.«

»Sie hat nicht angerufen. Ich glaube, sie hat gar keinen.«

»Woher nimmst du die Sicherheit, die E-Mail stamme von Frau Russo?«

»Wieso sollte sie das nicht?«

»Kann ich sie bitte sehen?«

»Sie hat sich in ihr Geschäftsaccount eingeloggt und an meine Firmen-E-Mail geschrieben.«

»Hast du von hier Zugriff?«

»Theoretisch. Ich habe das nie mit dem Handy gemacht, aber ich versuche es gerne.«

Nussbaums Ungeduld war spürbar und machte Samantha nervös. Als sie dachte, sie würde es nicht schaffen, gelang es ihr, sich einzuloggen, und sie sah ihre Mailbox. Samantha reichte Nussbaum das Handy und deutete auf die oberste E-Mail.

»Kurz und knapp«, sagte er.

»So halten wir es gewöhnlich.«

»Du hattest nicht das Gefühl, es stimme etwas nicht?«

»Zu dem Zeitpunkt nicht. Rückblickend finde ich die Uhrzeit seltsam, zu der mich ihre Bitte erreichte. Normalerweise bin ich nicht so lange im Büro, und das weiß sie. Um acht ist eigentlich keiner mehr dort.«

»Du hast eben erwähnt, du bist länger geblieben, weil du viel zu tun hast.«

»Das konnte sie nicht wissen. Aber sie kann es auf gut Glück versucht haben.«

»Wie es aussieht, hat sie nur dir die Mail geschickt.« Nussbaum tippte auf die Empfängerzeile. »Hat sie den anderen keine Nachricht geschickt?«

»Das kann ich dir nicht sagen. Aber ich würde annehmen, nein. Wenn wir an mehrere Kollegen gleichzeitig eine E-Mail schicken, haben wir dazu entsprechende Empfängerlisten eingerichtet.«

»Du meinst, Frau Russo wird sich nicht die Mühe mit Einzelnachrichten gemacht haben.«

»Genau.«

»Offenbar hat sie sich die Mühe gemacht und sich via Firmenaccount eingeloggt. Ich gehe davon aus, das geschah von ihrem Computer zu Hause aus. Wieso benutzt sie nicht ihre private E-Mail?«

»Das kann ich dir nicht beantworten.«

Nussbaum lehnte sich gegen seinen Wagen. »Kann ich bitte Frau Russos Handy sehen?«

Durfte sie es ihm einfach so aushändigen?

Giulia war verschwunden, und ihre Wohnung war verwüstet. Vielleicht schwebte sie in Gefahr. Samantha holte das Handy hervor.

Nussbaum nahm einen Asservatenbeutel aus der Tasche und hielt ihn Samantha hin, damit sie es hineinplumpsen ließ. »Wer außer dir und Frau Russo hatte es in der Hand?«

»Das weiß ich nicht. Es lag offen zugänglich auf ihrem Pult.«

Nussbaum steckte das Handy ein. »Wie hat sich Frau Russo in den letzten Tagen verhalten?«

»Sie stand neben sich. Das finde ich nach dem Fund der Toten verständlich. Mir geht es genauso.«

»Und vorher? In den letzten Wochen?«

»Mir ist nichts aufgefallen. Sie war wie immer. Freundlich, hilfsbereit und zu Späßen aufgelegt.«

»Gab es gestern etwas, das dir auffällig erschienen ist?«

Das war der Zeitpunkt zu erwähnen, dass Giulia gelogen hatte, als sie behauptet hatte, die Tote nicht zu kennen, und dass sie sogar mit ihr am Samstagabend im Ausgang gewesen war. Samantha überlegte, wie sie es am besten formulierte, damit es die Lüge abschwächte.

Der Polizeibeamte gesellte sich zu ihnen und ersparte ihr, sofort zu antworten. Von seiner Kollegin war zum Glück nichts zu sehen.

»Es herrscht ein ziemliches Chaos im Wohnzimmer«, sagte er. »Das Gleiche gilt für die übrigen Räume. Zudem haben wir neben dem Herd eine Blutspur auf der Arbeitsfläche gefunden.«

»Du meinst, es hat ein Kampf stattgefunden?«

»Es deutet darauf hin«, sagte Bühler, der sich neben sie stellte. »Ich weiß nicht, wieso, aber irgendwas stört mich an dem Ganzen. An dem Chaos und an der Blutspur.«

»Wie meinst du das?«

»Es sieht inszeniert aus.«

Samantha ließ sich neben Joel auf das Sofa fallen und legte den Kopf gegen seine Schulter.

»Woran erkennt Herr Bühler, Giulia habe ihr Verschwinden inszeniert?«, fragte er.

»Keine Ahnung, wie er es in dem Chaos feststellen will.«

Samantha gähnte. Sie war hundemüde und gleichzeitig aufgedreht. Bühler hatte darauf bestanden, sie weiter zu befragen. Nussbaum hatte ihn zu Samanthas Leidwesen gewähren lassen, da er befürchtete, er selbst könnte es nicht objektiv betrachten.

Mehr als Nussbaum hatte sie Bühler nicht berichten können. Als Samantha erwähnte, Giulia habe sie angelogen, hatte sich seine Miene zusehends verfinstert. Seiner Reaktion nach zu urteilen hatte Giulia, wie Samantha befürchtet hatte, der Polizei diese Angaben vorenthalten.

Samantha hatte überlegt, was Giulia damit bezwecken wollte, war aber zu keinem Ergebnis gekommen. Früher oder später würde die Wahrheit ans Tageslicht kommen. Hatte Giulia es eingesehen, wollte den Konsequenzen entgehen und hatte daher ihr Verschwinden inszeniert, wie Bühler mehrfach betont hatte?

»Ich frage mich, welche Rolle Giulia bei dem Ganzen spielt«, sagte Samantha.

»Du meinst, sie hat Bianca auf dem Gewissen?«

»Ich weiß nicht, was ich glauben soll. Ich kann mir nicht vorstellen, dass sie Bianca K.-o.-Tropfen verabreicht hat.« Samantha richtete sich auf. »Man hört regelmäßig darüber, aber dass man daran sterben kann, war mir nicht bewusst. Stimmt das?« Samantha überlegte, ob K.-o.-Tropfen während ihres Biologiestudiums ein Thema gewesen waren, konnte sich aber nicht mehr erinnern.

»Es kommt darauf an, was und in welcher Konzentration die Substanzen in den Tropfen enthalten sind und womit sie eingenommen werden«, sagte Joel.

»Wie meinst du das?«

»Es gibt nicht die *eine* Zusammensetzung. K.-o.-Tropfen ist die Bezeichnung einer heterogenen Gruppe zentral wirksamer Medikamente. Unter diesem Begriff werden verschiedene Substanzen zusammengefasst. Es handelt sich um Mixturen verschiedener Stoffe. Klassische K.-o.-Tropfen wären Gammahydroxybuttersäure, also GHB, oder Benzodiazepine. Das sind verschreibungspflichtige Medikamente, die zur Beruhigung oder als Schlafmittel eingesetzt werden. GHB, auch bekannt als Liquid Ecstasy, hat eine narkotisierende Wirkung. Überdosierungen können Übelkeit, Erbrechen, Benommenheit und Atemnot zur Folge haben.«

»Dazu würde passen, dass Bianca vor ihrem Tod erbrochen hatte«, sagte Samantha. »An Übelkeit oder Erbrechen stirbt man aber nicht.«

»Da hast du recht. In der Regel führen selbst große Mengen einer Substanz nicht gleich zum Tod, aber die Kombination mehrerer zentral wirksamer Medikamente kann die zentrale Atemregulation dämpfen und so über eine Atemdepression zum Tod führen. Du sagtest, sie seien im Ausgang gewesen und hätten einiges an Alkohol getrunken.«

»Ja.«

»Die Kombination macht es gefährlich. K.-o.-Tropfen stehen häufig in einem Zusammenhang mit einem Sexualdelikt.«

»Das ist es nicht.«

Samantha hatte Nussbaum darauf angesprochen. Er hatte ausweichend geantwortet, dennoch war die Botschaft klar, die Samantha zwischen den Zeilen herausgehört hatte. Ob die Absicht einer Vergewaltigung das Motiv für das Verabreichen der Tropfen gewesen war, ließ sich zum jetzigen Zeitpunkt nicht endgültig ausschließen.

»Sie soll an dem Erbrochenen erstickt sein«, fiel Samantha das ein, was Fabia erzählt hat. »Wie es aussieht, ist ihr erst schlecht geworden, als sie in der Physiopraxis war. Dort hat sie nichts getrunken, und ich habe nichts Trinkbares herumstehen gesehen. Wie lange dauert es, bis eine Wirkung bei K.-o.-Tropfen einsetzt?«

»Je nach Zusammensetzung, körperlicher Verfassung und wie lange die letzte Mahlzeit zurückliegt, ist die Wirkung unterschiedlich. Anfangs könnte sie beschwipst gewesen sein. Alle waren angeheitert, wie du erwähnt hast, und es wird sich keiner etwas dabei gedacht haben. Sie wird es auf den Alkohol zurückgeführt haben. Im Allgemeinen setzt die Wirkung innerhalb von fünfzehn bis dreißig Minuten ein. Das hängt vom Wirkstoff und der Dosierung ab. Betroffene können nach Einnahme eine Zeit lang normal reden und sich bewegen.«

»Sie wird die Tropfen also getrunken haben, kurz bevor sie gegangen ist?«

»Wahrscheinlich. Sollte die Wirkung noch im Restaurant eingesetzt haben, wird Bianca, wie gesagt, für ihre Freunde unauffällig erschienen sein. Der Fehler, den sie gemacht hat, ist, allein losgezogen zu sein.«

»Der unwissentliche Fehler.«

»Richtig. Als sie allein war, hat es zugeschlagen.«

»Ihr wurde schlecht, sie hat erbrochen, wurde bewusstlos und ist schließlich erstickt, weil sie ungünstig auf dem Boden gelegen ist, nachdem sie zusammengebrochen war und sich den Kopf angeschlagen hatte. Niemand war da, der ihr helfen konnte.«

VIER

»Könnt ihr bitte ins Sitzungszimmer kommen?«, fragte Dominik.

»Wieso?«, fragte Christian.

Dominik war schon weitergegangen.

»Das passt mir gar nicht«, brummte Christian. »Ich habe einiges für den Besuch des potenziellen Kunden in der Ostschweiz vorzubereiten.«

Glaubst du, mir passt es?, dachte Samantha. Sie war bis jetzt gut vorangekommen. Trotzdem war kein Land in Sicht.

Sie folgte Christian zum Sitzungszimmer und erschrak. Nussbaum und Bühler saßen zusammen mit Franz am oberen Ende des Tisches. Cornelia war ebenfalls anwesend. Sie schaute zu Samantha und Christian. Ihr Mund war ein schmaler Strich.

»Polizei im Haus«, raunte Christian Samantha zu, als er sich neben sie ans andere Ende des Tisches setzte. »Das kann nichts Gutes bedeuten.«

»Mach bitte die Tür zu«, wies Franz Jasmin an, die als Letzte in den Raum kam.

»Seit gestern Abend wird Giulia vermisst. Ich nehme an, der eine oder *die andere* weiß es bereits.« Er schaute in Samanthas Richtung.

Gemurmel setzte ein, aus dem »Nein, ich nicht«, »Was?« und »Wieso das?« herauszuhören waren.

Samantha hatte nichts gesagt, als sie am Morgen zur Arbeit erschienen war. Sie wollte nicht der Auslöser für Unruhe und Spekulationen sein. Außerdem hatte sie gehofft, dass Giulia inzwischen wohlbehalten zurück sei.

Franz übergab das Wort an Nussbaum und lehnte sich nach hinten. Den Blick hatte er weiter auf Samantha gerichtet. Er musste wissen, dass sie diejenige war, die das Verschwinden bemerkt hatte, was Samantha nicht recht war. Obwohl er Verständnis gezeigt hatte, weil Samantha zweimal hintereinander zu spät gekommen war, beobachtete er genau, was sie tat.

Nussbaum fasste zusammen, was Samantha bereits wusste, ohne dabei ihren Namen zu nennen, wofür sie ihm dankbar war.

»Einfach verschwunden?«, fragte Jasmin leise.

»So sieht es aus«, erwiderte Nussbaum. »In der Nachbarschaft hat keiner etwas bemerkt. Wir müssen herausfinden, was geschehen ist, und möchten Sie daher alle befragen, ob und, wenn ja, was Ihnen in den letzten Tagen an Frau Russo aufgefallen ist. Wir werden das einfachheitshalber hier tun.« Er schaute zu Franz. »Vielen Dank, dass Sie uns dieses Zimmer zur Verfügung stellen.«

Eindeutig ging es Franz gegen den Strich.

»Wir möchten den Betrieb so wenig wie möglich stören und werden einzeln mit Ihnen sprechen«, fuhr Nussbaum fort. »Die anderen halten sich bitte zur Verfügung und verlassen das Gebäude nicht.«

Emma schaute zu Samantha. In ihren Augen las Samantha Angst und etwas, das sie nicht einordnen konnte. Rasch senkte die Laborantin den Kopf und verschränkte die Finger ineinander. Das Zittern ihrer Hände konnte sie nicht ganz unterdrücken.

»Frau Hofmann, darf ich Sie bitten zu bleiben.«

Emma zuckte zusammen. Sie nickte kaum merklich.

Schweigend liefen die andern in ihre Büros. Christian setzte sich Samantha gegenüber und starrte an die Decke. Nach einigen Sekunden sah er sie wieder an. »Hoffentlich hat es nicht mit der Toten zu tun, die ihr vor drei Tagen gefunden habt.«

Genau das befürchtete Samantha, aber sie schwieg.

»Wenn es damit zu tun hat, schwebst du womöglich in Gefahr«, fuhr er fort und jagte Samantha damit einen Schreck ein. So weit hatte sie nicht gedacht.

»Wieso?«, schaffte sie mit fester Stimme zu fragen.

»Liegt es nicht auf der Hand?«

»Nein. Wir haben die Frau entdeckt, okay, aber das ist kein Grund, den Fokus auf uns zu richten.«

»Er hat Angst, ihr seid ihm auf die Schliche gekommen«, sagte jemand hinter ihr.

Samantha fuhr herum. Dominik lehnte gegen den Türrahmen. Hatte er gelauscht? Wie lange stand er schon dort? Hinter ihm tauchte Jasmin auf. Sie war blass.

»Ihm musste klar sein, dass irgendwann irgendwer die Frau findet. Spätestens ihre Praxispartnerin am Montag«, fuhr Dominik fort.

»Er befürchtet, ihr habt etwas in der Praxis bemerkt, das Hinweise auf ihn liefert«, fügte Christian hinzu.

»Was soll das sein?«

»Vielleicht war es die Falsche, und er hatte es ursprünglich auf die andere Physiotherapeutin abgesehen.« Jasmin drängelte sich an Dominik vorbei ins Büro.

»Oder sie war es«, sagte David.

Samantha war genervt, warum mussten alle in ihr Büro kommen, um wilde Theorien aufzustellen? »Habt ihr nichts zu tun?«, fauchte sie.

»Was ist mit dir los?«, fragte David. »Du brauchst uns nicht anzufahren. Keiner von uns kann sich konzentrieren.«

»Richtig, wir machen uns Sorgen um Giulia«, fügte Dominik an.

»Entschuldigt, aber ich versinke in der Arbeit«, sagte Samantha.

»Wer tut das nicht?«, sagte Christian. »Da du gerade hier bist, David, kannst du dir bitte meinen Laptop anschauen? Ich komme nicht mehr auf unsere Datenbank.«

David stellte sich hinter Christian. »Du hast ein falsches Passwort eingegeben.«

»Blödsinn. Schau.« Christian tippte betont langsam. »Die Feststelltaste habe ich nicht aktiviert.«

David nahm die Maus und klickte hin und her.

»Keine Ahnung, was los ist«, sagte Christian.

»Ich setze es zurück«, meinte David.

»Kannst du es bitte bald machen? Ich brauche die Info, wenn ich heute Nachmittag zum Kunden …« Er fluchte. »Das wird auf polizeiliche Anordnung nicht gehen. Ich fürchte, ich werde absagen müssen. Wie erkläre ich dem Kunden, ich könne nicht kommen, weil wir die Polizei im Haus haben?« Er fuhr mit beiden Händen über seine braunen Haarstoppeln. »Wie kommt das rüber?«

»Sag ihnen, du seist Zeuge in einem Mordfall geworden und deine Aussage sei von großer Wichtigkeit«, sagte Jasmin. »So erscheinst du als oberseriös.«

»Meinst du? Lieber nicht.«

»Dann lass dir einen anderen Grund einfallen. Du bist doch sonst einfallsreich in solchen Dingen.«

Christian griff zum Telefon.

»Hier seid ihr.« Emma betrat den Raum. Sie war blasser als vorhin und wirkte eingeschüchtert. »Samantha, du bist die Nächste.«

Nussbaum und Bühler saßen immer noch an der gleichen Stelle wie vorhin, als Samantha den Raum betrat. Beide hatten ein Notizbuch und ihre Handys vor sich auf dem Tisch liegen. Das Fenster stand offen, und kühle Luft strömte herein. Das Rauschen des Verkehrs von der Umfahrungsstraße war zu hören.

Bühler zeigte auf einen Stuhl, der ein Stück vom Tisch weggerückt war. Dort musste Emma gesessen haben.

Samantha kam der Aufforderung nach und legte die gefalteten Hände auf den Tisch.

»Wir haben gestern mit Ihnen gesprochen«, begann Bühler. »Es sind weitere Fragen aufgetaucht, und wir hoffen, dass Sie uns helfen können, diese zu klären.«

Samantha beschränkte sich auf ein Neigen des Kopfes.

»Gibt es etwas, das Ihnen nachträglich eingefallen ist, als Sie gestern bei Frau Russos Wohnung ankamen?«

»Ich habe dem nichts hinzuzufügen«, antwortete Samantha. Mehrmals war sie den gestrigen Abend ohne Erfolg im Kopf durchgegangen und hatte überlegt, ob sie etwas übersehen hatte.

»Was ist Frau Russo für eine Person?«, fuhr Bühler fort.

Samantha ließ Giulia vor ihrem inneren Auge erscheinen – ein zierliches Energiebündel, stets zu einem Scherz aufgelegt. »Sie ist offen, freundlich und hilfsbereit. Ich mag sie.«

Bühler musterte sie und klopfte mit dem Stiftende auf den Tisch. Ein nervtötendes Geräusch.

»Bitte erzählen Sie nochmals den Ablauf des gestrigen Abends.«

Was sollte das? Widerwillig tat Samantha ihm den Gefallen.

»Wieso kontaktierte Frau Russo sie erst einen Tag später? Hatte sie das Handy nicht früher vermisst?«

»Das kann ich nicht beantworten.«

»Wir finden Ihre Geschichte unrund«, sagte Bühler.

Was sollte diese seltsame Wortwahl? Im nächsten Atemzug wurde Samantha klar, was er damit sagen wollte. Er nahm ihr die Geschichte nicht ab.

»Sie brauchen von hier bis zu Frau Russos Wohnung ungefähr zehn Minuten mit dem Auto. In dieser Zeit verwüstet Frau Russo die Wohnung und flüchtet, als Sie diese betreten. Genauso könnte sie es gemacht haben, bevor sie Sie kontaktiert hat. Es ergibt nur keinen Sinn.«

»Ich habe nicht gesagt, es war Giulia, die aus der Wohnung gerannt ist«, stellte Samantha richtig.

»Kann jemand bestätigen, dass Sie kurz vor acht Uhr die Firma verlassen haben?«

Er wollte ein Alibi? Nahm er an, sie sei früher bei Giulia gewesen, habe ihr geholfen und verstecke sie nun? Samantha schaute zu Nussbaum. Er sah aus, als habe er mit der Befragung nichts zu tun. Wieso half er ihr nicht?

»Ich bin keinem auf dem Areal begegnet. Ob mich jemand gesehen hat, weiß ich nicht. Aber wir ›stempeln‹ mit dem Badge aus.«

Bühler klopfte weiterhin mit dem Stift auf den Tisch. »Als Sie allein im Büro waren, könnten Sie, ohne auszustempeln, das Gebäude verlassen haben und später zurückgekehrt sein. Zeit dazu hatten Sie genug.«

»Ich soll hin- und hergefahren sein?«, rief Samantha. Ganz ruhig. Genau das will er erreichen. »Bevor ich aus dem Büro gegangen bin, habe ich ein Dokument gespeichert«, fiel Samantha ein. »Die Zeit ist in der Datenbank ersichtlich.«

Samantha war froh, bisher keine Zeit gefunden zu haben, an dem Datenblatt weiterzuarbeiten.

»Das reicht nicht, um zu beweisen, zwischendurch nicht weg gewesen zu sein.«

»Als ich bei Giulia geklingelt habe, kam dieser Jogger.«

Der Mann war kein Alibi für das, was sie vorher gemacht hatte. Nur mit Mühe konnte Samantha ein Zittern unterdrücken und widerstand dem Drang, die Hände vom Tisch zu nehmen.

»Welcher Jogger?«

Samantha beschrieb den Mann. »Er hatte einen Schlüssel, also muss er in dem Haus wohnen.«

»Wir haben die Nachbarn befragt«, erwiderte Bühler. »Keiner hat Sie gesehen.«

Warum gab der Mann nicht zu, ihr begegnet zu sein? Samantha begann zu schwitzen. Sie hatte keine Idee für einen anderen Beweis, um Bühlers Vermutung zu widerlegen.

»Wieso stehe ich unter Verdacht, Giulia geholfen zu haben, zu verschwinden?«, fragte Samantha.

Die beiden Männer blickten sich an, und es war, als würden sie sich wortlos verständigen.

»Wie eingangs erwähnt stimmt etwas mit ihrem Verschwinden nicht«, antwortete Nussbaum. Es war das erste Mal, dass er sprach, seitdem Bühler mit seinen Fragen begonnen hatte. »Wir gehen davon aus, Frau Russo hat es inszeniert.«

»Dazu brauchte sie jemanden, der ihr geholfen hat«, sagte Bühler. Er schaute sie eindringlich an.

»Ich habe ihr nicht …«, setzte Samantha an. Ihre Verzweiflung nahm zu. Was konnte sie tun, damit die beiden ihr glaubten?

Nussbaum hob die Hand. »Nicht willentlich. Sie brauchte jemanden, der das Chaos in der Wohnung entdeckte und uns verständigte. Sie hofft, wir gehen davon aus, sie sei gewaltsam verschleppt worden.«

Nicht willentlich? Hieß das, er glaubte ihr?

»Daher die Blutspuren«, ergänzte Bühler.

»Wieso sollte Giulia ihre Entführung inszenieren?«, fragte Samantha. »Was bringt ihr das?«

»Das versuchen wir herauszufinden«, erwiderte Bühler.

»Wir sind sicher, Frau Russo hat gewusst, wohin Bianca Arnold wollte«, sagte Nussbaum.

»Wieso glaubt ihr das?«

»Sie hat zusammen mit Frau Russo das Restaurant verlassen. Frau Arnold kann ihr durchaus gesagt haben, wohin sie wollte.«

Das war einleuchtend. »Hätte Giulia ihr das Leben retten können?«

»Womöglich, wenn jemand sich gewundert hätte, wo sie blieb, und nachschauen gegangen wäre.«

»Glaubst du, Giulia hat es den anderen erzählt?«

»Denkbar«, erwiderte Nussbaum.

Das hieße, alle hätten gelogen. Weil sie befürchteten, sich unterlassener Hilfeleistung schuldig gemacht zu haben? Keiner konnte ahnen, dass Bianca in Schwierigkeiten steckte – bis auf die Person, die ihr die Tropfen ins Getränk gegeben hatte. War Giulia diese Person?

»Ihr nehmt an, Giulia ist deswegen untergetaucht?«

Nussbaum neigte den Kopf auf die Seite, anstatt zu antworten.

»Woran erkennt ihr, dass das Chaos inszeniert ist?«

Schweigend schauten die Männer sie an.

»Ich verstehe, laufende Ermittlungen. Gibt es Hinweise auf dem Handy?«

»Dieselbe Antwort«, sagte Bühler. »Wie ist das Verhältnis von Frau Russo zu den übrigen Kollegen?«, wechselte er das Thema.

»Giulia wird von allen geschätzt.«

»Es gab keine Differenzen? Besonders in der Vergangenheit?«

»Soweit ich es mitbekommen habe, nicht.«

»Frau Russo ist die Sekretärin von Franz Ammann und Cornelia Ryser, ist das richtig?«

»Ja. Bevor Sie fragen, soweit ich weiß, sind sowohl Franz als auch Cornelia mit ihrer Arbeit zufrieden, und es gibt keine Missstimmung zwischen ihnen.«

»Wie eng ist Ihr Kontakt zu Frau Russo?«

»Wir sind Arbeitskolleginnen. Manchmal gehen wir gemeinsam in die Mittagspause.«

»Und privat?«

»Da ist nichts.«

»Waren Sie früher einmal bei ihr in der Wohnung?«

»Nein.«

»Hat sie einen engeren Kontakt zu anderen Mitarbeitern? Also unternehmen sie in ihrer Freizeit etwas zusammen?«

»Ich glaube nicht.«

»Hat Frau Russo mit Ihnen über Privates gesprochen?«

Samantha dachte nach.

»Egal, wie banal es Ihnen erscheint.«

»Ich weiß, dass sie seit einem halben Jahr single und bei ihrem Ex-Freund ausgezogen ist. Sie ist in der Schweiz geboren. Wenn ich es richtig in Erinnerung habe, sind ihre Eltern nach der Pensionierung zurück nach Italien gezogen – in die Nähe von Giulias Bruder.«

»Wo in Italien?«

»In Sirmione.«

»Wo ist das?«

»Am Gardasee. Giulia hat dort eine Ferienwohnung. Sie hat uns allen gesagt, wir sollen sie ungeniert fragen, wenn wir Ferien am Gardasee machen wollen.«

Nussbaum blätterte eine Seite in seinem Notizbuch um und schrieb weiter, während Bühler mit seinen Fragen fortfuhr: »Wo genau in Sirmione, wissen Sie nicht?«

»Nein. Sie hat vor längerer Zeit einen Link aus einem Onlinebuchungsportal geschickt. Ich müsste nachschauen, ob ich die E-Mail noch habe.«

»Wenn du sie findest, leite sie mir bitte weiter«, schaltete Nussbaum sich in das Gespräch ein.

»Sie erwähnten, Frau Russo sei bei ihrem Freund ausgezogen. Wer hat die Beziehung beendet? Sie oder ihr Freund?«

»Hundertprozentig richtig kann ich es nicht beantworten. Für mich klang es, als sei es ihre Entscheidung gewesen.«

»Wissen Sie, wie die Trennung war?«

»Darüber hat Giulia nicht gesprochen. Sie hat es kurz erwähnt, als sie unsere Adressliste aktualisiert hat.«

Erneut klopfte Bühler mit dem Stiftende auf den Tisch.

»Vielen Dank, das war es für den Moment. Schicken Sie bitte Christian Probst zu uns.«

Inzwischen war es Mittag geworden, und die Befragungen dauerten an. Zusätzlich hatte Samantha gesehen, wie Beamte der Spurensicherung in Giulias Büro verschwunden waren. Samantha überlegte, ob sie einfach so ein und aus gehen durften, oder hatten sie einen Durchsuchungsbeschluss? War es möglich, so schnell einen zu bekommen? Sie hatte davon abgesehen, Franz zu fragen. Seine Laune hatte sich zunehmend verschlechtert, je länger der Tag dauerte.

Als Samantha sich einen Tee geholt hatte, hatte sie gehört, wie Cornelia und Franz in ihrem Büro lautstark diskutiert hatten. Keine Minute später war Türenknallen zu hören gewesen.

»Die Ausmaße, die das annimmt, gefallen mir nicht«, hatte er geknurrt, als er Samantha auf dem Korridor begegnet war. »Es sieht für mich danach aus, als wäre Giulia eine Verdächtige. Fehlt nur, dass die Polizei alle Räume auf den Kopf stellt.« Mürrisch war er in seinem Büro verschwunden.

Cornelia hatte Samantha nicht zu Gesicht bekommen. Sie hatte sich in ihrem Büro verschanzt und schrieb an ihrer Doktorarbeit, wie Dominik vermutete.

Outlook vermeldete den Eingang einer Nachricht. Der Pizzakurier werde in zehn Minuten eintreffen.

Als sie nach unten eilte, riskierte sie einen Blick in Giulias Büro. Niemand war drin, und es sah wie immer aus.

Aus der Küche drang Murmeln zu ihr. Samantha erkannte Bühlers und Nussbaums Stimmen. Die anderen konnte sie nicht zuordnen.

Vorsichtig schlich Samantha um die Treppe und näherte sich der Küche. Die Tür war angelehnt. Nun konnte sie verstehen, was gesprochen wurde.

»Wir haben nichts gefunden, das Aufschluss über ihr Verschwinden liefern könnte«, sagte einer.

»Habt ihr den Computer angeschaut?« Das war Nussbaum.

»Ja. Herr Ammann hat dem freundlicherweise zugestimmt. Wie beim Handy. Nichts auf den ersten Blick, also weder in den Dateien noch im Suchverlauf oder in den E-Mails. Herr Ammann zeigt sich kooperativ, und wir dürfen den Computer nachher mitnehmen.«

»Gut.«

»Für mich sieht ihr Verschwinden definitiv inszeniert aus.« Das war Bühler. »Du hattest den gleichen Eindruck.«

»Inzwischen habe ich genügend Wohnungen untersucht. Dieses Chaos gestern war mir zu geordnet.« Das war der Beamte, von dem Samantha nicht wusste, um wen es sich handelte.

»Was meinst du damit?«, fragte Nussbaum.

»Alles war wie drapiert.«

»Das Blut ist Menschenblut und kein Schweineblut, wie du gestern angenommen hast.«

»Ist es ihre Blutgruppe?«

»Wir können keinen Abgleich machen, da wir ihren Notfallausweis nicht gefunden haben, den sie gemäß ihrer Schwester hat.«

»Auch wenn es ihr Blut ist, bleibe ich dabei. Es ist hundertprozentig inszeniert. Sie muss sich nur in den Finger stechen und ein paar Tropfen verteilen und es verschmieren. Wir werden uns nochmals in der Wohnung umsehen. Ich bin sicher, wir haben etwas übersehen.«

Ein Zischen war zu hören, und Samantha brauchte einige Sekunden, bis sie begriff, dass es sich um die Kaffeemaschine handelte. Stühlerücken und das Klappern von Geschirr.

»Es stellt sich die Frage, wer das inszeniert hat. Frau Russo oder jemand anderer?«, sagte Nussbaum.

»Vergiss nicht, wie sie sich verhalten hat, als wir mit ihr gesprochen haben«, erwiderte Bühler.

»Du hast recht. Und sie hat uns verheimlicht, die Tote zu kennen.«

»Schlimmer, sie hat nicht gesagt, mit ihr am Samstag im Ausgang gewesen zu sein. Mit der Frau stimmt etwas nicht.«

»Du bleibst bei deiner Annahme, sie ist untergetaucht?«

»Ausschließen würde ich es nicht.«

»Meinst du, jemand von Amry Cosmetics weiß Bescheid?«, fragte Nussbaum.

»Auch das würde ich nicht ausschließen. Frau Hofmann war nervös, als wir sie befragt haben, und, es tut mir leid, es wird dir nicht gefallen. Für Frau Kälin lege ich nach wie vor nicht die Hand ins Feuer.«

»Hallo?«

Erschrocken fuhr Samantha herum. Sie eilte um die Treppe herum. Vor dem Empfangstresen stand ein Mann. Der Pizzakurier.

»Wunderbar«, sagte Samantha.

Der Mann reichte ihr die Schachteln. »Geht es?«

»Ja, kein Problem.«

Als Samantha sich umdrehte, standen Bühler und Nussbaum neben der Treppe.

»Wir haben Hunger«, sagte sie und setzte ein Lächeln auf. Als sie die Treppe nach oben lief, war es ihr, als würden sich die Blicke der beiden Männer in ihren Rücken einbrennen.

***

Es hat Stau, und es wird daher später, hatte Joel Samantha in einer WhatsApp-Nachricht geschrieben, bevor er in Egerkingen abgefahren war. Er hatte Überstunden gemacht.

Da Samantha nicht wie geplant Feierabend hatte machen können, hatte sie angenommen, er sei vor ihr daheim.

Sie deckte den Tisch. Nachdem sie alles vorbereitet hatte, stützte sie sich auf der Anrichte ab und schaute aus dem Fenster.

»... lege ich nach wie vor nicht die Hand ins Feuer«, hallte Bühlers Stimme in ihrem Kopf nach. Während des Gesprächs mit Bühler und Nussbaum hatte sie angenommen, aus dem Fokus gerückt zu sein und die beiden hätten ihr geglaubt, nichts mit Giulias Verschwinden zu tun zu haben. Auf der anderen Seite hatte sie nicht alles gesagt. Das mussten die Beamten gespürt haben. Besonders Bühler war misstrauisch. Vorbehalte ihr gegenüber hatte er bereits beim Auffinden von Biancas Leiche gehabt. Wieso, wusste sie nicht.

Was hatte sie getan?

Samantha kannte Bühler als sorgfältigen Beamten, der Situationen normalerweise objektiv beurteilte.

Samantha rief sich Giulias Wohnung vor Augen. Wie wollten die Beamten erkennen, es handle sich um eine Inszenierung? Chaos war Chaos.

Allerdings musste Samantha ihnen recht geben. Etwas stimmte mit Giulia nicht. Hätte sie nichts zu verbergen, hätte sie nicht lügen müssen. Das Misstrauen der Polizei war eine logische Folge.

Samanthas Augen fokussierten sich auf die Straße. Ein silbriger Hyundai stand dort. Nussbaum?

Wie zur Bestätigung kam er die Treppe, die zum Eingang des Hauses der Nideggers führte, nach unten. Beim nächsten Mal musste sie ihn fragen, was mit Annina und Florin war. Sie hatte die beiden länger nicht gesehen. Auch das Haus schien unbewohnt zu sein – seit Nussbaums erstem Versuch, mit den Nideggers zu sprechen. Er wird dir nichts sagen. Samantha musterte das Haus, die Fenster waren dunkel.

Nussbaum öffnete die Beifahrertür und bückte sich. Mit einem Handy am Ohr richtete er sich auf und schaute zu Nideggers Haus. Er beendete das Gespräch und wählte erneut. Der zweite Versuch war offenbar ähnlich erfolglos. Sogar auf diese Entfernung konnte Samantha seinen Ärger spüren.

Ein blauer Audi fuhr in ihre Einfahrt und verschwand in der Garage. Kurz darauf erschien Joel. Nussbaum hatte ihn ebenfalls bemerkt und kam mit ausgreifenden Schritten auf ihn zu. Die Männer schüttelten einander die Hand. Nussbaum sagte etwas und zeigte auf Nideggers Haus. Joel hob die Schultern.

Die beiden wechselten einige Worte, bevor Nussbaum sich abwandte und Joel zum Haus kam.

»Sammy?«, rief er.

»Ich bin in der Küche.«

Er betrat die Küche und küsste Samantha zur Begrüßung.

»Was wollte Jan?«, fragte Samantha.

»Zu Annina und Florin. Er fragte mich, ob ich wisse, wo die beiden sind.«

»Hatten sie abgemacht?«

»Nicht direkt. Er versucht sie seit drei Tagen zu erreichen. Sie nehmen weder das Handy noch das Telefon zu Hause ab. Am Arbeitsplatz haben sich beide krankgemeldet.«

»Willst du sagen, sie sind verschwunden?«

»Jan hat so etwas angedeutet.«

»Warum will er mit ihnen sprechen?«

»Das hat er mir nicht gesagt.«

Das Telefon klingelte.

»Ich übernehme das«, sagte Joel.

Samantha schaute nach draußen. Die Dämmerung hatte eingesetzt. In der Küche wurde es dunkler. Spätestens jetzt würde man das Licht einschalten. Im Haus gegenüber blieben die Fenster schwarz.

Als Nussbaum abgefahren war, meinte Samantha, einen Schatten in dem Fenster wahrzunehmen, hinter dem sich Anninas und Florins Wohnzimmer befand. Der Vorhang bewegte sich, und der Schemen verschwand. Einige Sekunden später sah Samantha eine Bewegung im oberen Stock. Das war eindeutig eine Person. Samantha blinzelte. Der Umriss war verschwunden.

»Warum schaltest du das Licht nicht ein?«, fragte Joel.

»Wer war dran?«

»Daniel Braun. Sie möchten für einige Tage in Zermatt Ski fahren, und er fragte, ob wir den Briefkasten leeren und die Pflanzen gießen würden. Was ist?«

»Nichts.« Samantha musterte Florins und Anninas Wohnzimmerfenster. Hatte dort eben jemand gestanden, oder sah sie Gespenster?

FÜNF

»Hallo, Samantha«, rief eine Frauenstimme.

Es dauerte, bis Samantha die Stimme zugeordnet hatte und sie Fabia erkannte, die ihr zuwinkte. »Bist du in der Mittagspause?«

»Mehr oder weniger«, sagte Samantha.

Eigentlich hatte sie nicht ins Stedtli gehen wollen. Am Nachmittag fand der Tag der offenen Tür statt, und alle waren mit den letzten Vorbereitungen beschäftigt. Dabei war aufgefallen, keine Servietten zu haben. Samantha hatte den Job gefasst, notfallmäßig welche zu organisieren.

»Was machst du hier?« Samantha wusste, wie lahm das klang, aber Small Talk gehörte nicht zu ihren Stärken.

»Ich brauche ein Geschenk für eine Freundin. Matteo kennst du bereits. Das sind Larissa und Philipp.« Sie deutete auf die beiden anderen, die neben ihr standen.

Die Frau mit dem schwarzen Krauskopf reichte Samantha die Hand. »Freut mich.«

Der Mann mit der Brille und den kurz geschorenen Haaren nickte Samantha zu.

»Sie meinten, in der Confiserie von Daniel Krois werde ich fündig«, nahm Fabia den Faden wieder auf.

»Wo?«, fragte Samantha.

Sie blinzelte zum Himmel, als sie einige Tropfen auf der Stirn trafen. Der Himmel war gen Westen dunkelgrau geworden.

»Du kennst die Confiserie nicht?«, fragte Fabia. »Das muss geändert werden. Die Confiserie macht exquisite Eigenkreationen. Wir können dort einen Kaffee trinken und warten, bis der Schauer vorbei ist.«

Obwohl sie so schnell wie möglich zu Amry Cosmetics zurückwollte, kam Samantha der Aufforderung nach und folgte ihnen. Sie hatte keine Lust, durchnässt bei Amry anzukommen. Hoffentlich war das Wetter am Nachmittag besser, damit sie die Firmenterrasse nutzen konnten.

Als sie in die Confiserie hineingingen, blieb Samantha erstaunt stehen. Es war, als hätte sie eine andere Zeit betreten und befände sich in einer englischen Wohnstube. In dem schmalen Raum standen vier runde Tische aus dunklem Holz mit dazu passenden Stühlen im Biedermeierstil. In der rechten Ecke hatte es ein Cheminée. Der in Weiß und verschiedenen Grüntönen gemusterte Teppich, die Wanduhr und die zahlreichen Gemälde mit Landschaftsmotiven vervollständigten diesen Eindruck. Samantha fühlte sich sofort wohl.

Der Mann hinter dem Tresen begrüßte sie.

Sie setzten sich an den Tisch vor dem Cheminée. Fabia gesellte sich zu ihnen, nachdem sie Florentiner und Pralinés gekauft hatte.

Sie bestellten je einen Cappuccino. Obwohl die Glastür geschlossen war, war das Rauschen des Regengusses deutlich zu hören.

»Gibt es Neues zu Giulias Verbleib?«, fragte Fabia, als der Mann die Getränke gebracht hatte.

»Du weißt davon?«, fragte Samantha erstaunt.

»Die Polizei hat mich … uns eingehend befragt«, erwiderte Fabia.

Natürlich, das war nachvollziehbar.

»Uns?«, fragte Samantha.

»Wir waren in der besagten Nacht dabei«, sagte Philipp.

»Keiner von euch hat etwas mitbekommen?«, fragte Samantha.

»So unwahrscheinlich das klingt, nein«, antwortete Philipp.

»So unwahrscheinlich ist es nicht. Im Restaurant war einiges los, und es herrschte schummriges Licht«, sagte Larissa.

»Ich mache mir dennoch Vorwürfe und überlege die ganze Zeit, ob wir es hätten verhindern können.«

»Das tun wir alle«, fügte Matteo an.

»Zu allem Überfluss ist Giulia verschwunden«, sagte Larissa. »Hoffentlich ist ihr nichts passiert.«

Das Schweigen lastete schwer über dem Tisch.

»Weiß man inzwischen mehr?«, unterbrach Samantha es schließlich.

»Nein«, antwortete Fabia. »Für mich sieht es so aus, als habe die Polizei null Ansatzpunkt. Heute bin ich zum dritten Mal von diesem Bühler befragt worden, und unsere ... meine Physiopraxis ist nach wie vor gesperrt.«

»Gesperrt?«, fragte sie.

»Nicht freigegeben. Ich weiß nicht, ob es normal ist, dass das so lange dauert.« Bei dem Satz hatte sie Samantha angeschaut.

Woher soll ich das wissen?, dachte sie. Sie beschränkte sich auf ein Zucken mit den Schultern.

»Er hat mir ein Phantombild gezeigt«, fuhr Fabia fort.

»Das sieht aber nicht nach ›null Ansatzpunkt‹ aus«, unterbrach sie Larissa.

»Ja, ja, okay. Es gibt Leute, die diesen Mann gesehen haben wollen, wie er das Gebäude betrat, in dem unsere Praxis ist. Daraufhin wurde das Bild angefertigt.«

»Wie sieht er aus?«, fragte Philipp.

»So um die dreißig. Blond soll er sein und hat einen zurückweichenden Haaransatz. Vielleicht werdet ihr aufgeboten, euch das Bild anzuschauen.«

»Du hast ihn nicht erkannt, wenn ich deine Reaktion richtig verstehe?«

»Nein.«

»Es ist keiner von euren Patienten?«

Fabia schüttelte den Kopf. »Ob es ein anderer Mieter im Ziegelhofareal ist, weiß ich auch nicht. Davon gibt es viele. Und heute Morgen habe ich meinen Vermieter getroffen. Er konnte den Mann ebenfalls nicht identifizieren.«

***

Mit einem solchen Andrang hatte niemand gerechnet. Vor allem, da sie die Werbung auf ein Minimum reduziert hatten – auf Anordnung von Franz. Trotzdem war ein Artikel darüber in der Zeitung erschienen. Cornelia hatte ohne Franz' Kenntnis die Presse informiert, was ein weiteres Mal für Missstimmung zwischen den beiden gesorgt hatte.

Der Tag der offenen Tür, oder besser der Nachmittag der offenen Tür, anlässlich der Neueröffnung des Labors war Cornelias Idee gewesen. Sie hatten bestehende und potenzielle Geschäftskunden sowie die Mitarbeiter der im Schildareal ansässigen Firmen eingeladen. Über den Anlass war zusätzlich in der lokalen Zeitung berichtet worden, mit dem Hinweis, dass alle an Kosmetik Interessierten willkommen waren.

»Das ist eine gute und einfache Gelegenheit für Werbung«, hatte Cornelia erklärt. »Wir können Proben unserer Produkte und andere Werbeartikel verteilen und somit neue Kunden gewinnen.«

Die Leute strömten ins Gebäude und besichtigten die Büroräume und den Labortrakt. Einzig ins Labor durften sie nicht, aber durch die Glastür und die Fenster in der Wand hatten sie freien Blick.

Cornelia wurde von einer Journalistin interviewt. Franz stand daneben und lächelte. Diese Situation war ihm alles andere als recht.

Samantha beeilte sich, zur Küche zurückzukehren. Cornelia und Franz hatten darauf verzichtet, Leute vom Catering für das Servieren zu buchen, da sie davon ausgingen, es würden nur wenige Leute kommen.

»Diese Ausgaben können wir uns sparen«, hatte Cornelia erklärt. »Es reicht, wenn Samantha und Jasmin es tun.«

Sie liefen mit Tabletts mit Häppchen und Getränken durch den Empfangsbereich und über die Terrasse. Das Wetter hatte sich glücklicherweise gebessert, und sie konnten nach draußen ausweichen. Trotzdem kam es einem Slalomlauf gleich, und Samantha fühlte sich wie eine Akrobatin, als sie mit dem Tablett um die Leute herumbalancierte.

»Heute Abend habe ich Blasen an den Füßen«, raunte Jasmin Samantha zu, als sie mit einem leeren Tablett in die

Küche zurückkehrte. »Ich bin froh, wenn der Spuk zu Ende ist.«

»In ungefähr einer Stunde haben wir es überstanden«, erwiderte Samantha.

»Hoffentlich dehnt sich das Ganze nicht aus.«

Samantha schlängelte sich durch die Leute zur Terrasse und reichte Gläser mit Wasser, Orangensaft und Weißwein. Als sie zum Eingang ging, pikste sie etwas in den Oberarm.

Erschrocken zog Samantha den Arm zurück und ließ das Tablett fallen. Es polterte auf den Boden.

Zum Glück ist es leer, dachte sie. Sie hob es auf, fuhr mit der anderen Hand über die Stelle und schaute sich irritiert um. Sie krempelte den Ärmel ihrer Bluse hoch. Nichts war zu sehen.

Sie schlängelte sich durch die Leute, als sie einen neuen Stich an der gleichen Stelle und dieses Mal einen Druck verspürte. Sie bemerkte eine Spritze, die rasch zurückgezogen wurde und dabei über ihre Haut kratzte. Ein roter Strich verblieb. Bevor sie reagieren konnte, sah sie, wie sich ein Mann zügig durch die versammelten Gäste schob und verschwand.

»Was ist?« Jasmin war neben Samantha stehen geblieben. »Du bist ganz blass.«

»Der … da … hat mir was gespritzt.«

»Gespritzt? Wo?«

»In den Arm.«

»Wer?«

»Ein Mann. Er ist weg.« Samantha senkte den Kopf. Ein kleiner Blutstropfen quoll aus dem Stich.

»Needle Spiking an unserem Apéro?« Jasmins Stimme war schrill.

Needle Spiking … K.-o.-Tropfen …

Samanthas Herzschlag beschleunigte sich, und ihr wurde übel. Die Leute um sie herum verschwammen vor ihren Augen. Ihre Beine knickten ein. Sie hörte, wie Jasmin aufschrie und sich Unruhe bei den Umstehenden breitmachte, bevor sie zusammensackte.

SECHS

Samantha lehnte sich gegen das Geländer in der Spitze des kleinen eingezäunten Aussichtsbereiches auf der Belchenflue und schaute nach unten. Sie erschrak, als sie sah, wie senkrecht es nach unten ging. Hoffentlich hielt das Geländer. Sie trat einen Schritt zurück und schaute auf das Alpenpanorama.

Nachdem Joel sie am frühen Nachmittag vom Kantonsspital in Liestal abgeholt hatte, hatte er beschlossen, ein spontaner Ausflug würde ihnen nach dem gestrigen Schrecken guttun.

Obwohl im Blut keine Substanzen festgestellt worden waren, hatte Samantha über Nacht zur Beobachtung im Spital bleiben müssen.

Joel war mit Samantha zum Restaurant Berghaus Oberbölchen in Eptingen gefahren, von wo sie auf die Belchenflue hochgelaufen waren.

Er hatte recht. Es tat gut, hier oben zu sein. Der starke Westwind blies ihr die Haare aus dem Gesicht, und es war, als wehte er den Schrecken gleich mit fort. Hinzu kam der Sonnenschein, der den Vorfall beim gestrigen Apéro in den Hintergrund drängte.

»Ich komme mir wie ein Hypochonder vor«, sagte Samantha, als sich die Leute, die neben ihnen gestanden waren, entfernt hatten.

»Das musst du nicht.«

»Niemand gerät in Panik und kippt wegen eines kleinen Pikses um.«

»Nur wegen eines kleinen Pikses, würde ich in dem Fall nicht sagen. Du weißt nicht, was dir gespritzt wurde.«

»Es wurde nichts im Blut festgestellt. Das hat den Arzt nicht verwundert. Er sagte, es sei schwierig, eine genügend wirksame Dosis innerhalb einer kurzen Zeit zu injizieren. Außerdem zieht man bei dem Stich reflexartig den betreffenden Körperteil weg. Das habe ich auch getan. Er führt mein Zusammenbrechen auf den sogenannten Noceboeffekt zurück.«

»Sammy, darum geht es nicht. Nochmals, jemand wollte dir etwas antun, und das ist, was zählt. Es geht um die Absicht, die die betreffende Person gehegt hat. Keinen lässt es kalt, wenn jemand einem etwas antun möchte. Und du bist nicht der erste Fall von Needle Spiking. Bei der Street Parade oder an überfüllten Orten wie auf den Tanzflächen von Clubs hat es solche Vorfälle gegeben. Ich finde es dreist, dies an einem Apéro zu machen. Und vor allem, wieso? Ich finde es erstaunlich, dass niemand etwas bemerkt haben will und keiner eine Aussage zu der Person machen kann.«

»Die Leute waren mit anderen Dingen beschäftigt.« Samantha ging zu einer der Panoramatafeln. »Ist das da unten eine Autobahn?«, wechselte sie abrupt das Thema.

»Was? Ja, das ist die A 2. Schau, man kann sogar die Rigi erkennen.«

»Ist das der kleine Berg vor den Alpen?«

»Genau.«

Samanthas Telefon klingelte.

»Du bist entlassen worden?«, fragte Nussbaum.

»Ja.«

»Darf ich später wegen einiger Fragen zum Vorfall vorbeikommen? Gestern hatte ich keine Gelegenheit dazu.«

Als Nussbaum am frühen Abend im Spital gewesen war, hatte Samantha geschlafen.

»Ja, klar«, erwiderte Samantha. Sie machten eine Uhrzeit ab.

Ein blonder Mann gesellte sich zu ihnen auf den Aussichtsbereich. Er musterte sie kurz, bevor er sich dem Panorama zuwandte. Mit der rechten Hand nahm er die Schirmmütze ab und fuhr mit der anderen über die Stirn. Dort, wo der Haaransatz zurückwich, und in den Geheimratsecken hatte er einen Sonnenbrand.

Der Mann setzte die Kappe auf und holte eine Zigarettenpackung aus der Jackentasche.

Samantha wusste nicht, wieso, aber seine Anwesenheit versetzte sie in Unruhe.

»Lass uns gehen«, sagte sie zu Joel, und sie machten sich an den Abstieg.

***

»Wie geht es dir?«, fragte Nussbaum, nachdem er sich Samantha gegenübergesetzt hatte.

»Körperlich gut. Seelisch sieht es anders aus.«

»Das kann ich nachvollziehen.« Er holte sein Notizbuch hervor. »Kannst du mir bitte den Vorfall nacherzählen?«

Samantha kam der Aufforderung nach. Nussbaum unterbrach sie nicht und notierte einige Stichworte.

»Du hast die Spritze gesehen?«, hakte er nach, nachdem Samantha geendet hatte.

»Ja«, erwiderte sie, obwohl sie sich inzwischen nicht mehr sicher war. »So eine kleine mit einer dünnen Nadel, die man beim Impfen benutzt.«

»Und den Mann?«

»Ich habe ihn nur kurz von hinten gesehen, bevor er sich unter die Leute gemischt hat. Er hatte ungefähr die gleiche Größe wie du und kurze Haare.«

»Haarfarbe?«

Wenn sie das wüsste. »Ich glaube, dunkelblond.«

»Statur?«

»Auch so wie du. Nein, er war kräftiger gebaut.«

»Welche Kleidung trug er?«

Samantha schloss die Augen und versuchte, das Bild des Mannes heraufzubeschwören, was nur verschwommen gelang. »Ich glaube, er hatte ein hellblaues Hemd und blaue Jeans an.«

»Es will mir nicht in den Kopf, dass keiner der Umstehenden eine Beschreibung liefern konnte.« Samantha erschrak über die Heftigkeit, mit der er das sagte. »Dabei kann das nicht unbemerkt bleiben, wenn einer mit einer Spritze herumhantiert und zwei Personen attackiert.«

»Die Leute waren mit sich selbst beschäftigt. Ich achte bei solchen Anlässen auch nicht darauf, was die Leute machen, die neben mir stehen, außer mir ist langweilig.« Sobald sie das ausgesprochen hatte, ging Samantha auf, was er zusätzlich gesagt hatte. »Zwei Personen?«

»Jasmin Hofer wurde gepikst, als die Ambulanz eingetroffen war und die Sanitäter sich um dich gekümmert haben.«

»Wie bitte?«, rief Samantha. »Der hat Nerven.«

»Du sagst es. Er hat sich den allgemeinen Tumult zunutze gemacht.«

»Das heißt, auch bei Jasmin hat niemand etwas bemerkt?«

»Erst als Frau Hofer aufgeschrien hat. Dazu hat ein Zeuge ausgesagt, er habe einen blonden Mann mit einem karierten Hemd gesehen, der sich rasch entfernt habe. Aussagen, die dies bestätigen, haben wir nicht.«

»Wie geht es ihr?«

»So weit gut. Sie durfte heute nach Hause. Die Ärzte haben wie bei dir keine Substanzen wie GHB oder Benzodiazepine im Blut festgestellt.«

Samanthas Hand wanderte zum Oberarm an die Stelle, an der sie gestochen worden war. »Erst verschwindet Giulia, später werden Jasmin und ich gestochen. Heißt das, der Täter hat es auf Amry Cosmetics abgesehen?«

»Diese Überlegung müssen wir in Betracht ziehen.«

SIEBEN

Samantha klopfte gegen den Türrahmen von Jasmins Büro. »Kommst du mit in die Mittagspause?«, fragte sie.

Jasmin zögerte und schien zu überlegen. »Nein. Ich muss das fertig machen.«

Samantha stellte sich neben sie. »Instagram? Während der Arbeitszeit? Lass dich nicht erwischen.« Franz hatte mehr als einmal erklärt, was einen erwartete, wenn man sich während der Arbeitszeit in den Social Media herumtrieb.

»Das ist Cornelias Idee«, erwiderte Jasmin. »Amry soll ab sofort auf den Social Media vertreten sein, und ich als Marketingverantwortliche habe diese edle Aufgabe aufgebrummt … ich meine übernommen.«

»Lohnt sich das?« Den gleichen Vorschlag hatte es vor einiger Zeit gegeben. Wer damals die Idee gehabt hatte, wusste Samantha nicht mehr. Sie konnte sich nur erinnern, wie ablehnend Franz reagiert hatte.

»Das weiß ich nicht.«

»Haben wir so viele Neuigkeiten, die wir mit der Welt teilen müssen?«

»Das wird sich herausstellen. Im Moment beschränkt sich meine tägliche Hauptaufgabe darauf, all die pseudogutaussehenden Chirurgen, Ärzte und sogenannten hochrangigen US-Militärtypen, die uns unbedingt folgen müssen, rauszuschmeißen. Hinzu kommen diese Frauen in Dessous, die alles liken, und die Mitteilungen, man solle sich bei anderen Fakeaccounts melden, damit man damit seine Reichweite vergrößert. Ich frage mich, ob die Leute nichts anderes zu tun haben.«

»Welche Leute?«

»Du hast recht. Wahrscheinlich sind diese Spam-Plagegeister irgendwelche Maschinen. Zusätzlich muss ich den Rest der Accounts einrichten und die Profile auf den verschiedenen

Kanälen vervollständigen. Ich möchte es fertig haben, wenn Cornelia heute Nachmittag kommt.«

Samantha verabschiedete sich und machte sich allein auf den Weg ins Stedtli. Wie am gestrigen Sonntag herrschte mildes Frühlingswetter. Heute mache ich keine Überstunden, nahm sie sich vor. Pendenzenberg hin oder her. So wie letzte Woche konnte es nicht weitergehen.

Sie bog rechts ab.

»Sammy«, rief eine Kinderstimme.

Verwundert schaute Samantha sich um.

»Hier!«

Sie brauchte eine Weile, bis sie den Sohn von Joels Schwester erkannte. Nico winkte ihr mit ausladenden Bewegungen zu. Neben ihm auf der Terrasse des Restaurants Farnsburg saß Simona. Zwei weitere Frauen setzten sich gerade zu ihnen an den Tisch.

Simona stand auf, als Samantha die Terrasse betrat.

»Was machst du hier?«, fragte Samantha verwundert. Gleichzeitig war sie gekränkt, da Simona ihr nicht Bescheid gegeben hatte, in Liestal zu sein. Sie hatten sich länger nicht gesehen.

»Das war kurzfristig«, sagte Simona und deutete auf die beiden anderen Frauen am Tisch. »Fabia und Alexandra. Und das ist meine Schwägerin und die Gotte von Manuela.« Sie zeigte auf das schlafende Baby im Kinderwagen.

»Wir kennen uns«, sagte Fabia. Fabia hatte ihre Haare blondiert. Wäre sie ihr auf der Straße begegnet, hätte Samantha sie nicht wiedererkannt. Die andere Frau hatte sie nie gesehen.

»Setz dich zu uns«, sagte Simona und schob den Kinderwagen auf die Seite.

Samantha betrachtete Manuela. Wieder war sie erstaunt, wie schnell sich Babys veränderten. Dabei kam es ihr vor, als sei Manuelas Geburt erst gestern und nicht vor fünf Monaten gewesen.

»Ich hoffe, du hast Zeit«, sagte Simona, nachdem Samantha sich einen Stuhl herangezogen und sich zwischen sie und Nico an den Tisch gequetscht hatte.

»Eigentlich nicht, aber das ist egal.«

Der Kellner erschien und reichte die Menükarten.

Sie entschieden sich für das Schweinesteak mit Pommes frites und Tagessalat. Für Nico bestellte Simona Spaghetti mit Tomatensoße.

»Woher kennt ihr euch?«, fragte Simona verwirrt, als der Kellner sich entfernt hatte.

»Samantha hat mit ihrer Arbeitskollegin Bianca gefunden.«

»Du warst das?«, rief Simona und fuhr leiser fort. »Das wusste ich nicht.«

»Wir brauchen Simonas Rat«, sagte Fabia.

»Weißt du, Fabia hat mir vor Urzeiten auf die Beine geholfen, als ich mir bei einem Velounfall die Hand zertrümmert hatte«, sagte Simona. »Damals haben sie und Bianca in einer Physiopraxis in Rheinfelden gearbeitet.«

»Also lange bevor wir uns selbstständig gemacht haben«, sagte Fabia. »Wir sind in losem Kontakt geblieben.«

Der Kellner kam mit den Getränken und den Salaten.

»Warum braucht ihr Simonas Rat?«

»Wir wollen sie fragen, ob es der normale Lauf der Ermittlungen ist.«

Samantha verstand nicht, worauf Fabia hinauswollte.

»Zum Beispiel will die Polizei unsere Fingerabdrücke. Außerdem fragten sie, ob wir Drogen konsumieren«, erklärte Fabia. »Wie du weißt, haben sie bei den rechtsmedizinischen Untersuchungen Substanzen wie Benzodiazepine und Liquid Ecstasy bei Bianca gefunden. Die Polizei will wissen, wieso diese Substanzen in Biancas Blut waren. Ob wir also bei unserer Party illegale Drogen konsumiert haben.«

»Habt ihr?«, fragte Simona.

»Nein!«, rief Fabia und senkte die Stimme, da die beiden Frauen vom Tisch nebenan zu ihnen herüberschauten. »Natürlich nicht.«

Der Kellner brachte das Essen. Nico fiel sofort über seine Spaghetti her. Samantha wunderte sich, weil er bisher ruhig am Tisch gesessen war. Das passte nicht zu dem Wirbelwind.

»Hat man bei euch keine Blutproben genommen?«, fragte Samantha. »Wenn der Test negativ ist, sollte es den Verdacht entkräften.«

»Nach längerer Zeit ist diese Untersuchung nicht mehr aussagekräftig«, sagte Simona. »GHB kann beispielsweise nur für sechs bis acht Stunden im Blut und im Urin für acht bis zwölf Stunden nachgewiesen werden. Das macht es so schwierig, wenn eine Person den Verdacht hat, man habe ihr K.-o.-Tropfen ins Getränk gemischt, aber zu spät zur Polizei geht.«

»Ich finde es schlimm, weil meine Schwester beschuldigt wird, selbst diese Substanzen zu sich genommen zu haben und somit selbst schuld an ihrem Tod zu sein«, sagte Alexandra.

Das war Biancas Schwester? Samantha musterte die Frau. Sie ähnelte Bianca in keiner Weise. Zumindest nicht der Bianca, die Samantha auf dem Foto auf der Webseite gesehen hatte. Im Gegensatz zu ihrer Schwester hatte Alexandra rote Haare, die sie kurz geschnitten trug. Moment, dachte Samantha. Auf dem Foto, das Nussbaum ihr gezeigt hatte, war Biancas Schwester dunkelhaarig gewesen. Sie fasste Alexandra genauer ins Auge und entdeckte einen schmalen dunklen Streifen am Haaransatz.

»Bianca hat nie Drogen genommen«, fuhr Alexandra mit Nachdruck fort. »Wie kommt die Polizei auf diese Idee?«

»In den Räumen unserer Physiopraxis haben sie ein Fläschchen gefunden«, sagte Fabia.

»Mit K.-o.-Tropfen?«

»Die Untersuchungen stehen aus, hat uns dieser Nussbaum erklärt. Ich weiß nicht, was ich tun soll.«

***

Samantha stellte das Velo in die Garage und schloss das Tor. Sie lehnte sich gegen die Mauer und bemühte sich, gleichmäßig zu atmen. Heute hatte sie es mit dem Velo bis nach Hause geschafft. Zugegeben, unterwegs hatte sie zweimal eine Pause eingelegt.

Ein Hochgefühl machte sich breit. Endlich. Dafür war eine Dusche fällig, so durchgeschwitzt, wie sie war.

»Samantha?« Ein drahtiger Mann Ende fünfzig mit vollen braunen Haaren, der zwei oder drei Zentimeter größer als Samantha war, betrat ihre Einfahrt. Samantha erkannte ihren Nachbarn.

»Hoi, Dani.«

»Ich bringe dir den Schlüssel. Vielen Dank, dass ihr ein Auge auf unser Haus habt, während wir weg sind.«

»Das machen wir gerne.« Samantha ergriff den Schlüssel, den er ihr hinhielt.

»Viel gibt es nicht zu tun. Die Pflanzen haben wir alle in die Küche gestellt. Du musst sie nur ein- oder zweimal in der Woche gießen, und Post sollte es auch nicht viel geben. Die Zeitung haben wir abbestellt.«

Gegenüber hielt ein Wagen an. Bühler und Nussbaum stiegen aus. Sie liefen die Treppe zu Nideggers Haus hoch.

»Der mit der Brille hat mich befragt«, sagte Daniel Braun. »Ich möchte wissen, was mit den beiden los ist.«

»Was haben sie dich gefragt?«

»Wann ich Florin und Annina das letzte Mal gesehen habe.«

»Und?«

»Was, und?«

»Wann hast du sie gesehen?«

»Vorletzte Woche. Genau weiß ich es nicht mehr.«

»Haben sie sonst noch etwas gefragt?«

»Was sie für Leute sind. Viel konnte ich nicht sagen. Wir sehen uns selten und wenn, machen wir nur Small Talk.«

Samantha ging es ähnlich.

»Offensichtlich waren sie länger nicht da, wie man am Briefkasten sehen kann«, sagte Daniel.

Verständnislos schaute Samantha Daniel an.

»Der quillt total über.« Er zeigte darauf, und Samantha erkannte das weiße Ende eines Couverts, das aus dem Schlitz herausragte. »Ich frage mich, was die beiden angestellt haben, dass die Polizei sie so hartnäckig sucht.« Er reichte Samantha die Hand. »Ich muss Koffer packen. Nochmals vielen Dank.«

Nussbaum bemerkte Samantha und überquerte die Straße.

»Was ist mit Annina und Florin?«, fragte Samantha.

»Das darf ich dir nicht sagen«, erwiderte Nussbaum. »Kannst du bitte morgen auf den Polizeiposten kommen?«

»Wegen Annina und Florin?«

»Nein.«

»Gibt es Neuigkeiten wegen des Needle Spikings?«

»Nein.« Das klang barsch. »Ich möchte nochmals wegen der Toten im Ziegelhof und deiner Arbeitskollegin mit dir sprechen.«

Bevor Samantha fragen konnte, warum, hatte Nussbaum sich abgewendet. Er stieg zu Bühler in den Wagen, und sie fuhren ab.

Was war los? Wieso diese schlechte Laune? Lag das an ihr? Hoffentlich nicht, und hoffentlich war Annina und Florin nichts passiert.

Nachdem Samantha geduscht und frische Kleider angezogen hatte, holte sie die Post. Sie blätterte durch die Couverts, als sie aus dem Augenwinkel eine Bewegung wahrnahm.

Erstaunt starrte sie Annina an, die mit einem Stapel Briefe auf sie zukam. Ihre Augen waren gerötet, und die kurzen braunen Haare standen wirr vom Kopf ab.

»Annina!«, rief Samantha. »Gott sei Dank. Alle suchen dich und Florin.«

»Wer ist alle?«

»Na ja, damit meine ich die Polizei.«

Der Ausdruck in Anninas Gesicht jagte Samantha einen kalten Schauer über den Rücken. Hektisch sah Annina sich um, bevor sie Samanthas Arm fasste. »Ich muss mit dir reden, aber nicht hier.«

Samantha war überrumpelt, als Annina sie in die Einfahrt hinter einen Busch schob. »Wir haben nichts gemacht, das musst du glauben, es ist … es ist.« Sie brach in Tränen aus.

Kurz entschlossen führte Samantha Annina ins Haus und bat sie, im Wohnzimmer Platz zu nehmen. Mit zwei Gläsern Wasser setzte sie sich neben sie auf das Sofa.

»Was ist passiert?«, fragte Samantha.

»Ich weiß nicht, wo ich anfangen soll«, stammelte Annina.

»Am besten vorne.«

Annina rang weiterhin um Fassung. »Hätte ich gewusst, dass die Polizei uns sucht … Das weiß ich erst seit heute. Ehrlich. Ich hatte mein Handy abgestellt.«

»Die ganze Zeit?« Das klang, als sei Annina eine ganze Woche untergetaucht.

»Ja. Damit Florin mich nicht kontaktieren kann.«

»Wieso das denn? Wo ist er überhaupt?« Samanthas Verwunderung nahm zu.

»Ich weiß nicht, wo er ist, was mir ehrlich gesagt egal ist.«

Wut löste für einen kurzen Moment die Verzweiflung ab, bevor sie erneut in Tränen ausbrach. Samantha kam sich zunehmend hilflos vor. Sie reichte Annina ein Papiertaschentuch.

»Also.« Annina putzte sich umständlich die Nase und starrte danach auf das Taschentuch in ihrer Hand. Es war Samantha, als versuchte sie sich zu sammeln.

»Es begann mit dieser Party. Obwohl ich inzwischen nicht mehr sicher bin, ob es nicht früher angefangen hat.« Sie wischte mit dem Handrücken über ihre Augen. »Biancas Geburtstagsparty.«

Samantha brauchte einige Sekunden, bis sie begriff, wen Annina meinte. »Du kennst diese Frau?«

»Ja. Sie hat ihren dreißigsten Geburtstag gefeiert und uns eingeladen. Wir waren insgesamt zehn Leute. Einladung klingt übertrieben. Es war eine spontane Aktion. Sie hat gefragt, ob wir Lust hätten, mit ihr in der Farnsburg essen zu gehen und anschließend einen draufzumachen, bevor sie am Sonntag in die Ferien fliegen wollte.« Sie senkte den Kopf und zupfte am Taschentuch.

»Es war nicht der fröhliche und entspannte Abend?«, fragte Samantha, da Annina weiter schwieg.

»Nein, ja, zuerst schon. Wir haben ziemlich viel Wein getrunken und waren angeheitert. Zwischendurch war Bianca weg.«

»Weg?«

»Sie hatte gesagt, sie müsse auf die Toilette. Ich habe erst realisiert, dass Florin nicht bei mir war, als Bianca zurückkehrte. Sie war total aufgekratzt. Einige Minuten später kam Florin. Sogar da habe ich es nicht begriffen. Erst als er sich neben sie setzte und sie ein Stück zu ihm rutschte, wusste ich, was gelaufen war. Rückblickend musste das früher oder später passieren, obwohl ich es Florin nie zugetraut hatte. Bianca war berüchtigt für …« Sie zupfte heftiger an dem Taschentuch, und ein Fetzen riss ab.

Samantha brauchte einige Sekunden, bis sie begriff. »Du meinst, die beiden haben …«

»Genau. Bianca schaute mich die ganze Zeit herausfordernd an und rutschte immer dichter zu Florin, dem das nichts auszumachen schien. Ich war fassungslos. Bevor ich mir im Klaren war, wie ich mich verhalten sollte, hat Fabia gefragt, ob wir weiterziehen wollten. Es sei öde hier. Beim Zahlen hat Bianca gemerkt, dass sie ihre Handtasche nicht hatte. Sie wolle sie rasch holen.«

»Woher kennt ihr euch?«, unterbrach Samantha sie.

»Wir sind zusammen auf die Schule gegangen und nach der Matura in Kontakt geblieben.« Annina schnäuzte sich ein weiteres Mal. »Inzwischen war ich richtig sauer und habe Florin zurückgehalten und ihn zur Rede gestellt, als alle rausgingen. Er hat es sofort zugegeben. Die Frau habe Klasse und sei nicht so langweilig wie ich, hat er mir erklärt. Als ich ihm eine Ohrfeige verpasst habe, hat er gesagt, ich solle keine Szene machen, und ist den anderen gefolgt.« Annina schlug die Hände vors Gesicht. »Als ich rauskam, war keiner mehr da. Ich bin nach Hause gefahren, da ich keine Ahnung hatte, wohin sie wollten, und mir definitiv nicht mehr nach Party war. Zu Hause habe ich mich erst einmal richtig volllaufen lassen. Natürlich kann das keiner bezeugen. Ich weiß, ich habe das klassische Motiv für …«

»Und Florin?«

»Der kam später. Er hat auf dem Sofa geschlafen. Am nächsten Tag habe ich ihm erklärt, dass es aus ist. Er kam zwar angekrochen, ich solle mich nicht so anstellen wegen des einen Mals, aber ich habe meine Sachen gepackt und bin zu meinen Eltern gefahren. Was er gemacht hat, weiß ich nicht. Ich habe seinen Kontakt auf dem Handy blockiert, es aber vorsichtshalber ausgeschaltet behalten, damit er nicht von einem anderen Anschluss anruft. Und außerdem wollte ich nicht von der …« Sie brach ab.

Und du wolltest nicht von der Polizei kontaktiert werden, ergänzte Samantha im Stillen. Eben hatte sie gesagt, ihr sei nicht bewusst, von der Polizei gesucht zu werden. Fast hätte sie sich verplappert. Aber leider nur fast. Bestimmt hatte sie dieses aus den Medien erfahren. Es brachte nichts, nachzuhaken. Sie würde es abstreiten.

ACHT

Samantha starrte auf die Rheinstraße. Nun wartete sie seit einer halben Stunde. Keiner war vorbeigekommen, seitdem die Beamtin sie in das Zimmer gebeten und gesagt hatte, es werde gleich jemand kommen. Hin und wieder hatte sie vor der Tür Stimmen vernommen. Einmal meinte sie, Nussbaum gehört zu haben. Er hatte mit einer Frau gesprochen. Die Worte hatte sie nicht verstanden. Dann war er wieder weggegangen.

Ärger mischte sich in die Nervosität. Warum ließ Nussbaum sie warten? Wieso wollte er mit ihr sprechen? Sie war sich keiner Schuld bewusst und hatte alles gesagt, was sie wusste. Neue Details konnte sie nicht liefern. Weder zu der Toten im Ziegelhof noch zu der Needle-Spiking-Attacke.

Aus dem Polizeigebäude trat eine Gruppe von acht oder zehn Personen. Unter ihnen war die Frau, die Samantha in Empfang genommen hatte. Sie überquerten die Straße und entfernten sich joggend Richtung Stedtli.

In der Mittagspause joggen zu gehen hatte Jasmin Samantha mehr als einmal vorgeschlagen. Bei der Renovation des Labors hatte Franz darauf bestanden, eine Duschgelegenheit im Labortrakt zu integrieren.

»So kannst du dich gleich frisch machen«, hatte Jasmin versucht, Samantha zu überzeugen.

»Lieber nicht«, hatte Samantha geantwortet. Im Moment reichte es ihr, mit dem Velo am Abend die Seltisbergerstraße hochzustrampeln.

Jetzt wäre sie lieber mit Jasmin zum Joggen gegangen.

Sie lehnte den Kopf gegen die Fensterscheibe und beobachtete die Autos.

War Nussbaum in der Mittagspause? Hatte er sie vergessen? Das passte nicht zu ihm. Was wollte er damit bezwecken, sie warten zu lassen?

Die Nervosität war zurück. Genau das wollte er erreichen, wurde sie sich bewusst. Wieso?

Ihre Gedanken drifteten zu gestern Abend. Sie fragte sich, ob Annina inzwischen die Polizei aufgesucht hatte, wie sie ihr beim Abschied versprochen hatte, nachdem Andrina sie dazu gedrängt hatte.

»Wenn du dir nichts zuschulden kommen –«

»Ich habe nichts verbrochen!«, war Annina ihr ins Wort gefallen.

»In dem Fall hast du nichts zu befürchten.«

Samantha wurde heiß. Hatte Annina das nicht, und Nussbaum hatte erfahren, dass sie bei ihr gewesen war? Die Reihenfolge stimmte nicht. Annina war bei ihr gewesen, nachdem Nussbaum sie gebeten hatte, heute zu kommen.

Ein Klicken ertönte hinter ihr. Schritte. Der Geruch von Kaffee stieg in ihre Nase. Samantha drehte sich um.

»Entschuldige, dass wir dich haben warten lassen«, sagte Nussbaum und stellte zwei Becher auf den Tisch.

Ihm folgte Bühler, der eine Mappe und einen kleinen Plastiksack auf den Tisch legte. Was der Asservatenbeutel enthielt, konnte Samantha nicht erkennen.

Bühler machte eine Geste zum Tisch. Samantha setzte sich den beiden Männern gegenüber. Nussbaum schob ihr einen der Becher hin. Die freundliche Geste stand im Kontrast zu den ernsten Gesichtern der Männer.

»Kannst du uns nochmals sagen, ob dir vor dem Auffinden von Bianca Arnold etwas an Frau Russo aufgefallen ist?«

Von früheren Aussagen wusste Samantha, dass Nussbaum gerne eine Aussage wiederholen ließ, in der Hoffnung, dem Zeugen falle Neues ein. Inzwischen hatte sie das mehr als einmal gemacht und fand es langsam mühsam. Trotzdem tat Samantha ihm den Gefallen.

»Wie war das Verhältnis von Frau Russo und Frau Hofmann zueinander?«, fragte er weiter, nachdem Samantha geendet hatte.

»Gut, wie bei uns allen.«

»Gab es keine Meinungsverschiedenheit zwischen ihnen?«

»Nein. Okay, manchmal waren sie nicht gleicher Meinung, als es zum Beispiel um den Wiederaufbau des Labors ging.«

»Wie äußerte sich das?«, unterbrach Nussbaum.

»Wie meinst du das?«

»War die Stimmung zwischen ihnen gereizt, oder haben sie sich angeschrien?«

»Weder noch. Jede hat ihre Meinung dargelegt. In der Regel wurde an den Sitzungen darüber gesprochen. Am Ende entschied Franz.«

»Zugunsten von Frau Hofmann oder Frau Russo?«

Diese Fragen muteten seltsam an.

»Sowohl als auch. Es waren keine großen Unstimmigkeiten. Einmal ging es um die Wandfarbe und einmal um den Bodenbelag vor dem Laborraum. Giulia wünschte sich einen hellen Boden, Emma dagegen einen schwarzen.«

»Am Ende wurde es offenbar etwas dazwischen«, sagte Bühler. »Anthrazit. Das sind aber unwichtige Dinge. Gab es zum Beispiel etwas beim Arbeitsablauf, bei dem die beiden unterschiedlicher Meinung waren?«

»Nein. Keiner redet dem anderen in seinen Job rein. Giulia hat eine KV-Ausbildung und keine in Chemie.« Samantha fragte sich, worauf die beiden Beamten hinauswollten.

»Hatten die beiden privat miteinander zu tun?«

»Soweit ich weiß, nicht. Okay, das muss nichts heißen. Wir reden allgemein nicht oft über private Dinge.«

Nussbaum machte Notizen, während Bühler sie unverwandt anschaute. Welche Information erhofften sie sich von ihr?

»Emma und Giulia gingen stets freundlich miteinander um«, fühlte Samantha sich genötigt zu sagen, als sich das Schweigen in die Länge zog. »Auch wenn sie mal nicht einer Meinung waren. In der Mittagspause aßen sie manchmal zusammen in unserer Küche oder gingen gemeinsam ins Stedtli.«

»Ist Ihnen in der letzten Zeit etwas an Emma Hofmann aufgefallen?«, fragte Bühler.

Was hatten sie mit Emma? Sie hatte doch nichts mit dem Tod von Bianca Arnold zu tun.

»Nein. Sie war wie immer.«

Das stimmte nicht. Als die Polizei sie nach Giulias Verschwinden befragt hatte, war sie übernervös gewesen. Nervös waren sie alle gewesen, musste Samantha einräumen. Doch bei Emma war es mehr als offensichtlich gewesen. Samantha hatte angenommen, Emma käme schwerer als die anderen mit der Situation zurecht und könne es daher nicht so gut verbergen. Sie war allen ausgewichen und hatte den Eindruck vermittelt, ein schlechtes Gewissen zu haben. Nicht nur ein schlechtes Gewissen, sondern Angst, als habe sie etwas zu verbergen.

Wenn Samantha es sich nun richtig überlegte, hatte sie seit den Befragungen nur zweimal flüchtig mit Emma Kontakt gehabt. Bisher war es ihr nicht aufgefallen, doch da die Beamten so hartnäckig nachfragten, kam ihr dies seltsam vor.

Bevor Samantha es zur Sprache bringen konnte, schob Nussbaum den Asservatenbeutel zu ihr. Sie erkannte ein braunes Fläschchen darin.

»Kennst du das?«

»Woher sollte ich?«

Nussbaum erwiderte nichts. Samantha beugte sich über das Fläschchen mit dem schwarzen Deckel. »Solche kleinen Flaschen hat Emma im Labor. Dort sind Duftessenzen sowie Wirkstoffe für die Cremen drin.«

Nussbaum erwiderte weiterhin nichts.

»Was ist damit?« Mit dem Zeigefinger schob Samantha den Beutel zu sich. »Dieses Fläschchen ist nicht beschriftet. Also wird es keines von unseren sein.«

»Wieso?«

»Emma ist pingelig. Alles muss seine Ordnung haben im Labor. Dazu gehört die korrekte Beschriftung aller Behälter.«

»Das Etikett könnte entfernt worden sein.«

»Ich sehe hier keine Reste. Weder Papier vom Etikett noch Klebereste. Wieso soll es ausgerechnet ein Fläschchen von Amry Cosmetics sein? Die gibt es überall, in Apotheken, Drogerien oder im Detailhandel, wo zum Beispiel ätherische Öle für Duftlichter drin sind. Wo habt ihr die her, und was ist da überhaupt drin?«

»Dieses Fläschchen haben wir im Badezimmer von Giulia Russo gefunden.«

»Ja und?«

»Es war bis auf drei oder vier Tropfen leer.«

Knapp konnte Samantha ein weiteres »Ja und?« zurückhalten. Worauf wollte Nussbaum hinaus?

»Sie hätte die kleine Flasche ausspülen müssen, bevor sie untergetaucht ist«, fuhr Bühler fort. Die Augen der beiden Beamten waren ununterbrochen auf Samantha gerichtet.

Nussbaum tippte mit dem Zeigefinger auf den Asservatenbeutel. »Hier sind Reste einer Substanz drin, die allgemein als K.-o.-Tropfen bekannt ist.«

***

Am Abend schaffte Samantha es nicht mit dem Velo den Hang hoch bis nach Hause und musste kurz nach der Hälfte aufgeben. Als sie abbog und ihr Velo um die Kurve schob, blieb sie erschrocken stehen. Mehrere Autos standen vor ihrem Haus: ein Kastenwagen, zwei Polizeifahrzeuge mit Blaulicht und ein dunkler Wagen, den Samantha nicht zuordnen konnte. In ihrer Einfahrt stand Nussbaums Hyundai.

Zwei Männer in weißen Ganzkörperanzügen überquerten die Straße und liefen zu Nideggers Haus hoch.

Samantha beschleunigte ihre Schritte. Nun erkannte sie das Absperrband vor dem Haus. Davor stand Rita Marti. Vor ihr saß ihr Sohn Damian im Kinderwagen. Mit großen Augen beobachtete der sechs Monate alte Bub das Treiben. Neben dem Kinderwagen lag der Labrador auf dem Boden, den die Martis seit letzter Woche hüteten, da Ritas Eltern in den Ferien waren.

Rita sah zu Samantha. In ihren Augen erkannte Samantha sogar auf diese Distanz Schrecken.

Samantha schaute weiter zum Haus. Annina! Sie hätte darauf bestehen sollen, dass sie sofort zur Polizei ging.

Nussbaum kam auf sie zu.

»Was ist passiert?«, fragte Samantha.

»Im Garten wurde eine Leiche gefunden«, sagte er und erstaunte Samantha damit, weil er es ihr ohne Weiteres sagte.

»Annina?«

»Es ist keine Frau, sondern ein Mann.« Er musterte sie und das Velo. »Ich nehme an, du kommst gerade von der Arbeit und warst den ganzen Tag nicht zu Hause.«

»Ja.«

»Wann bist du heute Morgen –«

»Jan?«, rief einer der Beamten vom Haus her. »Kannst du bitte kommen.«

»Entschuldige. Ich werde später für Fragen bei dir vorbeischauen.« Nussbaum entfernte sich. Bei Rita blieb er stehen. »Sie können fürs Erste gehen. Halten Sie sich bitte zur Verfügung.«

»Alles war voll Blut«, sagte Rita. Sie saß auf dem Sofa in Samanthas Wohnzimmer und hatte Damian auf ihrem Schoß, der sich an sie kuschelte. Der Labrador, dessen Namen Samantha vergessen hatte, lag vor Rita auf dem Boden und hatte seinen Kopf auf ihre Füße gelegt.

Samantha hatte Rita zu sich ins Haus gebeten. Rita hatte am ganzen Körper gezittert. In diesem Zustand hatte Samantha sie nicht allein lassen wollen. Ihr Mann Oliver würde erst gegen acht Uhr heimkehren, hatte Rita gesagt. Dankbar war sie Samantha ins Haus gefolgt.

Inzwischen hatte sie sich gefasst. Nur hin und wieder ging ein leichtes Zittern durch ihren Körper.

»Wieso warst du in ihrem Garten?«

»Ich bin von einem Spaziergang nach Hause gekommen und habe die Leine losgemacht. Anstatt ins Haus zu laufen, ist Luna wild bellend davongerannt. Ehe ich michs versehen habe, war sie durch die Hecke verschwunden. Alles Rufen hat nichts genützt.« Rita trank einen Schluck Wasser. »Ich bin hinterher und fand sie vor dem Busch. Sie hat nicht mehr gebellt, sondern stand mit gesträubtem Nackenfell knurrend da. Zuerst dachte ich, jemand verstecke sich in dem Busch.«

»Das hättest du sehen müssen. So viel Laub haben die Büsche nicht.«

»Es ist ein immergrüner Busch. Luna folgte nicht, als ich sie rief, und ich wusste nicht, was ich tun sollte. Stattdessen ging sie auf die andere Seite. Da sah ich den Arm, der auf dem Boden unter den Ästen hervorlugte. Die Finger waren blutig.« Mit der Hand fuhr Rita über ihre Stirn. »Als ich keinen Puls spürte, habe ich sofort den Notruf gewählt. Überall war Blut, und da lag dieses Messer neben ihm.«

»Hast du den Mann erkannt?«

»Nein. Er lag auf dem Bauch. Als ich nach dem Puls getastet habe, war mir sofort klar, dass er tot war. Das ganze Blut … Ein Toter … Ich war total geschockt. Mir wurde schlecht, und ich konnte nicht genauer nachschauen. Ich bin aufgesprungen, und mir ist es gelungen, mich nicht gleich neben der Leiche, sondern am Zaun zu unserem Grundstück zu übergeben. Danach schaffte ich es nicht mehr, nochmals zurückzukehren.« Sie schlug die Hand vor den Mund und gab einen erstickten Laut von sich.

Die letzten Worte waren fast nicht verständlich gewesen, und Samantha musste sich nach vorne beugen.

»Sammy?«, kam es aus dem Entrée. Keine Minute später erschien Joel in der Tür. »Was ist da draußen los? Die gesamte Straße ist abgesperrt. Zum Glück tauchte Jan auf, als ich den Polizisten davon zu überzeugen versuchte, mich durchzulassen, weil ich hier wohne. Rita?«

»Im Garten von Annina und Florin ist ein Toter.«

»Bei Annina und Florin?«, wiederholte Joel ungläubig und ließ sich auf den Sessel fallen. »Hoffentlich passiert das Ganze nicht noch mal.«

Samantha war klar, worauf er anspielte: auf den brutalen Mord an ihrer Nachbarin, die dort vorher gewohnt hatte. Da dieser Gedanke nun ausgesprochen war, tauchte das Bild der toten Frau im Keller vor ihrem inneren Auge auf.

Rita hatte die Hand geballt und kaute an den Fingerknöcheln. »Ich habe es Oliver gesagt. Über dem Haus liegt ein Fluch.«

Die ganze Zeit versuchte Samantha, nicht aus dem Fenster zu schauen. Nicht einfach, da es inzwischen dunkel geworden war und somit das Zucken der Blaulichter deutlicher war. Wieso konnten sie diese nicht abstellen?

Im Garten war ein Lichtstrahler aufgebaut worden, vor dem sich die Silhouette des Hauses abhob.

Inzwischen war Rita nach Hause gegangen, nachdem sie von Oliver eine WhatsApp-Nachricht erhalten hatte, dass er heimgekommen sei.

Seitdem waren vier Stunden vergangen, und es war beinahe Mitternacht. Obwohl Samantha hundemüde war, war an Schlafengehen nicht zu denken. Zu gerne hätte sie einen Spaziergang gemacht. Das half ihr häufig, wenn sie am Abend überdreht war und keine Ruhe fand. Heute ging das nicht, da die Polizei sie gebeten hatte, im Haus zu bleiben.

»Weißt du, ob Annina inzwischen mit Jan gesprochen hat?«, fragte Joel.

»Ich hoffe es.« Andernfalls würde es kein gutes Licht auf sie werfen, war Samantha überzeugt.

Es klingelte.

»Um diese Zeit«, flüsterte Samantha und schaute Joel nach, wie er das Wohnzimmer verließ.

»Entschuldigt, wenn ich euch um die Zeit behellige«, sagte Nussbaum, als Joel mit ihm zurückkehrte. »Es ging nicht früher.«

»Ist okay«, brummte Joel.

War es nicht, dachte Samantha.

»Habt ihr in der Zwischenzeit etwas von Annina Nidegger gehört?«

Diesen Einstieg in die Befragung fand Samantha verwirrend.

»War sie nicht bei euch?«

»Bei uns? Wann?«

Samantha berichtete, wie sie gestern Abend Annina getroffen und ihr nahegelegt hatte, die Polizei aufzusuchen.

»Diesen Rat hat sie nicht beherzigt. Du hättest uns sofort informieren sollen.« Das klang, als habe Samantha eine Straftat begangen. »Oder spätestens heute Mittag wäre eine gute Gelegenheit gewesen.«

Stimmt nicht, dachte Samantha, ließ es aber lieber unausgesprochen. »Da ist es mir nicht in den Sinn gekommen, und du hattest nicht gefragt.« Das war schnippischer herausgekommen als beabsichtigt. Sie war erleichtert, weil Nussbaum die Bemerkung nur mit einem Stirnrunzeln quittierte.

»Sie ist bei ihren Eltern untergeschlüpft, hast du gesagt. Weißt du, wo sie wohnen?«

»Tut mir leid, nein.«

Nussbaum machte eine Notiz. »Das werden wir herausfinden. War ihr Mann gestern dabei?«

»Gestern? Nein. Annina war nicht gut auf ihn zu sprechen.«

Nussbaum fuhr hoch. In seinen Augen funkelte es. Wie es früher öfter der Fall gewesen war, erinnerte er Samantha an eine Raubkatze, die die Witterung ihrer Beute aufgenommen hatte. Sein Handy klingelte. Es spielte einen Song von Michael Jackson. Nussbaums Neffe änderte zu seinem Leidwesen regelmäßig die Klingeltöne. Normalerweise fand sie es erheiternd und zog Nussbaum damit auf, doch heute verfehlte es diese Wirkung vollkommen.

»Entschuldigt.« Er nahm das Gespräch entgegen, während er aus dem Wohnzimmer ging. Samanthas Hoffnung, er werde das Haus verlassen und sie in Ruhe lassen, zerschlug sich.

»Die Stichverletzungen sind demnach die Todesursache?«, hörte sie Nussbaum. Er musste im Entrée stehen geblieben sein. Offenbar war er sich nicht bewusst, dass sie ihn verstehen konnten.

»Mehrmals? Ich stimme dir zu. Da muss eine gehörige Portion Wut mitgespielt haben. Was habt ihr sonst?«

Pause.

»Ich weiß, nach der Obduktion. Was ist mit dem Messer?«

Eine neue Pause.

»Ein Otto Normalbrotmesser? Stammt es aus dem Haushalt der Nideggers?«

Samantha wagte nicht zu atmen. Joel ging es offenbar gleich. Unverwandt starrte er zur Tür.

»Okay, nicht von ihnen. Ich mache hier fertig und komme anschließend nach.«

Fertig machen. Das klang nicht freundlich. Samantha schaffte es, nicht aufzuseufzen, als Nussbaum zurückkehrte. Auf einmal war sie erschöpft und meinte, sich nicht mehr auf den Beinen halten zu können. Sie wollte nur eins, ins Bett, obwohl sie bezweifelte, schlafen zu können.

»Hast du Frau Nidegger gestern allein gelassen, als sie bei dir war?«

»Nein.« Was sollte diese Frage?

»War sie in eurer Küche?«

»Nein.«

Samantha war klar, was folgen würde, bevor Nussbaum die Frage ausgesprochen hatte.

»Darf ich eure Messer sehen?«

Joel richtete sich auf. Bevor er zu einer Erwiderung ansetzte, stand Samantha auf.

Er folgte ihnen zur Küche und lehnte sich mit vor der Brust verschränkten Armen gegen den Türrahmen. Seine Missbilligung war greifbar, als Nussbaum die Messer inspizierte und Fotos machte. Joel hielt sich zurück, wofür Samantha ihm dankbar war. Eine Diskussion vom Zaun zu brechen und unkooperativ zu sein würde alles erschweren. Besonders um diese Uhrzeit mitten in der Nacht war so etwas nicht ratsam.

Zu Samanthas Erleichterung waren alle Messer vorhanden.

»Wann waren Herr und Frau Nidegger das letzte Mal in eurem Haus?«

»Ich weiß es nicht. Sie waren einmal zu Besuch, aber das ist länger her.«

Nussbaum stieß die Schublade zu. »Ihr beide wart den ganzen Tag bei der Arbeit, nehme ich an.«

Das hatten sie schon mal. Wollte er sie in Widersprüche verwickeln?

»So ist es«, kam Joel Samantha zuvor.

Nussbaum schaute Samantha an.

»Das Gleiche gilt für mich. Nach unserem Gespräch heute Mittag bin ich direkt zu Amry zurückgekehrt.«

»Ist euch etwas aufgefallen, als ihr heute Morgen aufgebrochen seid?«

Synchron schüttelten sie den Kopf.

»Kein Auto, das ihr hier noch nie gesehen habt? Eine Person, die sich auffällig verhalten hat?«

Neues Kopfschütteln.

»Wie ist es mit den letzten Tagen? Lungerte jemand in der Straße herum, den ihr nicht kanntet?«

»Mir ist nichts aufgefallen«, übernahm Joel. »Das Einzige ist, dass Annina und Florin nicht da waren und ihr sie offenbar gesucht habt, wenn ich euer regelmäßiges Vorbeikommen richtig interpretiere.«

Nussbaums Frust war deutlich.

Samantha unterdrückte ein Gähnen.

»Du hast recht, es ist spät«, sagte Nussbaum. »Falls euch noch etwas einfällt, gebt mir bitte Bescheid.«

»Wisst ihr, wer der Tote ist?«, fragte Joel, als sie Nussbaum zur Haustür folgten.

Anstatt zu antworten, holte Nussbaum sein Handy hervor. Er tippte darauf herum und zögerte kurz, bevor er es Joel hinhielt.

»Ist er das?«, fragte Joel entsetzt.

»Ja.« Nussbaum schwenkte das Handy zu Samantha.

»Oh mein Gott!«, stieß Samantha hervor und taumelte nach hinten. Die Aufnahme zeigte den Kopf eines blonden Mannes von der Seite. Er lag auf der Wiese hinter dem Haus. Am oberen Rand sah sie den Ast eines immergrünen Busches. Obwohl der Kopf abgewandt war, konnte Samantha erkennen, dass das rechte Auge geöffnet war. Sie war froh, dass sie nicht in seine leblosen Augen schauen musste. Sie drehte sich um und musste sich setzen.

»Eurer Reaktion nach zu urteilen kennt ihr ihn.«

Zu mehr als zu nicken war Samantha nicht fähig.

NEUN

Jasmin klopfte gegen den Türrahmen. »Wo ist Christian?« Sie zeigte zum leeren Arbeitsplatz.

»Ich glaube, auf dem WC«, erwiderte Samantha.

»Suchst du mich?«, fragte Christian, der mit einer Tasse Kaffee das Büro betrat.

»Ja, du hattest eine Frage wegen der Flyer der neuen Gesichtscremen. Da ich aus deiner E-Mail nicht schlau werde, dachte ich …«

»Das hat sich erledigt. Ich habe sie gefunden.« Christian stellte die Tasse auf sein Pult und ließ sich auf seinen Stuhl fallen. »Was ist mit Franz los? Der ist mir gerade mit einer üblen Laune entgegengekommen.«

»Emma ist schuld«, sagte Jasmin.

»Was hat Emma getan?«, fragte Christian.

»Weißt du das nicht? Sie haben ein Fläschchen mit Resten von K.-o.-Tropfen im Labor entdeckt. Nicht direkt im Labor.«

Sprach Jasmin von dem Fläschchen, das Nussbaum ihr gestern gezeigt hatte? Hatten sie dieses nicht bei Giulia zu Hause gefunden? Oder hatte sie etwas verpasst, und es gab ein zweites?

»Es stand neben Emmas Computer auf ihrem Pult«, fuhr Jasmin fort. »Da die kleine Flasche nicht beschriftet war, was bei Emma ungewöhnlich ist, und dort wie auf dem Präsentierteller war, haben sie das Fläschchen mitgenommen und untersucht. Franz tobt. Alles fällt auf Amry Cosmetics zurück, hat er gesagt. Wenn es nach ihm ginge, hätte er ihr gleich gekündigt. Cornelia hat ihn davon abgehalten.«

»Wie auf dem Präsentierteller«, sagte Christian. »Das muss nicht automatisch heißen, dass Emma es dorthin gestellt hat. Jemand kann es extra dort deponiert haben.«

»Es ist naheliegend, dass es Emma war«, sagte Jasmin. »Sie ist die Laborantin. Sonst haben vorwiegend Franz und Cornelia einen Grund, dort zu sein. Und Samantha als Qualitätsverantwortliche.«

»Was soll das heißen?«, brauste Samantha auf.

»Nichts.« Jasmin hob die Hände, was wohl beschwichtigend sein sollte. »Ihr werdet es nicht gewesen sein. Die Polizei hat einen Fingerabdruck gefunden, der mit Emmas übereinstimmt.«

»Woher weißt du das?«, fragte Samantha. Erst K.-o.-Tropfen bei Giulia und nun bei Emma. Erneut sah sie Emmas Reaktion vor sich, als Nussbaum und Bühler sie als Erste zur Befragung gebeten hatten.

»Von Franz«, antwortete Jasmin. »Nun, nicht direkt. Er hat mit Cornelia diskutiert, und bei der Lautstärke, mit der er gesprochen hat, konnte ich ihn gut durch die geschlossene Tür verstehen, als ich an seinem Büro vorbeigegangen bin.«

»Emma soll der Physiotherapeutin die K.-o.-Tropfen verabreicht haben?«, fragte Samantha fassungslos. »Sie kannte die Frau nicht einmal.«

»Sagt sie«, hielt Jasmin dagegen. »Eine andere Möglichkeit ist, sie hat das Zeug verkauft.«

»Wie kommt sie an die Substanzen?«

»Dank Internet ist das einfach«, sagte Christian. »Sie hat es organisiert, füllt es im Labor in die Fläschchen ab und verkauft es.«

»Emma?«, rief Samantha. »Ausgerechnet sie soll kriminell sein?«

»Du siehst keinem an, wozu er fähig ist«, erwiderte Christian. »Aber ich gebe dir recht. Ich traue es Emma nicht zu.«

»Ist Emma die kleine Flasche nicht aufgefallen?«

»Nach dem, was ich mitbekommen habe, behauptet sie, sie habe dort ein Fläschchen mit einer Duftessenz hingestellt, das sie als Muster zugeschickt bekommen habe.«

»Unbeschriftet?«

»Nein. Sie hat das Fläschchen vorgestern nicht weiter beachtet, als sie ins Büro gekommen ist, da sie anderes zuerst zu erledigen hatte.«

Kurz hing jeder seinen Gedanken nach, bevor Samantha das Wort ergriff. »Was geschieht nun?«

»Emma ist dank Cornelia um eine Kündigung herumgekommen«, erwiderte Jasmin. »Vorerst. Aber Franz hat sie nach Hause geschickt.«

»Nach Hause? Freigestellt? Das heißt, sie ist nicht verhaftet worden?«

»Nein. Noch nicht.«

***

Nico lag auf dem Boden, strampelte und kreischte.

»Kannst du Manuela bitte nehmen?«, fragte Simona Samantha und war fast nicht zu verstehen.

Samantha nahm auf einem der Esszimmerstühle Platz und setzte sich das Baby auf den Schoß.

Manuela starrte fasziniert auf den tobenden Bruder, der sich auf dem Boden wälzte.

Der Ursprung für den Wutanfall war für Samantha nicht ersichtlich. Auf einmal hatte er losgekreischt und sich auf den Boden geworfen.

Simona redete auf ihren Sohn ein, aber ohne Erfolg.

»Lass es mich übernehmen.« Maik hob Nico hoch, verließ mit dem sich windenden und schreienden Buben den Raum und ging die Treppe nach oben.

»Puh.« Simona plumpste auf den Stuhl neben Samantha. »Eifersucht pur. Seitdem Manuela anfängt, sich fortzubewegen.«

»Krabbelt sie schon?«, fragte Joel.

»Weit kommt sie nicht, aber es reicht Nico als Grund für eine Theateraufführung.« Sie strich eine Strähne ihrer braunen Haare aus dem Gesicht. Wie bei ihrem Bruder Joel hatten sie einen leichten Kastanienton. »Geschwister können eifersüchtig auf die jüngeren sein. Das ist mir klar. Aber so … Lassen wir das. Möchtet ihr noch etwas?« Sie deutete auf den Kuchen auf dem Tisch.

»Vielen Dank«, sagte Samantha. »Ich bekomme keinen Bissen mehr runter.«

Auch Joel lehnte ab.

Manuela griff nach einem Teelöffel und klopfte mit ihm auf die Tischfläche.

»Es tut mir leid, wenn der Abend nicht besonders harmonisch verläuft«, sagte Simona.

»Das ist kein Problem.«

Nach mehreren Anläufen hatten sie es endlich geschafft, sich zu einem Nachtessen zu verabreden. Am Morgen hatte Samantha kurz überlegt, ob sie absagen sollte. Die vergangene Nacht war kurz gewesen, und sie fühlte sich wie gerädert.

»Es tut uns gut«, hatte Joel gesagt. »Und wer weiß, wann wir einen neuen Termin finden.«

Sie hatten in Mumpf abgemacht, weil es für Simona einfacher war, wenn sie zu Hause blieb, da sie die Kinder zur gewohnten Zeit ins Bett bringen konnte.

Manuela schlief auf Samanthas Schoß ein. Der Arm mit dem Löffel hing auf der Seite nach unten. Es klirrte, als er ihr aus der Hand rutschte und auf den Boden fiel.

»Zu deiner Frage, was mit Emma passiert«, sagte Simona. Sie bückte sich, um den Löffel aufzuheben, und legte ihn auf den Tisch. »Der Fingerabdruck scheint sie zu belasten, aber es ist kein eindeutiger Beweis ihrer Schuld. Wenn ich dich richtig verstehe, habt ihr mehrere von diesen kleinen Flaschen im Labor. Emma kann sie zu einem früheren Zeitpunkt in der Hand gehabt haben.«

»Die stand auf ihrem Pult«, erinnerte Samantha sie.

»Wie auf dem Präsentierteller, hast du gesagt. Und das Fläschchen, das ursprünglich dort gewesen war, ist verschwunden und nicht mehr aufgetaucht.«

»Ja.«

»Das mutet seltsam an. Entweder hat Emma gelogen und es hat diese kleine Flasche nicht gegeben, oder jemand hat sie genommen und die andere extra dort deponiert, damit sie nicht übersehen wird. Ich würde vom Zweiten ausgehen.«

»Das heißt, Emma ist aus dem Schneider?«

»Das nicht unbedingt. Es braucht den Beweis und vor allem ein Motiv, warum jemand den Verdacht auf sie lenken will.« Simona füllte Wasser in ihr Glas und hielt Samantha und Joel die Karaffe hin. Beide schüttelten den Kopf.

»Viele gehen bei euch im Labor nicht ein und aus«, fuhr Simona fort. »Emma wird unter Tatverdacht stehen. Ich rechne allerdings nicht mit einer Verhaftung. Jan hat vierundzwanzig Stunden Zeit, um genug vorzuweisen, damit die Haft verlängert wird. Er wird die Variante, jemand möchte Emma in den Fokus der Ermittlungen rücken, nicht außer Acht lassen. Ich denke daher, er wird sie genau im Auge behalten.«

»Wie das?«

»Es gibt mehrere Möglichkeiten. Er kann in Rücksprache mit der Staatsanwaltschaft eine Observation ansetzen.«

»Wie sieht die aus?« Samantha wurde zusehends mulmig. Nach wie vor glaubte sie nicht, Emma habe mit den K.-o.-Tropfen zu tun.

»Das hängt vom jeweiligen Ermittler ab. Es kann von einer Beobachtung bis zur Überprüfung der E-Mails und zum Abhören des Telefons gehen.«

»Ist das verhältnismäßig?«, fragte Joel.

»Es gibt eine tote Person«, erwiderte Simona. »Okay, es muss nicht vorsätzlicher Totschlag sein, aber die Person, die dieser Physiotherapeutin die Tropfen verabreicht hat, oder die, die sie organisiert hat, hat die Möglichkeit ihres Todes in Kauf genommen.«

»Könnte Emma sich dem nicht entziehen, wenn sie nicht mehr in die Schweiz einreist?«, fragte Samantha. »Da Franz sie freigestellt hat, ist sie sowieso in Deutschland.«

Über ihnen polterte es. Schreien folgte. Maik hatte offenbar keinen Erfolg damit, Nico zu beruhigen.

»Es gibt ein Abkommen zwischen der Schweiz und Deutschland für grenzübergreifende Observationen«, fuhr Simona fort und warf einen Blick zur Decke. Es war deutlich, wie schwer es ihr fiel, sitzen zu bleiben.

Manuela zuckte leicht, schlief aber weiter. Samantha verlagerte vorsichtig das Gewicht, da ihr Arm taub wurde und kribbelte. »Emma bleibt in dem Fall nichts anderes übrig, als ihre Unschuld zu beweisen?«

»Ich fürchte, ja«, antwortete Simona. »Du hast ein spezielles Talent, wieder einmal mittendrin zu sein.«

»Wie meinst du das?«

»Du bist beim Auffinden der toten Physiotherapeutin dabei, und zusätzlich gibt es den Mord in eurer Nachbarschaft. Ist es das gleiche Haus, in dem die Vorgängerin ermordet wurde?«

»Ja«, erwiderte Samantha.

»Obwohl ich nicht an solche Dinge glaube, scheint ein Fluch auf dem Haus zu liegen.«

Ein Schauer durchlief Samanthas Körper. Das Gleiche hatte gestern Rita gesagt, und sie selbst hatte es gedacht, nachdem sie Florin Nidegger auf dem Foto erkannt hatte.

»Ist es wirklich nicht klar, was passiert ist?«, fragte Simona weiter.

»Nein, und keiner der Nachbarn hat etwas mitbekommen.«

»Weiß man, wie lange er tot war, und ist der Garten der Tatort oder nur der Fundort?«

»Das musst du Jan fragen«, sagte Samantha. »Als ich heute Morgen zur Arbeit gegangen bin, war die Spurensicherung immer noch vor Ort. Dabei hörte es sich so an, als werde der Garten nicht als Tatort in Betracht gezogen und als müsse es vorletzte Nacht passiert sein. Wo, weiß ich nicht.«

»Das dürfte nicht leise vonstattengegangen sein«, sagte Simona.

»Ich habe tief und fest geschlafen«, erwiderte Samantha und verspürte den Drang, sich zu rechtfertigen.

»Was ist mit der Tatwaffe?«, fuhr Simona fort.

»Herkunft unbekannt«, sagte Joel. »Es gibt keinen Fingerabdruck.«

»Woher weißt du das?«, fragte Samantha erstaunt.

»Ich habe meine Quellen.« Joel grinste.

»Jan hat dir diese Ermittlungsdetails gesagt?«, rief Simona überrascht.

»Er hat eine gut auf dem Kopf lesbare Schrift. Das Messer scheint neuwertig zu sein.«

»Du meinst, es wurde neu gekauft?« Simona tippte mit dem Finger gegen ihre Lippe. Es war eindeutig, wie es in ihrem Kopf arbeitete.

»Du vermisst deinen Beruf mehr, als du uns glauben machen willst«, kam es von der Tür. Maik stand mit Nico auf dem Arm gegen den Türrahmen gelehnt. Der Bub hatte seine Stirn seitlich gegen Maiks Hals gedrückt und den Daumen in den Mund gesteckt. In unregelmäßigen Abständen war ein unterdrücktes Aufschluchzen zu hören. Er schielte zu Simona, als wartete er auf eine Reaktion von ihr.

»Wieso?«

»So wie du die beiden befragst.«

»Kehrst du nach dem Mutterschaftsurlaub in den Job zurück?«, fragte Samantha. Soweit sie wusste, hatte Simona nach dem bezahlten Urlaub unbezahlten angehängt.

»Nein. Wobei ich damit liebäugle, diese Entscheidung rückgängig zu machen.« Sie schaute zu Nico, der rasch den Kopf zur Seite drehte. »Maik verdient zum Glück genug für uns beide, und ich möchte für die Kinder da sein. So wie meine Mutter es für uns gewesen ist. Vielleicht, wenn sie größer sind.«

»Wenn er im Haus erstochen worden ist, muss es nicht unbedingt die Nachbarschaft hören«, sagte Maik, und Samantha brauchte einige Sekunden, bis sie begriff, dass er zum ursprünglichen Thema zurückgekehrt war. »Besonders wenn es im Keller geschehen ist. Hat man entsprechende Hinweise im Haus gefunden?«

»Keine Ahnung«, sagten Samantha und Joel synchron.

»Vermutlich hat Florin sich nicht wehren können«, sagte Joel. »Als ich heute Nachmittag bei der Befragung war, habe ich gehört, wie jemand sagte, man habe K.-o.-Tropfen in seinem Blut nachgewiesen.«

»Was?«, rief Samantha. »Ich frage mich die ganze Zeit, ob das nach so langer Zeit überhaupt noch feststellbar ist. Ich meine, nach acht bis zwölf Stunden geht das nicht mehr. Daher sollten sich Opfer bei möglichem Verdacht auf K.-o-Tropfen schnell melden. Bianca und Florin wurden nach dieser Zeitspanne gefunden.«

»Bei Lebenden ist das so«, sagte Simona. »Stirbt die Person kurz nach Aufnahme der Tropfen, bleiben die Substanzen erhalten, da es keinen Stoffwechsel mehr gibt. Okay, es gibt Stoffe, die sich schneller verflüchtigen, aber die Zusammensetzung von K.-o.-Tropfen variiert, und die weniger flüchtigen können nachgewiesen werden.«

»Da sowohl Florin als auch Bianca Arnold vermutlich innerhalb einer Stunde nach der Einnahme gestorben sind und die Dosis anscheinend sehr hoch war, ist es im Screening aufgefallen«, sagte Joel.

»Das alles haben sie dir einfach so gesagt?«

»Ich glaube, es war nicht für meine Ohren bestimmt. Jan war so entsetzt und hat daher nicht leise genug gesprochen, als er fragte, ob sich der Rechtsmediziner sicher sei.«

Es war fast Mitternacht, als Joel in die Garage fuhr.

Samantha unterdrückte ein Gähnen, als sie ausstieg. Verstohlen schaute sie zu Nideggers Haus. Mit den dunklen Fenstern sah es bedrohlich aus, und es war Samantha, als würde es sie beobachten.

Ein neuer Mord. In der Nachbarschaft. Ganz nah. Auf einmal spürte sie das Verlangen, von hier fortzuziehen. Sollte sie Joel darum bitten? Er fühlte sich wohl hier, und eigentlich tat sie das auch.

»Was ist?« Joel legte den Arm um sie.

»Ich frage mich, ob wir es nicht hätten bemerken müssen.«

»Du meinst den Mord an Florin? Nicht unbedingt. Den an Josefina damals haben wir auch nicht mitbekommen.«

»Wie ist es mit Oliver und Rita?«

»Ihr Wohnbereich geht zur anderen Seite raus. Außerdem

sind sie mit ihrem Sohn beschäftigt. Sammy, hör auf, dir Vorwürfe zu machen.«

»Das sagst du so einfach.«

»Mir geht es ähnlich.«

Sie gingen zum Haus.

»Ich möchte wissen, wo Annina ist. Sie war nicht bei der Polizei, worum ich sie gebeten hatte.«

»Woher weißt du das?«

»Das hat mir Jan heute gesagt. Sie steht ganz oben auf ihrer Liste mit den Tatverdächtigen. Wie Giulia.«

Joel schloss die Haustür auf und ließ Samantha zuerst eintreten. »Sie könnten ebenfalls tot sein.«

Samantha blieb wie angewurzelt stehen. Die Tür fiel hinter ihnen ins Schloss. Nur der Lichtschein der Lampe neben der Haustür, der von außen durch das Milchglasfenster drang, zeichnete einen beleuchteten Flecken auf den Plattenboden.

»Sammy?« Es wurde hell, und Samantha musste blinzeln. »Du bist weiß wie eine Wand.«

Samantha fand ihre Stimme wieder. »Du glaubst, die beiden sind tot?«, krächzte sie.

Joel nickte. Auch sein Gesicht war blass. Oder lag es an der Deckenbeleuchtung?

»Giulia, Annina und Florin waren zusammen mit dieser … Wie hieß die Frau nochmals?«

»Bianca.«

»Richtig. Sie waren mit Bianca im Ausgang. Erst stirbt Bianca, nachdem sie eine große Portion K.-o.-Tropfen intus hatte. Wie Florin. Bei Giulia findet man so ein Fläschchen.« Er hob die Hand, als Samantha zu einer Erwiderung ansetzte. »Und bei Emma.«

»Sie kennt nur Giulia, alle andern nicht.«

»Das sieht für euch so aus, muss aber nicht automatisch so sein. Sie kann die Tropfen für Giulia organisiert haben.«

»Fängst du nun auch mit den Verdächtigungen an?«

»Hinzu kommt der Vorfall mit dem Needle Spiking bei eurem Tag der offenen Tür. Weiß man hierzu Neues?«

»Mir hat niemand etwas gesagt.«

Samantha hatte die Onlinemedien durchforstet. Neben den Berichten zum Tod von Bianca und Florin gab es Spekulationen, wo Giulia und Annina waren. Zum Glück hatte es bisher keinen Artikel zu dem Fund der K.-o.-Tropfen bei Amry Cosmetics. Allerdings war über die Needle-Spiking-Attacke auf Samantha und Jasmin ausführlich berichtet worden, und eine Spekulation jagte die nächste, ob diese Attacken mit der toten Physiotherapeutin im Zusammenhang standen. Früher oder später würde die Presse einen Zusammenhang finden, befürchtete Franz.

»Ich weiß, Jan und sein Team gehen davon aus, Giulia habe ihrer Freundin die Tropfen verabreicht«, riss Joel Samantha aus den Gedanken. »Es kann aber genauso gut anders sein. Jemand hat ihr die Tropfen eingeflößt, bevor er sie verschleppt hat.«

»Und danach lässt er die kleine Flasche dort?«, fragte Samantha ungläubig. »Wieso sollte der Täter Spuren hinterlassen?«

»Entweder hat er sie vergessen, oder er will den Verdacht auf Giulia lenken.«

»Dabei hat er sie längst getötet und kann so Zeit gewinnen«, flüsterte Samantha.

»Damit er Florin und Annina töten kann. Wer war sonst auf dieser Party?«

»Die Physiopartnerin. Sie waren zu zehnt unterwegs. Nie wurde gesagt, was mit den anderen ist.« Samantha ging auf, was Joel andeuten wollte. »Zieht Jan die Möglichkeit in Betracht, dass diese Personen in Gefahr schweben?«

Schulterzucken war die Antwort.

»Wir müssen ihm Bescheid geben.« Samantha lief zum Wohnzimmer.

»Nicht mehr heute Nacht«, sagte Joel und hielt sie zurück.

ZEHN

»Ich habe Angst«, flüsterte Emma ins Telefon.

Samantha musste sich anstrengen, um sie zu verstehen. Da sie sich gefragt hatte, wie es Emma ging, hatte sie sie nach der Mittagspause angerufen.

»Das Schlimmste ist nicht einmal, auf dem Radar der Polizei zu sein, sondern Franz' Misstrauen. Es ist eine Frage der Zeit, bis er mich feuert.«

»Das wird er nicht. Ich bin sicher, er beruhigt sich wieder und du kannst spätestens nächste Woche zurückkommen. Gleich zwei Ausfälle verkraften wir nicht.«

»Du hast keine Ahnung. Du weißt nicht, was er mir an den Kopf geworfen hat.« Das Zittern in der Stimme war nicht zu überhören. »Dabei habe ich nichts gemacht. Ich habe keine Ahnung, wo dieses Fläschchen mit den K.-o.-Tropfen herkommt. Aber wer soll es sonst dort deponiert haben?«

Das war der Knackpunkt. In den Laborbereich kamen nur Interne.

Emma fuhr fort: »Nur Franz, Cornelia, du und ich können das Labor betreten. Wir haben die notwendige Codierung auf unserem Badge. Nun herrscht ein einziges Chaos darin. Die Polizei hat alles durcheinandergebracht.«

»Wieso waren sie dadrin? Sie hatten keinen Durchsuchungsbeschluss.«

»Den hatten sie.«

Eigentlich hätte Samantha sich das denken können. Das ließ die Situation um einiges bedrohlicher erscheinen.

»Das Schlimme ist, ich hatte vergessen, die Tür zuzumachen«, flüsterte Emma.

»Vergessen zuzumachen? Wann? Die fällt von selbst zu.«

»Ich hatte den Türstopper drin, da ich am Nachmittag hin- und herlaufen musste. Den habe ich vergessen wegzunehmen. Auch als ich am Abend gegangen bin. Am nächsten

Tag entdeckt die Polizei dieses Fläschchen. Ich muss dir nicht erklären, was passiert, wenn Franz das erfährt.«

Das musste Emma in der Tat nicht. Franz würde außer sich sein. »In dem Fall kann es jeder aus der Firma sein, der die kleine Flasche auf deinem Pult im Labortrakt deponiert hat«, sagte Samantha.

»Nicht nur. Ich war zwischendurch am Nachmittag weg. Wie du weißt, ist die Haupttür zum Gebäude tagsüber offen.«

»Es kann also auch ein Externer sein.«

»Das habe ich mehr als einmal beanstandet, aber Franz hat abgewunken. So viele Besucher haben wir nicht, war sein zweites Argument.« Ein Schnauben drang an Samanthas Ohr. »Es reicht nur einer mit unlauteren Absichten. Da nützt die Klingel auf dem Empfangstresen nichts. Die wird die Person nicht betätigen, wenn sie anderes vorhat.«

»Das wäre ein großer Zufall, wenn die Person das Gebäude genau zu dem Zeitpunkt betritt, zu dem du weg bist, und vom Team wird keiner die angelehnte Tür bemerkt haben. Alle wissen, dass sie in der Regel zu ist, und würden es nicht auf gut Glück überprüfen.« Kaum hatte Samantha das gesagt, wurde ihr bewusst, was Emma vorhin gesagt hatte: Nur Cornelia, Franz, Emma und sie selbst hatten Zutritt zum Labor. Ihr wurde heiß. Früher oder später würde das den Ermittlern bewusst werden. Sie hatte im Gegensatz zu Emma eine Verbindung zu dem Fall, da sie die Physiotherapeutin gefunden hatte. Wie Christian erwähnt hatte, war es ein Leichtes, an die Substanzen heranzukommen. So auch für sie.

»Samantha? Bist du noch dran?«, drang Emmas Stimme in ihre Gedanken.

»Was? Ja. Entschuldige. Ist dir in den letzten Tagen etwas seltsam vorgekommen?«

»Das hat mich Herr Bühler bereits gefragt. Es war alles wie immer. Ich hatte nicht das Gefühl, es sei jemand im Labor oder in meinem Büro gewesen, der darin nichts zu suchen hatte. Das hätte ich gemerkt.«

Davon war Samantha überzeugt. Emma war pingelig, was

Ordnung betraf. Falls etwas an einem anderen Ort gestanden hätte, etwas fortgekommen oder umgeräumt worden wäre, wäre ihr das sofort aufgefallen.

»Stopp, da war etwas«, sagte Emma nach einigen Sekunden. »Daran habe ich nicht mehr gedacht. An dem Tag, als Giulia früher nach Hause ging und später verschwand. Ich hatte neue Fläschchen bestellt. Die Schachtel stand auf dem Empfangstresen vor ihrem Büro. Sie war offen, und ich habe mich gewundert, wieso Giulia reingeschaut hat. Das tut sie normalerweise nicht.«

Samantha erinnerte sich an die Schachtel. Sie hatte sich gewundert, warum Giulia sie dort stehen gelassen hatte. Sie hatte angenommen, es lag daran, dass Giulia sich nicht gut gefühlt hatte und nach Hause gegangen war.

»Hat etwas gefehlt?«, fragte Samantha.

»Nein. Ich habe zwanzig Fläschchen bestellt, und zwanzig waren drin, wie auf dem Lieferschein vermerkt war. Zehn mit Essenz und zehn leere. Daher habe ich mich zwar gewundert, aber nicht weiter darüber nachgedacht. Mir ist eingefallen, nicht nur eins mit Essenz, sondern auch ein leeres auf das Pult gestellt zu haben.«

Das erklärte Emmas Fingerabdruck auf dem Glas.

»Sag das der Polizei.«

»Die glauben mir nicht, wenn ich auf einmal damit komme.«

»Hast du kontrolliert, ob das leere Fläschchen, das du auf dein Pult gestellt hast, wirklich leer war?«

»Was willst du damit sagen?«

»Es wurde uns nicht gesagt, wie voll das Fläschchen war, in dem die K.-o.-Tropfen waren. Wenn nur zwei oder drei Tropfen Flüssigkeit darin waren, wäre es dir nicht aufgefallen. Diese geringe Menge reicht aus, damit man sie untersuchen kann.«

»Ich habe nicht in die leeren geschaut.«

»Sprich mit Jan Nussbaum«, sagte Samantha mit Nachdruck.

»Jetzt fährt der schon wieder da draußen vorbei«, sagte Emma.

»Wer? Herr Nussbaum?«

»Dieser schwarze Wagen.«

»Was für ein schwarzer Wagen?«

»Ich weiß nicht. In unregelmäßigen Abständen taucht der auf. Ich fühle mich beobachtet.«

Die Observierung, die Simona als denkbare Maßnahme angedeutet hatte. Samantha beschloss, Emma nichts davon zu sagen. Abermals wurde Samantha heiß. Falls es nicht die Polizei war, schwebte Emma womöglich in Gefahr.

»Deutsches oder Schweizer Kennzeichen?«

»Das kann ich nicht erkennen.«

»Melde den Wagen Herrn Nussbaum.«

»Er wird mir nicht glauben.«

»Und mach ihn auf die offene Schachtel mit den kleinen Flaschen aufmerksam.«

»Das wird er mir ebenso nicht abnehmen.«

»Soll ich das übernehmen?«

»Das würdest du tun?«

»Samantha, ich würde gerne …« Franz blieb abrupt stehen.

»Das können wir gerne so machen«, sagte Samantha. Es war besser, Franz wusste nicht, mit wem sie telefonierte. »Ich melde mich bei Ihnen.«

»Danke für den Anruf«, sagte Emma, die offenbar begriffen hatte. »Mir geht es gleich besser.«

»Entschuldige, wenn ich so reinplatze. Ich weiß nicht, wo mir der Kopf steht. Giulia ist nicht da. Die Laborchefin fällt aus.«

»Emma kann jederzeit zurückkommen.«

Franz' Gesicht verfinsterte sich augenblicklich. »Ich kann keine Angestellten brauchen, die mit Drogen zu tun haben.«

»Das hat Emma –«

Energisch hob Franz die Hand. Sein Ärger war deutlich. »Der Schaden ist angerichtet. Die Schmierfinken der Boulevardpresse haben fleißig recherchiert.«

Die Presse hatte offenbar Wind davon bekommen. Das hatte früher oder später passieren müssen.

»Hier steckst du, Franz«, sagte David. »Kannst du bitte mal eben kommen?«

»Ich wollte mit Samantha ... Okay, ich komme.«

Sobald Franz die Tür geschlossen hatte, ging Samantha ins Internet. Die Überschrift sprang sofort ins Auge: *Giftmischerei für lebensgefährliche Partydroge in Liestaler Kosmetikunternehmen. – Es scheint klar zu sein, woher die K.-o.-Tropfen stammen*, las Samantha. Die Laborantin habe sich einen Nebenverdienst aufgebaut, hieß es. Ob das tatsächlich von den Kollegen und den Inhabern unbemerkt geblieben sei, sei dahingestellt. Auch wurde Emma die Needle-Spiking-Attacke unterstellt.

Sogar vor ihren Kolleginnen macht sie nicht halt, stand in dem Artikel. *Über ihren Grund lässt sich spekulieren. Vielleicht wollte sie das Unternehmen erpressen.*

Wut verdrängte die Betroffenheit. Samantha war entsetzt, wie schnell ein Unschuldiger als schuldig abgestempelt werden konnte.

Ist Emma wirklich unschuldig, fragte eine Stimme im Hinterkopf. Woher nimmst du die Gewissheit, dass sie die Wahrheit sagt? Obwohl du die Schachtel gesehen hast, heißt das nicht automatisch, dass Emma nicht eine kleine Flasche abgezweigt und für die K.-o.-Tropfen gebraucht hat. Warum sonst hat sie die kleine Flasche mit in ihr Büro genommen und nicht mit den anderen im Labor versorgt?

Das Telefon klingelte. Samantha erkannte Bühlers Namen auf dem Display. Sie hatte sowohl seine als auch Nussbaums Telefonnummer gespeichert. So wurde sie nicht überrumpelt, sondern war vorbereitet, wenn sie das Gespräch entgegennahm.

»Sie hatten angerufen«, sagte er ohne Einleitung. »Ihnen sei etwas eingefallen.«

Ich habe nicht angerufen, dachte Samantha. Wie kam Bühler zu dieser Annahme?

Zuerst hatte sie es vorgehabt. Sie wollte Nussbaum fragen, ob es vorstellbar sei, die übrigen Personen, die mit Bianca im

Ausgang gewesen waren, würden in Gefahr schweben. Doch sie hatte es sich anders überlegt. Wie sie aus Erfahrung wusste, konnte das schnell als Einmischung in die Polizeiarbeit aufgefasst werden und für Missstimmung sorgen.

Ihr kam das Paket mit den kleinen Flaschen in den Sinn. Sie konnte die Gelegenheit gleich beim Schopf packen und die Polizei darauf hinweisen.

»Wann haben Sie dieses Paket genau gesehen?«

»Das war letzte Woche am Dienstag. Die genaue Uhrzeit weiß ich nicht mehr. Es muss nach meiner Mittagspause gewesen sein.«

»War Frau Russo zu diesem Zeitpunkt da?«

»Ja. Es war, bevor sie am Nachmittag nach Hause ging.«

»Später war die Schachtel weg?«

»Ja. Da diese offensichtlich für das Labor bestimmt war, habe ich angenommen, Emma habe sie geholt.«

»Die Schachtel war offen?«, hakte er nach.

»Nicht sperrangelweit.«

»Sind Sie sich sicher, es waren diese kleinen Flaschen drin?«

»Ich habe reingeschaut.«

»Haben Sie die Fläschchen angefasst?«

»Nein.«

»Wo sind die kleinen Flaschen und die Verpackung jetzt?«

»Ich gehe davon aus, Emma hat sie eingeräumt und die Schachtel fortgeschmissen.«

»Wir werden Frau Hofmann darauf ansprechen.«

Sie beendeten das Gespräch. Samantha stand auf und trat ans Fenster. Ihre Aussage sollte Emma entlasten. Wieso stellte sich keine Erleichterung ein? Ganz einfach, auf einmal störte sie etwas daran. Es war, als habe man die Schachtel extra dort deponiert. Als Samantha an besagtem Vormittag im Labortrakt gewesen war, hatte dort eine ähnliche Schachtel gestanden, die geschlossen gewesen war. Ob es dieselbe war, ließ sich rückblickend nicht mehr sagen. Falls es dieselbe war, wieso stand sie nach dem Mittag plötzlich wieder vorne? Dieses Mal geöffnet?

Eine Bewegung zog Samanthas Aufmerksamkeit auf sich. Beim Gebäude gegenüber stand ein blonder Mann. Er hob sein Handy hoch, senkte es, betrachtete das Display und hob es erneut an. Machte er Fotos? Von wem? Von Amry Cosmetics?

Samantha kniff die Augen zusammen. Details von seinem Gesicht konnte sie aus dieser Entfernung nicht sehen, außer dass er keinen Bart hatte.

Der Mann tippte mehrmals auf das Display. Er schaute in ihre Richtung, und es war Samantha, als würden sich ihre Augen begegnen. Rasch senkte er das Handy und lief mit ausgreifenden Schritten davon.

ELF

Samantha legte das Brot in ihren Einkaufskorb und drehte sich um.

»Hoppla«, sagte ein Mann.

»Entschuldigung.«

»Es ist nichts passiert. Du bist Samantha, nicht wahr?«

Samantha fasste den Mann genauer ins Auge. Zu ihm trat eine Frau mit gekrausten schwarzen Haaren. Wo war sie den beiden begegnet? Gesichter konnte sie sich generell gut merken, die Namen dazu waren hingegen eine Herausforderung.

»Larissa und Philipp«, half der Mann.

»Richtig. Vor einigen Tagen im Stedtli.«

»Stimmt es, dass du in Florins und Anninas Nachbarschaft wohnst?«, fragte Philipp.

»Ja«, erwiderte Samantha überrumpelt. »Wieso?«

»Wir mussten gestern bei der Polizei zu Befragungen antreten. Da fiel dein Name.«

Ehrlich? Das konnte Samantha sich nicht vorstellen.

»Nicht direkt im Gespräch. Als Herr Bühler uns nach draußen begleitet hat, erhielt er einen Anruf. Er vertröstete den Anrufer auf später und meinte, er werde nochmals Befragungen bei Samantha Kälin und Joel Gyger anordnen.«

Seine unverhohlene Neugier prallte mit voller Wucht gegen Samantha. Sie bemühte sich um einen nichtssagenden Gesichtsausdruck.

»Hast du Florin gefunden?«, fragte Larissa.

»Zum Glück nicht«, erwiderte Samantha und überlegte, wie sie dem Gespräch entkommen konnte.

»Das Ganze zieht immer größere Kreise«, sagte Philipp.

»Erst Bianca, danach Florin und zusätzlich die Sache mit der Nadelattacke in der Firma, in der du arbeitest. Eine Mitarbeiterin von euch soll Opfer gewesen sein.«

Cool bleiben. »Es geht ihr wieder gut.«

»Hat sie wirklich K.-o.-Tropfen gespritzt bekommen, und ist eure Laborantin die Giftmischerin?«

Samanthas Handy klingelte. »Entschuldigt«, sagte sie und versuchte, sich ihre Erleichterung nicht anmerken zu lassen. Sie entfernte sich von den beiden, als sie das Handy hervornahm.

»Kannst du bitte mein Duschmittel mitbringen?«, fragte Joel.

»Mache ich.«

Samantha behielt das Handy am Ohr. Philipp und Larissa standen am gleichen Ort und schauten zu ihr herüber. Ihre Ungeduld und Neugier schwappten wellenförmig zu ihr. Fieberhaft überlegte Samantha, wie sie die beiden loswerden konnte. Sie tat, als sei sie weiterhin in das Telefongespräch vertieft. Endlich wandten die beiden sich ab und gingen zur Kasse. Während sie ihre Waren auf das Förderband legten, drehten sie sich mehrmals zu ihr um. Die Kassiererin sagte etwas zu ihnen, und Samantha nutzte die Gelegenheit und huschte zwischen zwei Regalreihen.

Samantha stellte das Velo in die Garage und hob die Tasche mit dem Einkauf für das Wochenende aus dem Velokorb. Sie schloss das Garagentor, als gegenüber Nussbaums Hyundai anhielt.

Bevor Samantha zum Einkaufen losgezogen war, hatte sie versucht, Nussbaum zu erreichen. Seine Combox hatte sich eingeschaltet, was Samantha an einem Samstag logisch fand. Wie sie zugeben musste, war sie froh darüber, da sie nicht überzeugt war, ob sie das Richtige tat. Immerhin würde sie Emma wieder zurück in den Radar der Polizei rücken. Seit Donnerstag hatte sie überlegt, wie sie Nussbaum und Bühler am besten auf das Paket mit den Fläschchen aufmerksam machen konnte. Gestern hatte sie lange mit Joel darüber diskutiert.

»Ich würde Jan darauf hinweisen. Wenn es ein zweites Paket ist, das mit den kleinen Glasflaschen nichts zu tun hat, ist es okay. Falls es aber dasselbe ist, wäre es ein Versäumnis. Bei dieser Gelegenheit kannst du ihnen gleich sagen, was dich zusätzlich die ganze Zeit beschäftigt und dir keine Ruhe lässt: deine Befürchtung, Annina und Giulia könnten tot sein.«

Nun kam Nussbaum persönlich vorbei. Er musste ihren Anruf gesehen haben, aber er hätte zurückrufen können und nicht extra herfahren müssen.

Zu Samanthas Erstaunen stieg Bühler ebenfalls aus dem Wagen.

Die beiden Männer wandten sich Nideggers Haus zu. Bühler kramte in seiner Jackentasche, und die beiden verschwanden im Haus. Hatten sie Wochenenddienst?

Samantha trug die Einkäufe ins Haus und begann sie in die Schränke zu räumen, als Joel in die Küche kam.

»Wo warst du so lange?«

»Ich musste zwei Sensationssüchtige abhängen.«

»Was musstest du?«

Samantha berichtete von Philipp und Larissa. Sie hatte sich länger als nötig in der Migros aufgehalten, um sicher zu sein, dass die beiden nicht auf sie warteten. Zu ihrer Erleichterung war der Plan aufgegangen.

»Die Leute sind alle gleich. Sensationslüstern«, sagte Joel und half Samantha beim Versorgen der Lebensmittel. »Das Hochbeet ist repariert und einsatzfähig.«

»Weißt du, was Jan und Herr Bühler an einem Samstag in Anninas Haus wollen?«

»Nach Hinweisen für Florins Ermordung suchen, nehme ich an.«

»An einem Samstag?«, wiederholte Samantha betont.

»Oder uns einen Besuch abstatten.« Joel zeigte zum Fenster.

Sie kamen auf ihr Haus zu. Gleich darauf klingelte es.

»Dürfen wir euch kurz stören?«, fragte Nussbaum, als Samantha die Tür öffnete.

»Klar.«

»Du hast versucht, mich anzurufen«, sagte Nussbaum, nachdem sie sich um den Esstisch gesetzt hatten.

»Ja, aber es war nicht so wichtig, dass ihr extra kommt.«

»Wir mussten eh etwas nachschauen.« Mit dem Daumen deutete er zum Nachbarhaus. »Ist dir etwas eingefallen?«

»Nein.« Hätte sie bloß nicht angerufen.

»Die Sache mit dem Paket«, sagte Joel, und Samantha stöhnte innerlich auf. Sie berichtete von ihrem Gedanken.

»Danke, das ist wichtig«, sagte Bühler. »Wir gehen der Sache nach.«

»Sammy und ich befürchten zusätzlich, dass Annina und Giulia tot sein könnten«, fügte Joel an, und Samantha seufzte abermals innerlich auf. Fest rechnete sie mit einer Zurechtweisung, sich nicht in die Arbeit der Polizei einzumischen.

»Warum?« Nussbaum schaute zu Samantha.

»Mir war es, als hätte Giulia Angst gehabt und habe sich daher krankgemeldet. Das Gleiche gilt für Annina, als sie hier war«, sagte Samantha. »Sie hat sich wiederholt umgeschaut. Sie hatte panische Angst. Beide sind nun verschwunden.«

»Bei Frau Russo haben wir K.-o.-Tropfen gefunden«, sagte Nussbaum. »Die Toxikologie hat den Abgleich gemacht. Es sind die gleichen Substanzen, die bei Bianca Arnold nachgewiesen wurden, und die gleichen wie in dem Fläschchen aus dem Labor. Bei Florin Nidegger stehen die Ergebnisse noch aus.«

»Sie gehören zu der Gruppe, die Biancas Geburtstag gefeiert hat«, fuhr Samantha fort. »Was ist, wenn es jemand auf sie abgesehen hat?«

»Auf die beiden Frauen?«

»Ja, und die anderen, die am Samstag dabei waren.«

In Bühlers Augen flackerte Ärger auf. Er öffnete den Mund, schloss ihn aber gleich darauf, als Nussbaum die Hand hob.

»Diese Theorie hatten wir auch schon«, sagte er. »Bei Frau Nidegger haben wir gerade ein drittes Fläschchen gefunden.« Er klopfte gegen seine Jackentasche.

»Was? Wo?«, rutschte es Samantha heraus.

»In ihrer Handtasche an der Garderobe. Inzwischen haben wir Zeugen gefunden, die die Gruppe gesehen haben. Sie konnten gute Beschreibungen liefern und sagten aus, dass

Frau Nidegger eine Handtasche dabeihatte. Nämlich die an der Garderobe.«

Es erstaunte Samantha, dass er offen darüber sprach. Bühler war es alles andere als recht.

»Einen Grund hatte Frau Nidegger«, fuhr Nussbaum fort. »Eifersucht ist häufig ein Motiv.«

»Jemand kann ihr die Tropfen untergeschoben haben.«

»Wie gesagt, sie hatte ein Motiv. Wie es nach der momentanen Beweislage aussieht, hat Frau Russo Frau Nidegger geholfen. Die Rolle von Emma Hofmann in dem Ganzen ist uns nicht klar. Es tut mir leid, Samantha. Wir sollten weiter.« Nussbaum erhob sich, und Bühler tat es ihm gleich. »Bitte zerbrich dir nicht den Kopf.«

»Sie haben keine Ahnung, wo Frau Nidegger sein könnte?«, fragte Bühler Samantha, als sie zur Haustür gingen.

Das hatten sie mehrmals gefragt. Glaubten sie ihr nicht?

»Nein«, sagte Samantha, und Joel schüttelte gleichzeitig den Kopf.

»Sie haben keine Idee?«

»Es tut mir leid. Sie sprach nur von ihren Eltern, als ich sie das letzte Mal gesehen habe.«

»Dort ist sie nicht mehr, und ihre Eltern wissen nicht, wo ihre Tochter hin ist. Bitte denken Sie nach. Hat Frau Nidegger mal jemanden erwähnt? Eine gute Freundin? Einen Ort, an dem sie gerne ist?«

Samantha sah, wie es in Joels Kopf arbeitete.

Er verneinte.

»Ich glaube es nicht«, murmelte sie, als sie den Beamten nachschaute. »Ich gebe zu, Annina hat ein Motiv. Du weißt nicht, wie lange Florin sie betrogen hat und ob es mehrere Affären gab. Aber Giulia und Emma? Was sollen sie damit zu tun haben?«

»Sie waren Freundinnen. Du weißt nicht, wie eng. Annina hat Giulia ihr Leid geklagt, und sie wird entrüstet gewesen sein.«

»Emma gehört nicht zur Clique«, hielt Samantha dagegen.

»Sie und Giulia arbeiten am gleichen Ort. Du weißt nicht, wie gut sie sich verstanden haben.«

Joel hatte recht. Sie waren ein gutes Team bei Amry Cosmetics. Aber über private Dinge sprachen sie nicht oft. Das galt auch für Giulia. Samantha wusste nichts über ihren Freundeskreis.

»Sie und Giulia können engeren Kontakt gehabt haben, als dir bewusst ist«, fuhr Joel fort. »Die beiden arbeiten im Erdgeschoss, sie sind sich räumlich näher als den restlichen Mitarbeitenden.«

»Aus diesem Grund soll Emma Giulia helfen?«

»Andere Möglichkeit: Giulia hat Emma gebeten, zusätzliche kleine Flaschen zu bestellen und ihr beim Abfüllen zu helfen.«

»Du willst sagen, Giulia hatte die K.-o.-Tropfen im Internet bestellt und wollte sie auf mehrere Fläschchen verteilen?«

»Ja. Emma wusste nicht, um welche Substanz es sich handelte, die Giulia ihr in die Hand gedrückt hat.«

Das konnte Samantha sich ebenfalls nicht vorstellen. Emma würde nachgefragt haben und es der Polizei gemeldet haben, war sie sich sicher. Auf der anderen Seite konnte Giulia gelogen haben, was den Inhalt betraf.

»Vielleicht sollte Bianca nicht sterben, und sie sollte nur einen Denkzettel verpasst bekommen«, sagte Joel in das entstandene Schweigen hinein.

»Was für einen Denkzettel?«

»Frage mich nicht, was sie vorgehabt haben«, fuhr Joel fort. »Das Ganze kann, wie angedeutet, ein Unfall gewesen sein. Sie ist weggegangen, bevor sich die Wirkung der Tropfen entfaltet hat. Niemand konnte ahnen, wie es enden würde.«

»Und Florin?«

»Es kann zum Streit zwischen Annina und Florin gekommen sein, und es war eine Handlung im Affekt.«

»Er hatte K.-o.-Tropfen intus«, hielt Samantha dagegen. »Warum wurden sie ihm verabreicht? Wie bei Bianca als Denkzettel?«

»Woher soll ich das wissen? Du weißt nicht, wie gut sie gewirkt haben. Er kann eine zu geringe Dosis erwischt haben. Zusätzlich weißt du nicht, welche verletzenden Dinge er Annina an den Kopf geworfen hat.«

»Da soll Annina zum Messer gegriffen haben, das zufällig herumlag?«

»Wieso nicht?«

»Passt diese Mordmethode zu einer Frau?«

»Warum nicht, wenn es eine Affekthandlung war?«

»Florin war kräftiger als Annina.«

»Er wurde überrumpelt, und vergiss nicht, er hatte die Tropfen intus. Auch wenn sie eventuell nicht ganz die erwünschte Wirkung entfaltet haben, kann seine Koordination und Handlungsfähigkeit eingeschränkt gewesen sein.«

Die Erklärung klang einleuchtend. Trotzdem!

»Wieso glauben Jan und Herr Bühler nicht an die Alternative, der Täter habe ihnen die Tropfen untergeschoben?«

»Du hast gehört, sie haben Beweise. Uns werden sie kaum sagen, welche das sind.« Joel schloss die Tür. »Komm, ich habe Hunger.«

***

Samantha holte die Kiste mit den Kräutern und die Säcke mit Erde aus dem Kofferraum und trug sie auf die Terrasse. Obwohl es erst Mitte April und zu früh für die Neubepflanzung des Hochbeetes war, weil zu dieser Jahreszeit die Gefahr von Nachtfrost bestand, hatte Samantha nicht warten wollen.

Joel war bei seinen Eltern. Er hatte Samantha angerufen, als sie im Blumencenter gewesen war. Das Garagentor klemmte, und Verena hatte gefragt, ob Joel es reparieren könnte. Joels Vater hatte sich letzte Woche die Bänder im Fußgelenk gerissen. Beat hatte eine Treppenstufe übersehen und war umgeknickt.

»Sie wollen uns spontan zum Nachtessen einladen«, hatte Joel am Telefon gesagt.

»Ich pflanze die Kräuter ein und komme nach«, hatte Samantha erwidert. »Sag deiner Mutter, ich bringe etwas zum Dessert mit.«

Samantha zupfte das Unkraut aus dem treppenförmigen Hochbeet und entfernte die Stauden, die während des Winters eingegangen waren. Nachdem sie die neuen Pflanzen gesetzt hatte, richtete sie sich auf und betrachtete ihr Werk. Es sah schön aus. Normalerweise machte sie sich nichts aus Gartenarbeit.

Wenn sie früher ihrer Adoptivmutter im Garten geholfen hatte, hatte es in einer Katastrophe geendet. Sogar die Zimmerpflanzen hatte sie Samantha nach mehreren Versuchen nicht mehr anvertraut, wenn sie in den Ferien waren. Grundsätzlich waren unter ihrer Obhut über die Hälfte der Pflanzen eingegangen.

Samantha musterte ihren Garten, der pflegeleicht gehalten war. Um die Grasfläche hatte es Büsche. Im hinteren Teil planten sie, eine Blumenwiese anzusäen.

»Du musst nicht viel machen, und es sieht hübsch aus«, hatte Verena Samantha gesagt.

Das Pflanzen der Kräuter hatte Spaß gemacht, musste sie einräumen. Vermutlich lag es an dem würzigen Duft, den Thymian, Oregano, Salbei und das Knoblauchgras verströmten. Der Rosmarinbusch, den Samantha letztes Jahr neben der Terrasse gepflanzt hatte, blühte bereits. Vermutlich war der geschützte Standort der Grund dafür. Samantha beobachtete die zahlreichen Wildbienen, die von Blüte zu Blüte schwebten. Sie fegte die Terrasse sauber und brachte den Sack mit der restlichen Erde und die Schaufel in den Schuppen.

Als sie die Schuppentür schloss, fiel ihr das Ende eines Couverts auf, das aus dem Briefkasten herausragte. Der Briefträger war am Morgen an ihrem Briefkasten vorbeigefahren. Samantha wischte ihre mit Erde beschmutzten Hände an der Jeans ab und zog den Brief heraus. Das Couvert war unbeschriftet.

Samantha legte den Brief auf das halbhohe Schränkchen

neben der Garderobe und streifte die Schuhe ab. Sie würde den Brief später lesen, da sie sich langsam beeilen sollte. Erst duschen oder erst das Dessert? Sie entschied sich, zuerst das Mousse au Chocolat zuzubereiten, und wusch sich die Hände im Gästebadezimmer. Als sie zur Küche gehen wollte, zog der Brief ihre Aufmerksamkeit auf sich. Die Neugier siegte, und Samantha riss das Couvert auf. Es enthielt ein beidseitig handbeschriebenes Blatt. Samantha drehte es um.

»Was?«, entfuhr es ihr, als sie die Unterschrift las.

»Ich finde es unheimlich«, sagte Verena. Joels Mutter trat einen Schritt zurück.

Zu viert beugten sie sich über den Brief. Samantha wusste, es wäre besser gewesen, Nussbaum zu verständigen. Aber etwas hielt sie davon ab. Die Anwesenheit der anderen beruhigte sie. Als sie von zu Hause aufgebrochen war, war es ihr, als würde sie von jemandem beobachtet.

Akribisch hatte sie mit den Augen die Gärten und Häuser abgesucht, aber niemanden gesehen. Weder einen der Nachbarn noch eine fremde Person. Kein Auto, das sie nicht kannte, war in der Straße gestanden.

Während sie hergefahren war, hatte sie wiederholt in den Rückspiegel geschaut. Weit hinter ihr war ein silbriges Auto gefahren. Es war ihr allerdings nicht gefolgt, als sie in die Straße abgebogen war, in der Joels Eltern wohnten.

Aufgelöst war sie zum Haus gelaufen und hatte Verena einen großen Schreck eingejagt, als diese ihr die Tür geöffnet hatte.

»Ich finde es weitsichtig, dass du den Brief in eine Klarsichtmappe gesteckt hast«, sagte Beat. Joels Vater drückte kurz Samanthas Arm. »So hast du keine Spuren verwischt.«

»Nun ja, meine Fingerabdrücke sind drauf.«

»Die werden sie aussortieren können.«

»Fingerabdrücke auf Papier feststellen, geht das?«, fragte Verena. »Erkennen sie die, wenn sie ihr Pulver drüberstreuen?«

»Das ist kein Problem«, erwiderte Samantha. »Jan Nussbaum hat mir erklärt, dass sie es beim Papier nicht mit Pulver machen, sondern das Blatt mit Jod bedampfen, um das Papillarbild sichtbar zu machen.«

»Das was?«

»Papillaren sind die Linienmuster auf den Fingern.« Samantha tippte gegen die Spitze ihres rechten Zeigefingers.

»Du klingst wie eine Polizeibeamtin«, sagte Beat. »Du solltest den Beruf wechseln.«

»Lieber nicht«, mischte sich Joel, der bisher geschwiegen hatte, in das Gespräch ein.

Ihre Köpfe berührten sich beinahe, als sich alle erneut über den Brief beugten.

»Was veranlasst diese Frau, dich in ihre Angelegenheiten reinzuziehen?« Verena klang schrill.

»Ist das die Schrift eurer Nachbarin?«, fragte Beat.

»Das weiß ich nicht. Ich kenne auch Anninas Unterschrift nicht.«

»Hast du bemerkt, wann sie den Brief eingeworfen hat?«, fragte Beat.

»Nein. Ich war hinter dem Haus. Es muss zu diesem Zeitpunkt passiert sein.«

»Du musst die Polizei informieren«, flüsterte Verena.

»Wozu?«, fragte Beat. »Sie schreibt, sie habe mit allem nichts zu tun, und bittet Samantha, ihre Pflanzen zu gießen und den Briefkasten zu leeren. Das klingt harmlos.«

»Wenn sie behauptet, unschuldig zu sein, heißt es nicht automatisch, dass dies so ist«, sagte Verena. »Sie findet Zeit, einen so langen Brief zu schreiben, was ich bemerkenswert finde.«

»Ich an ihrer Stelle hätte andere Sorgen als die Pflanzen«, pflichtete Joel seiner Mutter bei.

»Immerhin ist es ein Lebenszeichen«, sagte Verena.

»Der Brief muss nicht von ihr stammen. Ich kenne ihre Schrift nicht«, erinnerte Samantha sie.

Verenas Kopf ruckte hoch. »Du meinst, er stammt von der Person, die hinter den Morden steckt? Sammy, ich habe Angst um dich. Nochmals: Wieso tritt diese Person ausgerechnet an dich heran?«

»Vreni, sie ist die Nachbarin«, kam Beat Samantha zuvor.

»Aber nicht die einzige. Wenn ich dich richtig verstanden habe, habt ihr keinen großen Kontakt.«

»Das haben die anderen auch nicht«, sagte Joel.

»Wirst du es tun?«, fragte Beat Samantha.

»Was?«

»Die Pflanzen gießen.«

»Ich weiß es nicht.« Samantha dachte an die Orchideen, die Annina ihr gezeigt war, kurz nachdem sie eingezogen waren.

Sie überflog nochmals die Zeilen, in denen Annina beteuerte, nichts mit Florins Tod zu tun zu haben. Sie habe sich aus Angst versteckt, weil sie glaube, den Mörder gesehen zu haben, wie er aus ihrem Garten kam.

Es kam gerade jemand aus dem Garten, schrieb sie. *Zuerst habe ich mir nichts dabei gedacht. Am nächsten Morgen hörte ich von dem Mord im Radio, und später erfuhr ich, dass es Florin war. Bitte glaube mir, ich war es nicht. Ich war die ganze Zeit nicht zu Hause und wollte an diesem Tag nach dem Rechten sehen. Ich habe den Garten nicht betreten. Auch habe ich nichts mit Biancas Tod und Giulias Verschwinden zu tun.*

Zur Polizei werde ich nicht gehen. Sie hält mich für schuldig …

Auf der nächsten Seite folgte die seltsam anmutende Bitte, die Pflanzen zu gießen und die Post aus dem Briefkasten zu nehmen.

»Darfst du das Haus betreten?«, fragte Beat in Samanthas Gedanken.

»Ich habe keine Ahnung, ob es weiterhin versiegelt ist.«

»Wie soll Sammy überhaupt in das Haus gelangen?«, fragte Verena.

»Hier steht es.« Beat tippte mit dem Finger auf das Blatt. »Der Schlüssel liegt in dem präparierten Stein neben der Haustür.«

»Bitte lass dich darauf nicht ein«, sagte Verena zu Samantha. »Keiner weiß, ob der Brief von dieser Frau stammt, und es ist nicht erwiesen, ob sie unschuldig ist, wie sie behauptet. Auch die Polizei schließt ihre Schuld nicht aus. Es könnte eine Falle sein.«

ZWÖLF

»Es tut mir leid, dich am Sonntag zu stören«, sagte Samantha und setzte sich zu Nussbaum an den Tisch. Joel gesellte sich mit Früchtetee zu ihnen.

»Das ist kein Problem«, erwiderte Nussbaum. »Ich bin froh, dass du mich verständigt hast.«

Zuerst hatte Samantha bis Montag warten wollen. Da Verena sie gestern und Joel sie heute Morgen gedrängt hatten, es nicht auf die lange Bank zu schieben, hatte sie nach dem Mittagessen Nussbaums Handynummer gewählt. Er war sofort gekommen.

Nussbaum zog die Klarsichtmappe mit Anninas Brief zu sich heran und überflog den Text.

»Kann man feststellen, ob der Brief von ihr stammt?«, fragte Joel.

»Das sollte gehen. Wir werden die Schrift analysieren. Dazu bitten wir die Eltern von Frau Nidegger um eine Schriftprobe.«

»Denkst du, der Brief stammt von Annina?«

»Das ist schwer zu sagen. Die Information ist präzise und lässt die Vermutung zu, der Brief stamme von ihr. Also, die Bitte, die Pflanzen zu gießen, und welche Pflanze wie viel Wasser benötigt und die Angaben zum Schlüsseldepotstein. Auf der anderen Seite kann jeder den Schlüssel dort deponiert haben, nachdem er ihn ihr weggenommen hat, und Pflegehinweise zu den Pflanzen finden sich im Internet. Eine Erklärung dafür kann sein, dass sie genötigt wurde, diese Information preiszugeben oder den Brief zu schreiben.«

»Du glaubst nicht weiterhin, sie sei tatverdächtig?«, fragte Samantha.

»Das habe ich damit nicht gesagt. Was mich misstrauisch macht: Die Kollegen von der Spurensicherung haben keinen solchen Stein entdeckt.«

»Sie könnten ihn übersehen haben.«

Nussbaum zog seine Stirn in Falten, und Samantha wusste, zu weit gegangen zu sein. Es war nicht an ihr, anzuzweifeln, ob die Polizei ihre Arbeit sorgfältig erledigt hatte.

»Eine andere Variante ist, sie hat ihn erst jetzt dorthin gelegt«, fügte Samantha rasch an.

Die Falten glätteten sich zu ihrer Erleichterung. »Je nach Fertigung sind diese Steine nicht gleich erkennbar«, sagte Nussbaum.

»Wie seid ihr in das Haus gekommen?«, fragte Samantha.

»Frau Nideggers Eltern haben einen Schlüssel«, erwiderte er. »Hast du schon nachgeschaut?«

»Nein.«

»Lass uns das gemeinsam machen«, sagte er zu Samanthas Erstaunen und stand auf.

An der Treppe, die nach oben zur Haustür führte, blieben sie kurz stehen, bevor sie Nussbaum folgten.

Neben dem Eingangsbereich lag kein solcher Stein. Nussbaum und Joel gingen Richtung Garten und verschwanden um die Hausecke. Samantha lief die Treppe ein Stück zurück und suchte die Beete ab. Mitten in einer Polsterpflanze entdeckte sie einen eckigen Stein, der nicht ins Bild passte. Er war erstaunlich leicht, als sie ihn hochhob und umdrehte. Auf der Unterseite bemerkte sie einen runden Verschluss, der farblich auf den anthrazitfarbenen Stein abgestimmt war.

»Ich habe ihn«, rief sie.

Die beiden Männer tauchten auf und liefen zu ihr.

»Er lag in der Pflanze«, sagte Samantha.

»Du hättest ihn liegen lassen sollen.« Nussbaum holte Latexhandschuhe aus seiner Jackentasche und streifte sie über.

Schuldbewusst reichte Samantha ihm den Stein. Inzwischen sollte ihr dieses Vorgehen klar sein.

»Er lag nicht dort, wie im Brief beschrieben war«, sagte er und öffnete den Verschluss. Ein einzelner Schlüssel lag darin.

»Was bedeutet das für den Schreiber oder die Schreiberin des Briefes?«, fragte Joel.

»Du meinst, ob die Person eine andere als Frau Nidegger ist?«

»Ja.«

»Beides ist nach wie vor denkbar. Es spricht gegen Frau Nidegger, wenn der Stein nicht dort lag. Auf der anderen Seite kann ihn jemand umplatziert haben.«

»Wer sollte das sein?«, fragte Joel. »Falls es deine Leute waren, sollte ihnen aufgefallen sein, dass es sich nicht um einen normalen Stein handelt.«

»Du hast recht. Es kann ihr Mann gewesen sein.«

»Florin?«, fragte Samantha ungläubig. »Er hatte keinen Grund dazu.«

»Oder Florins Mörder, nachdem er im Haus war«, sagte Joel.

»Das ist eine weitere Möglichkeit. Bei der Untersuchung des Hauses ist nichts aufgefallen, das dafürsprechen würde. Was wiederum nichts heißen muss.«

»Bedeutet das, Florin wurde nicht im Haus getötet?«

»Wie es aussieht, nicht.«

»Hätte Annina nicht merken müssen, wenn der Mörder oder Florin im Haus war?«, fragte Joel.

Samantha fiel ein, wie sie meinte, hin und wieder einen Schatten hinter den Fenstern gesehen zu haben. Sie berichtete Nussbaum davon. »Falls sie sich dort versteckt gehalten hat«, schloss sie.

»Warum hast du uns nicht vorher davon unterrichtet?«, fragte Nussbaum. Sein Ärger war unüberhörbar.

»Ich dachte, ich hätte es mir eingebildet.«

Er bedachte Samantha mit einem Blick, der besagte: Hatten wir das nicht schon zur Genüge? »Als die Kollegen von der Spurensicherung das Haus untersucht haben, machte es eher einen unbewohnten Eindruck. So als seien die Leute in den Ferien.«

Nussbaum ging zum Haus und schob den Schlüssel ins Schloss. Die Tür ließ sich ohne Weiteres öffnen.

»Ist das Haus freigegeben?«, fragte Samantha.

»Warum?«

»Es hat kein Siegel an der Tür.«

»Ja, wir haben es freigegeben.«

Samantha und Joel folgten Nussbaum, blieben aber vor der Garderobe stehen, als er ins Wohnzimmer verschwand. »Hier stehen drei Orchideen und mehrere Grünpflanzen«, rief er. »Wo sind die anderen Pflanzen?«

»Sie hat geschrieben, oben im Arbeitszimmer«, antwortete Samantha. »Und im Bad.«

Nussbaum tauchte auf und lief die Treppe nach oben. Samantha zog es vor, weiterhin dort zu warten, wo sie stand. Joel war offenbar gleicher Meinung.

Samantha hörte, wie im ersten Stock eine Tür geöffnet und geschlossen wurde.

Sie fühlte sich um ein Jahr zurückversetzt, als sie ihre damalige Nachbarin gefunden hatte. Unweigerlich schaute sie zur Kellertür und erschrak. Die Tür war angelehnt. Wie damals.

Sie stieß Joel an. »Die Tür ist offen.«

»Welche?«

»Die in den Keller.«

Joel runzelte die Stirn und ging auf sie zu.

Samantha fasste ihn am Arm. »Nicht.«

Nussbaum kam die Treppe herunter. »Es ist so, wie es im Brief beschrieben wurde.«

»Heißt das, der Brief stammt definitiv von Annina?«, fragte Joel.

»Es sieht danach aus. Wobei ich mit dieser Aussage vorsichtig sein möchte. Herr Nideggers Mörder könnte der Verfasser sein. Falls er das Haus betreten hat, wird er die Pflanzen dort gesehen haben.«

»Eben sagtest du, Florin sei nicht im Haus umgekommen.«

»Das schließt nicht aus, dass der Mörder es betreten hat.«

»Das hieße, Florin war die Person, dessen Schemen Samantha gesehen hat«, sagte Joel. »Der Mörder ist ins Haus eingedrungen oder wurde von Florin ins Haus gelassen und –«

»Nein«, unterbrach ihn Nussbaum. »Wir haben keine Anhaltspunkte, wo Herr Nidegger sich aufgehalten hat. Wie erwähnt, das Haus machte einen unbewohnten Eindruck. Der Mörder könnte sich hier oder auf dem Grundstück versteckt und auf Herrn Nidegger gewartet haben.«

»Der Mörder hat Florin überrascht, als er nach Hause kam, um eventuell nach dem Rechten zu sehen. Er hat ihn in seine Gewalt gebracht und mit K.-o.-Tropfen außer Gefecht gesetzt. Nachts hat er den benebelten Florin in den Garten geschleift und dort erstochen.« Das klang absurd.

»Das ist ein mögliches Szenario. Ich werde nochmals eine Untersuchung der Räume unter diesem Aspekt, dass der Garten doch der Tatort sein könnte, anordnen.«

Nussbaum machte Anstalten, das Haus zu verlassen.

»Die Kellertür ist offen«, sagte Samantha.

»Die werden die Kollegen von der Spurensicherung offen gelassen haben«, erwiderte er.

»Es ist wie damals. Vor einem Jahr.«

Nussbaum brauchte einige Sekunden, bis er verstand, worauf Samantha anspielte. Ohne ein weiteres Wort zu verlieren, verschwand er im Keller. Die Sekunden verstrichen. Samantha lauschte angestrengt und wagte nicht zu atmen. Vor ihrem inneren Auge erschien ihre damalige Nachbarin, wie sie mit einer Kopfwunde im Naturkeller gelegen war.

»Was macht er so lange da unten?«, flüsterte sie. »So groß ist der Keller nicht.«

Im Keller knallte es. Ein Fluch folgte. Bevor Samantha sich überlegen konnte, was das bedeutete, erschien Nussbaum in der Tür. Er hielt eine Hand gegen den Kopf, in der anderen hatte er die Latexhandschuhe. Die Fingerkuppen waren blutig.

»Was –«

»Nichts Weltbewegendes«, unterbrach er Samantha. »Ich habe mir den Kopf gestoßen.« Er nahm die Hand von der Stirn, und Samantha erkannte eine kleine Platzwunde am Haaransatz. »Halb so wild«, sagte er. »Ich habe mich gebückt und bin beim Aufrichten gegen das Regal mit den Konfitürengläsern gestoßen. Zwei sind heruntergefallen.«

»Es ist niemand im Keller?«

»Nein. Sonst habe ich nichts bemerkt, das auffällig wäre.«

»Ich verbinde dir das«, sagte Samantha, als sie gemeinsam das Haus verließen. Sie eilte zu ihrem Haus und kehrte kurz darauf mit Pflaster und Desinfektionsmittel zurück.

»Danke«, sagte Nussbaum, nachdem Samantha die Wunde versorgt hatte.

Vor dem Hyundai blieben sie stehen. Nussbaum steckte den Schlüssel ein. »Ab hier übernehmen wir. Sollte Frau Nidegger abermals mit dir in Kontakt treten, melde dich bitte.«

***

Samantha kontrollierte, ob die Haustür verschlossen war, und kehrte ins Wohnzimmer zurück, weil sie vergessen hatte, die Stehlampe auszuschalten. Joel war vor einer Viertelstunde nach oben gegangen, da er duschen wollte. Dunkelheit hüllte sie ein, und Samantha brauchte einen Moment, bis sich ihre Augen daran gewöhnt hatten und sie die Schemen von Sofa, Salontischchen und dem Essbereich erkennen konnte. Sie umrundete das Sofa. Vor der Terrassentür hielt sie inne.

Was war das gewesen? Sie trat dichter heran und spähte nach draußen. Durch die weitestgehend unbelaubten Büsche am Rand ihres Grundstückes konnte sie die Lichter der Stadt im Tal und den Umriss des Hügelzuges auf der anderen Seite erkennen. Nichts Ungewöhnliches also. Irgendetwas stimmte trotzdem nicht.

Samantha schaute weiter zum Grundstück der Nachbarn. Moment mal, auf der Terrasse der Brauns stand jemand. Sie blinzelte. Daniel oder Claudia? Was machten sie im Dunkeln da draußen? Halt, die beiden waren in den Ferien.

Samantha trat dichter an die Terrassentür. Ein Schatten bewegte sich zur entgegengesetzten Seite des Grundstücks. Samantha wartete, dass der Schatten in den Bereich kam, der von dem Licht der Straßenlampe erfasst wurde.

»Sammy?«

Erschrocken fuhr Samantha herum. Die Deckenlampe ging an, und sie musste blinzeln.

»Was machst du hier im Dunkeln?«

»Ich habe das Licht gelöscht und …«

»Was ist los?«, fragte Joel, da sie nicht weitersprach.

»Ich glaube, bei Dani und Claudia ist jemand im Garten.«

Joel trat neben sie. Er legte seinen Kopf dicht vor das Fensterglas und schirmte ihn an den Seiten mit beiden Händen ab. »Da ist niemand.«

»Ich habe deutlich den Schemen einer Person gesehen.«

Samantha schaltete das Licht aus und stellte sich neben ihn. Nichts war zu sehen.

»Bist du sicher, dich nicht getäuscht zu haben?«, fragte er.

»Ja. Schau, da ist wieder ein Schatten.«

»Das ist der Busch.«

»Welcher Busch?«

»Das immergrüne Ungetüm dort am Rand.«

Joel hatte recht. Der Busch bewegte sich im Wind.

Joel stellte sich hinter sie, legte die Hände auf ihre Hüfte. »Bei dir liegen die Nerven blank, was verständlich ist. Mir geht es ähnlich. Ich wüsste da etwas als Ablenkung.« Er küsste ihren Nacken. »Lass uns nach oben gehen.«

DREIZEHN

»Das klingt abenteuerlich«, sagte David Gerber und setzte sich mit dem Kaffee zu Samantha und Dominik an den Tisch. Er hatte in der Zeitung von dem Mord gelesen und Samantha gefragt, ob es tatsächlich das Haus ihr gegenüber war. David gab einen Löffel Zucker in den Kaffee, rührte mit dem Löffel durch die heiße Flüssigkeit und starrte auf einen Punkt in der Mitte des Tisches. »Normalerweise glaube ich nicht an diesen Kram, aber das Haus scheint Unglück zu bringen. Es ist fast ein Jahr her, dass Josefina getötet wurde. Das Ganze kommt wie ein makabres Ereignis zum Jahrestag herüber.« Er gab wiederum Zucker in den Kaffee.

Nachdem der Fall damals gelöst worden war, hatte es zwischen ihnen eine unausgesprochene Abmachung gegeben, nicht darüber zu reden. Davids Verhalten war damals alles andere als rühmlich gewesen, als seine Ex-Freundin, die in Florins und Anninas Haus gewohnt hatte, ermordet worden war.

»Kennst du Annina und Florin?«, fragte Samantha.

»Wieso sollte ich die kennen?« Das klang barsch. »Entschuldige. Ich war nicht mehr in diesem Quartier, nachdem das Haus geräumt worden war. Und mir ist es ehrlich gesagt egal, wer dort wohnt. Kalt lässt mich die Geschichte dennoch nicht.« David gab nochmals Zucker in den Kaffee und trank einen Schluck. »Pfui Teufel!«

»Ich habe mich gewundert, weshalb du so viel Zucker in den Kaffee tust«, sagte Dominik.

»Wie viele Löffel habe ich genommen?«

»Drei.«

»Kein Wunder.« David stand auf, goss den Kaffee in den Ausguss und bereitete sich einen neuen zu.

»Hier seid ihr.« Jasmin stellte eine Schachtel auf den Tisch. »Heißt Franz eine so lange Mittagspause gut?«

»Es sind erst dreißig Minuten«, widersprach Dominik. »Hast du gefunden, wonach du gesucht hast?«

»Ja.« Jasmin tippte mit den Fingern auf die Schachtel. »Ein cooles Zubehör für die Kugelbahn meine Nichte. Die Kugeln rollen hiermit bergauf.« Sie riss ihre Augen auf und zeichnete mit beiden Händen einen Kreis in der Luft.

»Bergauf?«, fragte David. »Wie soll das funktionieren? Schon mal etwas von Schwerkraft gehört?«

»Oh, oh, gravity does not exist«, Dominik hielt den gestreckten Zeigefinger in die Höhe, »und Einstein zittert im Grab.«

»Was? So ein Blödsinn!« David trank einen großen Schluck, hustete und fluchte. »Ist der heiß.«

»War das nicht Newton, der die Schwerkraft entdeckt hat?«, fragte Samantha.

»Ist das nicht egal?«, knurrte David.

Christian streckte den Kopf herein. »Hier bist du, Jasmin. Cornelia hat dich mehrmals gesucht. Es geht um die Marketingstrategie für die neuen Handcremen. Du sollst sie sofort zurückrufen.«

»Nicht einmal in Ruhe Mittagspause hat man«, schimpfte Jasmin. »Die Frau ist schlimmer als jeder Sklaventreiber.«

David nahm die Schachtel, die Jasmin auf dem Tisch stehen gelassen hatte, und drehte sie hin und her. »Das ist ein unnötiger Blödsinn«, brummte er. »So was würde ich nicht verschenken.«

»Wie gut kennst du die beiden?«, wandte Dominik sich an Samantha.

»Wen? Jasmins Nichte und Einstein oder Newton?«

»Nein, deine Nachbarn.«

»Nicht so gut.« Samantha erzählte das, was sie bereits Nussbaum gesagt hatte.

»Wieso hat sie ausgerechnet dich auserkoren, sich um das Haus zu kümmern? Hast du das früher mal gemacht, als sie in den Ferien waren?«

»Nein. Nie. Soweit ich weiß, haben das andere getan.« Einmal hatte Samantha Rita gesehen, als sie Briefe aus deren Briefkasten nahm.

»Sie hat die anderen nicht angetroffen und es daher bei dir versucht«, sagte Dominik.

»Sie hat mich nicht gesehen«, erinnerte Samantha ihn. »Ich war im Garten, und sie hat den Brief in meinen Briefkasten gelegt.«

David stellte die Schachtel zurück und schob sie auf die Seite. »Das hätte sie genauso gut bei den anderen machen können. *Du* sollst dich darum kümmern und niemand anderer.«

»Du warst dabei, als die tote Physiotherapeutin gefunden wurde«, sagte Dominik. »Das muss der Grund sein.«

»Wieso?«

»Alle, die damit zu tun haben, sterben oder verschwinden«, fuhr er fort, ohne auf Samanthas Frage einzugehen.

»Was willst du damit sagen?«

»Alle, die involviert sind, haben ein Problem. Giulia, deine Nachbarn und nun du.«

»Ich habe kein Problem«, sagte Samantha.

»Noch nicht, aber bald. Du könntest wie die anderen in Gefahr schweben.«

***

Samantha holte drei Couverts aus Brauns Briefkasten und klappte ihn zu. Die Zeitung hatte Daniel abbestellt, wie er ihr erklärt hatte. Sie lief über den Plattenweg zum Haus und schob den Schlüssel ins Schloss. Er ließ sich nicht drehen.

»Manchmal klemmt es ein wenig«, hatte Daniel erklärt. Die ganze Woche war das nicht so gewesen. Samantha ruckte fester am Schlüssel. Das war eindeutig mehr als »ein wenig«. Samantha wollte aufgeben, da sie den Schlüssel nicht abbrechen wollte, als er sich unerwartet drehte. Aufatmend betrat sie das Haus und legte die Briefe auf die Anrichte in der Küche neben dem Herd. Mit dem Finger prüfte Samantha die Erde der sechs Pflanzen, die auf dem Küchentisch standen. Eindeutig war Gießen angesagt.

Samantha füllte Wasser in die Gießkanne, als ein Luftzug

sie frösteln ließ. Das Küchenfenster schwang ein Stück auf. Es wurde von den beiden Töpfen mit Kräutern gestoppt und schloss sich wieder.

Samantha brauchte einige Sekunden, bis sie in der Lage war, sich zu rühren. Sie untersuchte das Fenster und dessen Schließmechanismus. Er sah intakt aus.

Im Zeitlupentempo drehte sie sich zur Küchentür und starrte ins Entrée. War jemand durch das Fenster in das Haus gelangt? Wenn einer durch das Fenster eingestiegen war, würden die Töpfe auf dem Boden liegen. Scherben sah sie keine. Keine Reste von Erde auf dem hellen Plattenboden. Samantha musterte die Pflanzen. Keine abgebrochenen Zweige.

Hatte Claudia vergessen, das Fenster zu schließen, und es war die ganze Woche angelehnt gewesen? Samantha hatte nicht darauf geachtet. Da es nicht fest gewindet hatte, war es möglich, dass nichts weiter passiert war, versuchte sie sich zu beruhigen, was nicht gelang.

Sie dachte an die Gestalt, die sie gestern Abend auf der Terrasse zu sehen gemeint hatte.

Samantha umrundete das Haus. Der Terrassentisch war hochgeklappt und stand neben den übereinandergestapelten Stühlen an der Wand. Keinerlei Anzeichen für die Anwesenheit einer Person. Samantha bückte sich und strich über die Polsterpflanzen, die in der Rabatte neben der Terrasse blühten. Es sah nicht danach aus, als sei jemand darübergelaufen. Sie rekonstruierte den Weg, den die Gestalt gestern Abend genommen hatte. Nichts, das außergewöhnlich war oder ihr ins Auge sprang. Sie überquerte den Rasen und blieb an der Grenze zu ihrem Grundstück stehen. An dem Busch, den Joel gestern als die Ursache für den Schatten definiert hatte, waren zwei Äste abgebrochen. Samantha konnte nicht beurteilen, ob die Bruchstellen frischen oder älteren Datums waren.

Am Morgen hatte sie Joel zugestimmt, dass es Einbildung gewesen sein musste. Das offene Fenster ließ jetzt alles in einem anderen Licht erscheinen. Wie war es möglich, dass die

Pflanzen nicht heruntergefallen waren? Hatte der Einbrecher den Boden sauber gewischt und sie wieder hingestellt?

Hör auf damit. Wie soll der Eindringling durch das Fenster nach draußen geklettert sein und die Kräutertöpfe auf die Fensterbank gestellt haben?

Er ist durch die Haustür nach draußen gegangen, sagte die Stimme im Hinterkopf. Das Türschloss klemmte.

»Es war abgeschlossen«, sagte Samantha laut und mit Nachdruck.

Sie kehrte ins Haus zurück. Sie brauchte Gewissheit, ob jemand drin gewesen war, und betrat das Wohnzimmer. Keine der Schranktüren stand offen. Das galt genauso für die vom Buffet. Nichts war umgeworfen oder lag herum. Der Fernsehbildschirm stand auf einem länglichen Tischchen an der Wand. Das wäre einer der Gegenstände, von denen Samantha annahm, er würde als Erstes von Einbrechern mitgenommen.

Samantha ging am schwarzen Ledersofa vorbei zur Terrassentür, schob den Vorhang auf die Seite und rüttelte an der Tür. Sie war zu.

Samantha verließ das Wohnzimmer und spähte in das Gästebadezimmer. Das Fenster war wie in den übrigen Räumen geschlossen. Die nächste Tür führte in den Keller.

Samantha zögerte. Nein! Sie drehte den Schlüssel im Schloss der Kellertür herum.

Sollte sie oben nachschauen? Sie kam sich zusehends wie ein Eindringling vor.

Sie brauchte Gewissheit und eilte die Treppe nach oben. Hinter der ersten Tür befand sich das Badezimmer. Kein Chaos erwartete sie. Das Gleiche galt für das Schlafzimmer, in das sie nur kurz reinschaute. Nichts deutete darauf hin, dass hier ein Einbrecher drin gewesen war. Im Arbeitszimmer stand der Computer am Platz, und alles war wie in den übrigen Räumen aufgeräumt.

Erleichtert lief Samantha die Treppe nach unten. Hatte Claudia das Fenster in der Eile des Aufbruchs nicht richtig geschlossen, weil es verzogen war? Samantha hatte eben fest dagegendrücken müssen. Sie überprüfte nochmals, ob es zu war, bevor sie das Haus verließ.

Sie zog die Haustür zu, als sie auf der gegenüberliegenden Straßenseite eine Bewegung wahrnahm. Ein blonder Mann zündete sich eine Zigarette an und hob sein Handy an sein Ohr. Den hatte sie vor Kurzem gesehen. Am Donnerstag, als er ein Foto von dem Gebäude von Amry Cosmetics gemacht hatte. Als Samantha auf ihn zulief, wandte er sich ab und eilte davon. Samantha war versucht, hinter ihm herzurennen, ließ es aber bleiben. Er hatte einen zu großen Vorsprung, und sie würde ihn nicht einholen können.

»Wie sah der Mann aus?« Joel stellte den Tee auf das Salontischchen. Das Aroma einer Kräutermischung breitete sich aus. Er setzte sich neben Samantha, streckte die Beine von sich und verschränkte die Hände im Nacken.

»Blond, Jeans, blaue Jacke. Eine Durchschnittsperson.«

»Durchschnittsperson?«, fragte Joel belustigt. »Das ist eine tolle oder besser gar keine Beschreibung.«

»Ich kann ihn nicht beschreiben. Er würde in der Masse nicht auffallen. Auf die Entfernung habe ich keine besonderen Merkmale gesehen, die ich Jan liefern könnte.« Nach einigem Überlegen hatte Samantha sich dagegen entschieden, Nussbaum zu informieren. Der Mann hatte ihr nichts getan. Es war nicht verboten, dort zu stehen, eine Zigarette anzuzünden und zu telefonieren. Falls er Samantha beobachtet hatte, war es ein Leichtes für ihn, diese Beschuldigung abzustreiten. Und Beobachten war keine Straftat. Außerdem konnte sie im Nachhinein nicht mit Sicherheit sagen, ob es der Mann vom Donnerstag gewesen war. Sie hatte ihn kleiner und weniger kräftig in Erinnerung.

»Zu dem anderen Thema«, sagte Joel. »Ich finde es übertrieben, was Dominik behauptet – du könntest in Gefahr schweben.«

»Ich weiß nicht.« Samantha hatte den Nachmittag über ein Wechselbad der Gefühle erlebt – Panik und der Wille,

Dominiks Behauptung nicht zu viel beizumessen, hatten sich abgewechselt, wobei die Panik überwogen hatte. Es wäre nicht das erste Mal, dass sie unwillentlich in den Fokus Krimineller geriet. Sie dachte an den blonden Mann.

»Du kennst die Physiotherapeutin nicht«, sagte Joel. »Was sollst du also mit ihr zu tun haben?«

»Ich kenne Giulia, Annina und Florin.«

»Sich manchmal auf der Straße zu begegnen, einander zu grüßen und nichtssagende Floskeln über das Wetter auszutauschen ist nicht gleichbedeutend damit, sie zu kennen. Du bist mit ihnen locker bekannt.«

»Mit Giulia ...«

»Die drei waren mit Bianca befreundet«, sagte Joel.

»Ich weiß nicht, wie eng sie befreundet waren.«

»Wären sie sonst mit ihr im Ausgang gewesen?«

Samantha schwieg.

»Für Giulia, Annina und Florin mag das zutreffen, aber nicht automatisch für alle anderen. Ich meine zum Beispiel Arbeitskollegen und Nachbarn. Wenn Dominiks Theorie stimmt, wären demnach alle von Amry in Gefahr.« Er beugte sich vor, nahm den Teebeutel aus der Kanne und schenkte Tee in die Tassen, von denen er eine Samantha reichte.

»Giulia und ich haben sie gefunden. Dominik, David und die anderen Kollegen nicht.«

»Später ist der Eigentümer des Ziegelhofareals gekommen. Auf seinem Grund und Boden ist die Frau zu Tode gekommen. Dominiks Theorie würde ihn einbeziehen. Verstehst du, was ich dir sagen will?«

Samantha starrte Joel an. Er nahm Samanthas Hand in seine. »Wie du siehst, sind seine Gedankengänge absurd. Hör auf, dich verrückt zu machen.«

»Annina hat ihnen keinen Brief geschrieben.«

»Da muss ich zustimmen, das ist seltsam. Hat sie dich nochmals kontaktiert?«

»Im Briefkasten war heute nichts, wenn du das meinst.«

»Hat sie dich angerufen?«

»Nein.«

»Siehst du.«

Das Telefon klingelte. Erschrocken schaute Samantha Joel an.

»Ja, sie ist da«, sagte Joel, nachdem er das Gespräch entgegengenommen hatte. Er reichte Samantha das Telefon.

»Es ist die Handschrift von Annina Nidegger«, kam Nussbaum ohne Umschweife zur Sache. »Die Schriftprobe, die wir von ihren Eltern erhalten haben, stimmt gemäß der forensischen Schriftexpertise mit der von ihrem Brief überein.«

»Das heißt, sie lebt?«

»Zu dem Zeitpunkt, als der Brief geschrieben wurde, war das so.«

»Es ist nicht auszuschließen, dass sie inzwischen tot ist?« Samantha bekam einen trockenen Hals.

»Die Frage können wir nicht beantworten. Genauso können wir nicht beantworten, ob Annina Nidegger selbst den Brief bei dir eingeworfen hat. Es gibt keine brauchbaren Fingerabdrücke – bis auf deine.«

Daran hatte Samantha nicht gedacht.

»Mir gefällt das alles nicht. Noch weniger gefällt mir, wie nahe sie dir kommt und dich in diese Angelegenheit mit reinzieht. Gab es heute einen weiteren Vorfall, der dich beunruhigt?«

Samantha berichtete ihm von dem blonden Mann.

»Bist du sicher, dass es derselbe wie am Donnerstag war?«

»Ich weiß es ehrlich gesagt nicht. Wenn ich länger darüber nachdenke, bin ich unsicher.«

»Ich bitte dich, mich sofort zu kontaktieren, wenn du ihn nochmals siehst und wenn Frau Nidegger sich bei dir meldet. Nach wie vor schließe ich nicht aus, dass sie ihren Mann und Frau Arnold getötet hat. Oder wenn du dich sonst bedroht fühlst. Egal, ob es nur ein unbestimmtes Empfinden ist und du denkst, es sei übertrieben. Ich will damit sagen, gib lieber einmal zu viel als zu wenig Bescheid.«

VIERZEHN

Samantha klopfte gegen den Türrahmen von Emmas Büro. Mit Freude hatte sie vernommen, dass Franz die Freistellung aufgehoben hatte und Emma wieder da war. Die Gründe für Franz' Sinneswandel hatte sie nicht herausgefunden. Sie hoffte, der Grund waren Entlastungsbeweise, und Emma war nicht mehr Teil der Ermittlungen.

»Kommst du mit in die Kaffeepause?«, fragte Samantha.

»Nein. Ich habe zu tun.« Emma beugte sich vor und klickte in einem schnellen Tempo hin und her. Das war nicht arbeiten, sondern vortäuschen, beschäftigt zu sein. Samantha trat ein und schloss die Tür hinter sich.

»Hast du nicht gehört? Ich habe zu tun«, fauchte Emma. »Cornelia will die definitive Kostenaufstellung der Instrumente fürs Labor haben.«

»Das ist nicht deine Aufgabe.«

Emma verschränkte die Arme vor der Brust. »Es *ist* meine Aufgabe. Ich bin mitverantwortlich für den Aufbau und die Einhaltung des Budgets. Immerhin bin ich die Fachfrau und habe bei der Auswahl der Gerätschaften meine Empfehlung abgegeben.«

»Nicht alles wurde nach deinem Wunsch umgesetzt.« Samantha erinnerte sich deutlich an das Theater. Sowohl Cornelia als auch Franz hatten regelmäßig einen Einwand erhoben, wenn Emma Verbesserungsvorschläge gegenüber dem alten Labor gemacht hatte. Ausnahmsweise waren die beiden sich einmal einig gewesen. Soweit Samantha wusste, lagen sie deutlich unter den finanziellen Vorgaben.

»Diese Aufstellung ist definitiv nicht deine Sache, sondern die von Giulia.«

»Die mit Abwesenheit glänzt.«

»Was ist los, Emma?«

»Nichts. Ich habe nur eine Menge zu tun.«

Samantha konnte sie nicht täuschen. Giulias Verschwinden und die Tatsache, unter Verdacht zu stehen, hatten Emma verändert. Sie war verschlossen und ging allen aus dem Weg. Gleichzeitig vermittelte sie einen rastlosen Eindruck, der nicht auf Arbeitsstress zurückzuführen war.

Das Telefon klingelte auf ihrem Schreibtisch.

»Cornelia«, sagte Emma. »Ich hoffe, du glaubst mir jetzt.« Sie griff nach dem Telefon. Die Geste, die sie mit der anderen Hand zur Tür machte, war unmissverständlich.

»Hallo, Cornelia«, sagte Emma. »Du kommst später?«

Samantha schloss die Tür. »Das ist kein Problem«, klang Emmas Stimme gedämpft zu ihr. »Was möchtest du wissen?«

Samantha verließ den Labortrakt. David und Christian waren in der Küche, als sie eintrat.

»Ich hätte es dir gleich sagen können. Frau ›Sprichmichnichtan‹ hat keine Lust«, sagte David.

»Vor ihren Zwangsferien war sie nicht so«, gab Samantha zurück.

»Vielleicht hat sie Zoff mit ihrem Allerliebsten«, mischte sich Christian ein. »Die Situation in den letzten Tagen war alles andere als einfach.«

»Ich würde einfach sagen, sie steht unter Stress.« Samantha dachte daran, wie sie war, wenn der Arbeitsdruck groß war.

»Gibt es inzwischen Neuigkeiten, wo Giulia ist?«, fragte David.

»Nein«, erwiderte Samantha. »Herr Nussbaum hat ihre Eltern, den Bruder, die Anwohner im Haus und sogar den Ex befragt. Keiner weiß, wo sie ist.«

»Der Ex«, sagte David gedehnt. »Es wäre nicht das erste Mal.«

»Was meinst du damit?«, fragte Christian.

»Es wäre nicht das erste Mal, dass es nach oder während einer Trennung zu unschönen Szenen kommt«, sagte David.

Sprichst du aus deiner Erfahrung mit Josefina, wäre Samantha beinahe herausgerutscht. Sei nicht unfair, dachte sie. Das lag lange zurück.

»Ich mache mir Sorgen«, sagte Christian. »Diese Funkstille ist nicht gut. Es muss ihr etwas passiert sein.«

»Du glaubst, sie ist tot?«, fragte David.

»Wenn ich das richtig verstanden habe, muss es mit der toten Frau im Ziegelhof zu tun haben.« Erschrocken schaute er zu Samantha. »Du warst dort. Hoffentlich bist du nicht die Nächste.«

Bitte nicht schon wieder, dachte sie und versuchte die Angst zu unterdrücken, die von Neuem aufkeimte. »Ich muss zurück an die Arbeit.« Samantha stand auf. Sie nahm ihre Tasse und verließ die Küche. Vor dem Empfangstresen blieb sie stehen. Die Glastür zu Giulias Büro war geschlossen. Sie wandte sich zur Treppe, als sie aus dem Labortrakt Emmas aufgebrachte Stimme vernahm.

Vorsichtig öffnete Samantha die angelehnte Tür einen Spaltbreit.

»Ich kann dir nicht helfen«, rief Emma. »Ich will mit allem nichts zu tun haben. Es gibt Fachleute für das. Lass mich in Ruhe.«

Hinter sich hörte Samantha Schritte und die Stimmen von Christian und David, die sich näherten. Sie ließ die Tür los, die sich langsam schloss, und eilte zu ihrem Büro, bevor Christian und David um die Treppe herumkamen.

***

Zu gerne hätte Samantha mit Joel über Emmas seltsam anmutendes Verhalten gesprochen. Doch er war am Vormittag nach Österreich zu einer Fachmesse für pharmazeutische Produkte abgereist. Joel war bei AarePharm der Leiter der Qualitätssicherung, und der Einkäufer der Rohstoffe hatte ihn gebeten mitzukommen.

Samantha hatte keine Ahnung, mit wem Emma gesprochen hatte. Sie war sich sicher, es war nicht mehr Cornelia gewesen. Emma würde es nicht wagen, so mit ihr zu reden. Auch die Gesprächsfetzen, die Samantha gehört hatte, passten nicht.

Es hatte geklungen, als würde Emma bedroht. Am Nachmittag hatte Samantha beschlossen, nochmals einen Versuch zu unternehmen und mit Emma zu reden. Sie war nicht mehr an ihrem Arbeitsplatz gewesen.

»Sie hat einen Arzttermin«, hatte Jasmin gesagt, als Samantha nach ihr gefragt hatte.

Samantha nahm den vollen Kehrichtsack. Als sie zur Garage ging, öffnete sich die Seitentür. Samantha blieb stehen. Sie war sicher, die Tür geschlossen zu haben, als sie nach Hause gekommen war.

Samantha blieb ein Stück vor der Tür stehen und spähte hinein. Sie konnte die Motorhaube ihres Smart erkennen. Samantha stellte den Sack auf den Boden und holte aus dem Haus die Fernbedienung für das Garagentor. Langsam glitt es hoch. Niemand versteckte sich in der Garage, und nichts Ungewöhnliches war zu sehen. Neben dem Smart lehnte ihr Velo an der Wand, wie sie es vorhin zurückgelassen hatte. Neben der Seitentür hingen der Spaten, der Laubrechen und ein Besen an den Halterungen an der Wand. Auf der gegenüberliegenden Seite war der Rasenmäher. Auf den Regalen lagen die Gartenschere und eine kleine Schaufel. Daneben standen Töpfe und Farbkübel. Joel wollte den Zaun streichen, war bisher jedoch nicht dazu gekommen. Vorne neben dem Smart befand sich die Plastiktonne, die als Aufbewahrungsgefäß für den Kehricht bis zum Abfuhrtag diente. Samantha schloss das Tor, nahm den Kehrichtsack und stellte ihn in die Tonne.

Samantha verließ die Garage und wollte die Tür schließen, als sie von hinten einen Stoß bekam. Sie taumelte zurück in die Garage und stützte sich am Smart ab. Bevor sie sich umdrehen konnte, wurde sie von hinten gepackt. Eine Hand, die in einem Gartenhandschuh steckte, legte sich auf ihren Mund. Samantha biss zu und schmeckte Erde.

»Bitte nicht schreien. Ich tu dir nichts.«

Samantha wand sich und trat nach hinten.

Fest wurde sie gegen den Smart gepresst. Erneut versuchte sie sich zu befreien und biss nochmals in die behandschuhte

Hand. Der Angreifer presste sich fest gegen sie, und sie spürte seinen Atem an ihrem Ohr. Hinter ihr schepperte etwas, und keine Sekunde später traf sie ein harter Gegenstand an der Seite ihres Kopfes. Es war wie eine Explosion, die sich ausbreitete. Ihre Beine knickten ein. Sie schlug auf dem Boden auf, und es wurde ihr schwarz vor Augen.

»Bitte wach auf«, drang es gedämpft zu Samantha vor.

Aufwachen? Warum sollte sie aufwachen? Sie war müde, und der Wecker hatte nicht geklingelt. Definitiv wollte sie sich nicht aus dem wohligen Schlaf lösen.

»Samantha.«

Jemand schüttelte an ihrer Schulter.

Joel, hör auf, dachte Samantha. Ich habe keine Lust aufzustehen, und es ist Wochenende.

War es das wirklich? Rüttelte er hartnäckig an ihr, weil der Wecker nicht geklingelt und sie verschlafen hatten?

Widerwillig driftete Samanthas Bewusstsein an die Oberfläche. Sie versuchte sich zu erinnern, welcher Tag heute war, was nicht gelang. Der Kopf fühlte sich schwer an, als bestünde er aus Beton. Es war kalt. Wo war die Bettdecke, und wieso war es so unbequem? Die Dunkelheit wich einem Dämmerzustand. Ein schmerzhaftes Pochen im Kopf löste das dumpfe Gefühl ab.

Wunderbar, sie hatte keine Lust, den Tag mit Kopfschmerzen zu beginnen. Am besten, sie flüchtete sich zurück in die warme Schwärze des Tiefschlafs. Samantha sackte nach unten und seufzte auf. Es funktionierte. Der Kopfschmerz verschwand, und neue Wärme trat an seine Stelle.

»Samantha!« Das klang nach totaler Verzweiflung.

Kalte Finger legten sich gegen ihren Hals und drückten unangenehm fest dagegen. Samantha wollte die Hand wegstoßen, was nicht klappte. Wieso konnte Joel sie nicht in Ruhe lassen?

Moment mal. Das war nicht seine Stimme, sondern die einer Frau, und im Bett lag sie auch nicht. Samantha versuchte sich zu bewegen. Ihre Wange kratzte über eine raue Oberfläche. Beton? Die Entspannung verflog und wich Angst. Wo war sie?

Aus dem Pochen im Kopf wurde ein Dröhnen, als startete direkt über ihr ein Flugzeug, und machte Denken unmöglich. Samantha versuchte, die Augen zu öffnen – ohne Erfolg. Es war, als wären sie zugeklebt. Dafür nahm die Nase ihre Arbeit auf. Sie roch eine Mischung aus Erde, Staub und Abgasen, wobei die Abgase nur schwach wahrnehmbar waren. Wenn die Kopfschmerzen nicht wären …

Der neue Versuch, gegen den Kopf zu fassen, misslang. Endlich öffnete sich ein Auge. Samantha erschrak, als sie eine Frau dicht vor sich sah. Der Hinterkopf schlug gegen eine harte Fläche. Alles verschwamm für einige Sekunden, bevor sie wieder etwas erkennen konnte.

»Gott sei Dank!«

Es dauerte, bis ihr Gehirn mit der Information, die die Augen ihm sendeten, etwas anfangen konnte. Annina? Samantha schaute an ihr vorbei und erkannte ihren Smart. Wieso in aller Welt lag sie in der Garage auf dem Boden? Samantha hob die Arme und brauchte einige Sekunden, bis sie verstand, was sie sah. Die Hände waren mit einem Halstuch zusammengebunden. Sie richtete sich ein Stück auf und erkannte ihre zusammengebundenen Beine. Die Erinnerung kehrte schlagartig zurück.

»Es tut mir leid«, flüsterte Annina. Tränen rannen über ihre Wangen. »Das wollte ich nicht. Ich dachte, ich hätte dich ernsthaft verletzt.«

Samantha versuchte, abermals ihr Gehirn einzuschalten. Hatte Annina sie zusammengeschlagen oder sie gefunden? Der Wortwahl nach zu urteilen eher Erstes. Angst lenkte sie von dem pochenden Kopf ab. Nussbaum hatte recht gehabt. Sie hatte ihren Mann getötet und die Physiotherapeutin auf dem Gewissen. Samanthas Atem beschleunigte sich. Sie rutschte ein Stück nach hinten und stieß gegen den Smart.

»Ich tu dir nichts.«

Samantha hob die zusammengebundenen Hände an und presste sich mit dem Oberkörper gegen den Wagen, als Annina sich näherte.

»Du hast dich gewehrt, und es ist automatisch passiert. Ein Reflex. Du hättest mir nicht geglaubt.«

Das tue ich auch jetzt nicht. Samantha ließ es unausgesprochen. Annina rutschte ein Stück nach hinten. Sie holte ein Wattepad aus ihrer Jackentasche, sprühte Desinfektionsmittel darauf und tupfte gegen Samanthas Stirn. Es brannte wie die Hölle, und Samantha konnte nur knapp verhindern aufzuschreien. »Dabei wollte ich dir nichts Böses, sondern dich nur um Hilfe bitten.«

Um Hilfe bitten? So? Eine tolle Methode, sie zusammenzuschlagen und zu fesseln. Ein Zittern durchlief Samanthas Körper.

»Ich bringe dich ins Haus.« Annina griff nach Samanthas Händen und begann das Tuch zu lösen, bevor sie innehielt. »Gib mir bitte eine Chance, dir meine Sicht der Dinge zu erklären.«

Endlich gelang es Samantha, ihren Mund zu öffnen. »Wieso ich?«

»Du bist die Einzige, der ich zutraue, keine voreiligen Schlüsse zu ziehen. Ich habe weder Bianca noch Florin getötet.« Annina ließ das Tuch an Samanthas Händen, wo es war, und zog es fest. Stattdessen löste sie das, das sie um Samanthas Füße geschlungen hatte. Sie zog Samantha hoch.

Der Kopf quittierte die Lageveränderung mit einem verstärkten Pochen. Erneut war es, als würde ein Flugzeug in ihrem Schädel starten. Samantha schwankte und lehnte sich gegen die Garagenwand. Wie sollte sie in dieser Situation imstande sein nachzudenken?

»Komm.« Annina führte sie aus der Garage und steuerte auf das Haus zu. Die Haustür war angelehnt.

Niemand war zu sehen. Sie sollte wegrennen, war aber unfähig, diesen Befehl an ihre Beine weiterzuleiten. Sie sollte um Hilfe rufen. Das sollte sie lieber lassen, wenn sie nicht riskieren wollte, ein zweites Mal zusammengeschlagen zu werden. Bevor sie einen brauchbaren Plan hatte, waren sie im Haus.

Annina dirigierte Samantha zum Wohnzimmer auf das Sofa und verschwand. Das wäre die Gelegenheit aufzuspringen, durch die Terrassentür zu flüchten und Hilfe zu holen. Die Brauns waren zwar nicht da, aber Rita war bestimmt zu Hause.

Abermals konnte Samantha das Vorhaben nicht in die Tat umsetzen. Sie war außerstande, ihre Gliedmaßen zu koordinieren, und wäre beinahe vom Sofa auf den Boden gerutscht, als sie versuchte aufzustehen.

Aus der Küche hörte sie das Klappern von Geschirr und wie Schränke geöffnet und wieder geschlossen wurden. Annina kehrte mit einer Teekanne und zwei Tassen zurück. Sie stellte die Tassen auf den Tisch und schenkte Tee ein. Beim Anblick des Getränks bemerkte Samantha, wie trocken ihr Mund war. Die Zunge klebte förmlich am Gaumen. Sie wollte mit den zusammengebundenen Händen nach der Tasse greifen, aber sie zog sie zurück.

Tee …

Getränk …

K.-o.-Tropfen …

Annina schien nichts bemerkt zu haben und setzte sich Samantha gegenüber.

»Wann kommt Joel heim?«

Heute gar nicht, dachte Samantha und geriet in Panik. Nicht hyperventilieren. »Bald.«

Anninas Kopf ruckte zur Tür. Diese Antwort war eindeutig ein Fehler gewesen. Samantha wartete auf das, was unweigerlich folgen musste.

Die Sekunden verstrichen, und nichts geschah.

Annina beugte sich vor und nahm einen Schluck Tee. Würde sie davon trinken, wenn sie K.-o.-Tropfen hineingegeben hätte? Sie konnte die Tropfen in der Küche in die Tasse geträufelt haben. Samantha hatte nicht darauf geachtet, ob etwas in der Tasse gewesen war. Das Verlangen nach Flüssigkeit wurde größer. Samantha wagte es, nahm umständlich die Tasse in beide Hände und nippte am Tee. Kräutertee.

»Der Geschmack der Tropfen kann leicht von dem des Getränks überdeckt werden«, hatte Joel erklärt.

Annina hatte zusätzlich Honig hineingegeben. Die Süße tat gut, und das Pochen in ihrem Kopf ließ sogar nach. Samantha widerstand dem Drang, den Tee auf einmal zu leeren, und stellte die Tasse zurück.

»Wie gesagt, ich wollte dir nicht wehtun«, begann Annina. »Ich weiß nicht mehr weiter. Ich habe Florin nicht getötet, obwohl ich ihm am liebsten den Hals umgedreht hätte, nachdem ich herausgefunden hatte, dass er mich betrogen hat.« Sie holte zitternd Luft. »Am besten fange ich von vorne an. Wie du weißt, habe ich Florin rausgeschmissen und wohnte bei meinen Eltern.«

»Jetzt tust du das nicht mehr.«

»Inzwischen habe mir unter einem falschen Namen ein … einen Unterschlupf gesucht. Dank Onlinebuchungsfirmen ist das möglich. Ich wollte nach dem Haus sehen und …« Sie hielt inne.

Wie passte das zusammen, wenn man untertauchte? Annina musste damit rechnen, bemerkt oder sogar von der Polizei gestellt zu werden. Samantha unterließ es jedoch, nachzufragen.

»Ich habe ihn gesehen«, fuhr Annina fort.

»Wen?«

»Florins Mörder, wie ich dir im Brief geschrieben habe. Er kam aus dem Garten, als ich zum Haus ging.«

»Ihr seid euch auf der Treppe begegnet?«

»Nein. Er kam von der Terrasse um das Haus herum, als ich die Haustür aufschließen wollte. Er hatte eine Maske auf. Wenn jemand so aus deinem Garten kommt, kann es nichts Gutes bedeuten.« Annina griff nach der Tasse. Ihre Hand zitterte, und sie verschüttete Tee. Ohne getrunken zu haben, stellte sie die Tasse zurück.

»Der Mann wandte sich der Straße zu, muss aber aus den Augenwinkeln gesehen haben, wie ich mich hinter unserem

Baum neben der Haustür verstecken wollte. Ich bin losgerannt, und er ist hinter mir her.« Ihre Oberlippe zitterte. »Ich bin in unseren Garten gerannt.«

»Hast du Florin dabei nicht gesehen?«

»Nein. Ich habe nicht auf die Umgebung geachtet, da ich ein anderes Problem hatte. Ich bin durch die Büsche in Olivers und Ritas Garten geflüchtet. Ich weiß nicht, wie es mir gelungen ist, ihn abzuhängen und zu meinem Auto zu kommen.«

»Wieso hast du nicht bei Oliver und Rita geklingelt?«, fragte Samantha.

»Dazu hatte ich keine Zeit. Er hätte mich eingeholt, bevor Rita oder Oliver die Tür geöffnet hätten. Wie gesagt, ich kann es nach wie vor nicht glauben, dass ich es bis zum Auto geschafft hatte und rechtzeitig wegfahren konnte.«

»Warum hast du die Polizei nicht verständigt, nachdem dir die Flucht gelungen ist?«

»Er hat mein Auto gesehen und ein Foto gemacht. Das heißt, er kennt mein Kennzeichen und kann herausfinden, wer ich bin, wenn ihm das nicht bereits klar war, als er mich vor der Haustür gesehen hat.«

Das war keine Antwort auf ihre Frage. Konnte man wirklich anhand des Kennzeichens den Halter in Erfahrung bringen?

»Das geht«, sagte Annina, als ahnte sie, was in Samanthas Kopf vor sich ging. »Florin hat das mal gemacht. Wieso, weiß ich nicht mehr. Man kann eine SMS an eine Telefonnummer senden und erhält diese Auskunft, wenn der Halter das Kennzeichen nicht gesperrt hat. Oder man registriert sich auf dieser Plattform.«

Das fand Samantha nicht beruhigend. Sie würde zusehen, dass ihr Nummernschild gesperrt wurde, damit nicht jeder sich danach erkundigen konnte.

»Wieso bist du nicht zur Polizei gegangen?«, wiederholte Samantha ihre Frage.

»So weit habe ich nicht gedacht. Mein rationales Denken war völlig blockiert. Ich wollte nur weg und mich verstecken.

Nachdem sich mein Gehirn eingeschaltet hat, habe ich es nicht getan.«

»Wieso?«

»Dieser unfähige Beamte hält uns für Biancas Mörder.«

»Dich und Florin?«

»Mich und Giulia.«

»Du weißt, wo sie ist?«

Annina wich Samanthas Blick aus. Diese Information wollte sie eindeutig nicht preisgeben. »Vergiss nicht, Florin wurde in unserem Garten gefunden.«

»Du kannst zur Polizei gehen. Du hast den Täter gesehen. Du kannst ihn beschreiben. Das würde dich und Giulia entlasten.«

»Kann ich nicht. Ein Mann, um die ein Meter achtzig, schwarz gekleidet mit Sturmmaske – ist nicht aussagekräftig.«

»Das ist besser als nichts.«

»Für eine solche Aussage braucht es nicht einmal große Phantasie. Inzwischen gibt es eine andere Personenbeschreibung.«

»Hat jemand anderer den Mann gesehen? Das ist umso besser.«

»Nein. Ich wurde gesehen.«

Samantha verstand nicht, worauf Annina hinauswollte.

»Liest du keine Zeitung?«

»Heute bin ich nicht dazu gekommen.«

»Ich werde polizeilich gesucht. In der Boulevardpresse stehe ich auf Seite eins. *Frau tötet Mann. Gründe sind unbekannt. Die Frau wurde gesehen, als sie zum potenziellen Tatzeitpunkt das Grundstück verließ. Sie ist flüchtig.* Soll ich weiter aufzählen?« Sie schlug die Hände vor das Gesicht. »Ich habe ihn nicht getötet.«

Kälte kroch Samanthas Nacken hoch. Stimmte die Geschichte, die Annina ihr auftischte? Samantha zwang sich, ihre Gedanken zu sammeln. Etwas störte sie an dem, was Annina erzählte. Sie konnte jedoch nicht eruieren, was es war.

»Du musst mir helfen«, flüsterte Annina.

»Wie stellst du dir das vor?«

Es klingelte.

»Das sind sie«, stieß Annina hervor.

»Wer?«

»Die Polizei.«

»Wieso sollte sie ausgerechnet zu mir kommen?«

»Du kennst den leitenden Beamten.«

»Jan Nussbaum?«

»Genau den.«

»Warum sollte er unangemeldet hier auftauchen?«

»Er hat den sechsten Sinn.«

Das stimmte. Insgeheim hoffte sie, Nussbaum stünde vor der Tür. Samantha rappelte sich auf. Zu ihrem Erstaunen funktionierte die Koordination der Beine wieder.

»Mach bitte die Tür nicht auf.«

»Wenn ich das nicht tue, ist es verdächtig.«

Sie streckte Annina ihre zusammengebundenen Hände hin. Annina schüttelte den Kopf.

»Ich mache so oder so die Tür auf«, sagte Samantha mit fester Stimme. »Das gefesselt zu tun ist nicht ratsam.«

In Anninas Augen flackerte es. Wut? Samantha verharrte in der Position. War sie zu weit gegangen? Annina erhob sich. Samantha wappnete sich auf das, was folgen würde.

Annina löste das Tuch um Samanthas Hände und warf es auf das Sofa. Das, was Samantha eben in Anninas Augen gesehen hatte, war weg. Stattdessen wirkte sie resigniert, als sie sich abwandte und auf das Sofa setzte.

»Tu, was du tun musst«, sagte sie fast nicht hörbar.

Konzentriert setzte Samantha ein Bein vor das andere. Als sie das Entrée erreichte, wurde ihr bewusst, wie sie aussehen musste. Sie musterte sich in dem Garderobenspiegel. So schlimm war es nicht. Die Wunde an ihrem Kopf war kleiner, als sie mit diesem Brummschädel für möglich gehalten hätte. Sie löste den Rossschwanz und strich die Haare glatt. Das Einzige, das Misstrauen erwecken konnte, war ihre Blässe.

Samantha öffnete die Tür. Knapp konnte sie ihre Überraschung verbergen. Nicht Nussbaum, sondern zwei Buben standen davor. Sie hatten die Hände in die Hosensäcke gesteckt und traten von einem Bein auf das andere.

»Wir haben Fußball gespielt, und nun ist der in Ihrem Garten.«

»Ihr könnt ihn gerne holen.«

»Danke.« Die beiden rannten los und verschwanden um das Haus.

Samantha kehrte ins Wohnzimmer zurück. Die Terrassentür stand offen, und sie sah die beiden, wie sie sich den Ball schnappten, der mitten auf der Wiese lag.

Der kleinere der beiden bemerkte Samantha und hielt den Ball hoch. »Danke«, wiederholte er. Den Ball einander zuwerfend rannten sie um das Haus zur Straße.

Samantha schaute zum Sofa. Annina war verschwunden.

FÜNFZEHN

Samantha schreckte aus dem Schlaf und setzte sich auf. Sie brauchte einige Sekunden, bis sie sich orientiert hatte. Nur ein Traum.

Sie fror und bemerkte, dass sie die Decke von sich gestrampelt hatte. Sie tastete über das Bett und fand sie schließlich auf dem Boden. Samantha deckte sich zu und ließ sich zurücksinken. Dieser Traum. Die Einzelheiten verblassten. Sie wusste nur, wie wirr alles gewesen war. Joel, Emma, Giulia und Annina. Nussbaum hatte mit erhobenem Zeigefinger auf sie eingeredet. Was er gesagt hatte, hatte sie nicht verstanden. Sein Gesicht war allerdings grimmiger geworden.

Sie hätte ihn verständigen müssen. Doch was hatte sie ihm zu liefern?

»Gib lieber einmal zu viel als zu wenig Bescheid«, hallte seine Stimme in ihrem Kopf wider.

Außer Anninas Besuch, wenn man das so nennen wollte, konnte Samantha nichts vorweisen. Die Verletzung, die Annina ihr zugefügt hatte, würde Nussbaum in seiner Annahme bestätigen, Annina habe mit Biancas und Florins Tod zu tun. Sie hatte sich außerdem aus dem Staub gemacht. Das würde in seinen Augen den Verdacht zusätzlich erhärten.

Samantha nahm Annina ab, sie nicht extra verletzt zu haben. Bei dem, was sie ihr erzählt hatte, war Samantha sich dagegen nicht sicher. Als Tat im Affekt würde Samantha es bezeichnen.

Annina und Giulia. Die beiden hielten sich zusammen versteckt oder wussten, wo die andere war, wenn sie das, was sie zwischen den Zeilen herausgehört hatte, richtig verstand. Bei beiden hatte die Polizei K.-o.-Tropfen sichergestellt. Inzwischen hatte Nussbaum durchblicken lassen, die K.-o.-Tropfen im Labor habe Giulia dort deponiert. Ob mit oder ohne Emmas Hilfe, hatte er offengelassen. So viel war klar, Emma stand weiterhin auf Nussbaums Liste.

Annina stritt dies vehement ab. War es so, wie sie es darstellte, und jemand hatte den beiden Frauen die Tropfen untergeschoben?

Florin ... Wieso hatte er sterben müssen? Falls Annina ihn auf dem Gewissen hatte, wäre es eine drastische Maßnahme. Beziehungsdelikte endeten schon mal tödlich, musste Samantha einräumen.

Samantha legte sich auf die rechte Seite und starrte im Dunkeln auf Joels Bettseite. Gestern Abend hatte er nur rasch angerufen. Sie würden gleich essen gehen. Samantha hatte daher nur kurz Gelegenheit gehabt, ihm von Anninas »Besuch« zu erzählen.

Joel hatte ihr nahegelegt, mit Nussbaum zu sprechen. Je länger sie darüber nachdachte, desto mehr musste sie ihm zustimmen. Den Anruf würde sie gleich morgen früh machen.

Sie fror nicht mehr. Dafür war ihr nun heiß. Samantha streckte ein Bein unter der Decke hervor. Keine Minute später fror sie wieder und zog das Bein zurück.

Sie fasste gegen die Stirn. Sie fühlte sich normal an. Die Kopfschmerzen waren zu ihrem Erstaunen abgeebbt, und sie spürte nur einen dumpfen Druck. Das Schmerzmittel, das sie genommen hatte, bevor sie zu Bett gegangen war, tat einen guten Dienst. Erstaunlich schnell war sie eingeschlafen.

Sie drehte sich um. Die Rastlosigkeit nahm zu. Und mit ihr die Anspannung. Samantha war sich bewusst, angestrengt zu lauschen. Hör auf, neurotisch zu sein.

Sie tastete nach dem Wecker. Kurz vor halb sechs am Morgen. Einschlafen konnte sie definitiv vergessen. Lohnen würde es sich sowieso nicht.

Samantha gab sich geschlagen und stand auf. Der Druck im Kopf wurde stärker, hielt sich aber in Grenzen. Mit einem weiteren Schmerzmittel würde sie es gut im Griff haben. Nachdem sie sich angezogen hatte, ging sie nach unten und machte einen Abstecher ins Wohnzimmer. Dort ließ sie ebenfalls das Licht ausgeschaltet. Gegen Osten erkannte sie einen hellen Streifen am Horizont. Die Dämmerung hatte eingesetzt. Auf einmal war sie todmüde und wäre am liebsten zurück ins Bett gekrochen.

»Selbst schuld«, murmelte sie.

Sie konnte es nicht verhindern, zum Haus der Brauns zu schauen. Lange starrte sie auf die Terrasse. Kein Schatten, der sich bewegte. Eigentlich sollte sie das beruhigen, tat es aber nicht.

Samantha machte sich auf den Weg in die Küche. Sie tastete nach dem Lichtschalter und hielt in der Bewegung inne. Was war das? Sie trat dichter an das Küchenfenster.

Sie hatte sich nicht getäuscht. In Anninas und Florins Garten blitzte zwischen den Büschen das Licht einer Taschenlampe auf. Samantha hatte ein neues Déjà-vu und wurde um ein Jahr zurückversetzt. Damals war auch jemand nachts durch das Haus gegeistert. Nicht durchs Haus, korrigierte sie sich. Dieses Mal war der Lichtschein im Garten. Er verschwand. Die Person musste hinter das Haus gegangen sein. Wer schlich um diese Zeit um das Haus herum, und weshalb? Florins Mörder oder war Annina zurückgekehrt? Sie sollte die Polizei verständigen, doch Samantha konnte sich nicht rühren. Gebannt starrte sie nach draußen. Nichts geschah.

War alles Einbildung gewesen, weil ihre Nerven blank lagen? Weitere Sekunden verstrichen. Samantha wollte sich abwenden, als sie eine Bewegung auf der Treppe wahrnahm. Eine Person eilte die Stufen hinunter. Das Licht der Straßenlaterne erfasste sie. Mehr, als dass sie schwarz gekleidet war, konnte Samantha nicht erkennen. Genauso konnte sie nicht ausmachen, ob es ein Mann oder eine Frau war, da die Gestalt eine Kappe trug.

Beim Briefkasten hielt sie an und beugte sich darüber. Es war nicht ersichtlich, ob sie etwas herausnahm oder hineinlegte. In gebückter Haltung lief sie zu einem Auto, das Samantha erst jetzt bemerkte. Sie stieg ein und fuhr an, ohne die Scheinwerfer einzuschalten.

Ein schwarzer Wagen. So einen hatte Annina nicht. Das Gleiche galt für Giulia.

Nun war es zu spät, die Polizei zu verständigen oder Nussbaum vorzeitig aus dem Bett zu holen. Aber eins war sicher. Sobald sie bei Amry war, würde sie ihn anrufen.

Samantha schloss die Haustür, als eine Frau mit einer Vespa in ihre Einfahrt fuhr. Sie hielt vor Samantha an, nahm den Helm vom Kopf, wuschelte mit den Händen durch die Haare und fasste sie zu einem Rossschwanz zusammen.

»Frau Kälin?«

»Ja?«, erwiderte Samantha vorsichtig.

»Mariella Roselli.« Sie reichte Samantha die Hand. »Ich bin wegen des Internetanschlusses da.«

Das hatte Samantha völlig vergessen. Seit einer Woche funktionierte das Internet nicht zuverlässig. Nachdem man den Grund nicht herausgefunden hatte und das Problem im Quartier nur bei Joels und Samanthas Anschluss bestand, hatte die Firma vermutet, es könnte am Modem liegen, und für heute einen Termin abgemacht. Samantha war froh, da es vor acht Uhr möglich gewesen war.

»Kommen Sie.« Sie führte die Frau in den Keller. Roselli nahm den Rucksack ab und beförderte ein Modem zutage. Samantha sah zu, während sie das Gerät austauschte.

»Schauen Sie bitte, ob es funktioniert«, sagte Roselli nach nicht einmal zwei Minuten.

Samantha eilte ins Arbeitszimmer, startete den Computer und gab die Website von Amry Cosmetics ein. Schnell baute sich die Homepage auf.

»Einwandfrei«, sagte sie, nachdem sie zu Roselli zurückgekehrt war. »Offenbar war das Modem tatsächlich der Grund.«

»Falls es neue Probleme gibt, melden Sie sich bitte.« Sie verabschiedete sich.

Erleichtert, da es so schnell gegangen war, fuhr Samantha den Computer herunter und verließ das Haus. Bevor sie die Seitentür der Garage öffnete, schaute sie sich um. Roselli war weg. Sonst war niemand zu sehen.

Auf dem Boden in der Garage vor ihrem Smart lag eine

Gartenhandschaufel. Auf dem Metall erkannte Samantha eine dunkelrote Farbe. Sie bückte sich. Das war getrocknetes Blut. Ihr Blut. Unbehagen machte sich breit, und Samantha schaute sich um. Hör auf damit. Sie war sicher, Annina würde es kein drittes Mal wagen, vorbeizukommen. Samantha hatte ohnehin kein Bedürfnis nach einer weiteren Begegnung. Annina hatte die Gelegenheit, ihr etwas anzutun, gestern nicht genutzt. Trotzdem traute Samantha ihr nicht und war hin- und hergerissen, was sie von Annina halten sollte.

Sie legte die Schaufel auf das Regal, tastete mit der Hand die Stelle ab, an der Annina sie getroffen hatte, und spürte die Kruste. Immer noch war sie erstaunt, wie klein die Wunde war. Das hätte schlimmer enden können.

Samantha schob das Velo aus der Garage und blieb erstaunt stehen, als sie Daniel Braun an seinem Briefkasten sah.

»Seid ihr zurück?«

»Wir sind gestern am späten Abend nach Hause gekommen. Claudia ist beim Skifahren gestürzt und hat einen Kreuzbandriss. Die Ferien hatten wir uns eindeutig anders vorgestellt.«

Nachdem Samantha gute Besserung gewünscht hatte, schlurfte er in sein Haus zurück. Anstatt aufzusteigen, ging sie weiter zu Anninas Briefkasten. Obwohl sie sich bewusst war, es nicht zu sollen, spähte sie hinein und öffnete den Milchkasten, nachdem sie den Saum ihrer Jacke über die Finger gezogen hatte.

Der Briefkasten war bis auf die Zeitung leer.

Lass das, dachte sie. Es ist nicht deine Aufgabe.

»Schlimm, das mit Annina und Florin«, hörte sie hinter sich und fuhr herum.

Vor ihr stand Oliver. Neuerdings trug er einen Drei-Tage-Bart, der nicht zu ihm passte.

»Entschuldige, ich wollte dich nicht erschrecken.« Er klopfte die Taschen seines Kittels ab und holte einen Autoschlüssel hervor.

»Alles gut«, sagte Samantha.

»Wir hatten keinen großen Kontakt zu den beiden, aber es

nimmt mich mit, weil wieder etwas in dem Haus passiert ist. Seitdem Rita auf Florins … Florin in dem Garten gesehen hat, ist sie völlig durcheinander.«

»Das ist verständlich.«

»Hoffentlich finden sie den Täter bald. Rita traut sich nämlich nicht mehr raus und kontrolliert Türen und Fenster lieber zweimal, ob sie geschlossen sind.«

Wie gut konnte Samantha das nachvollziehen. Gestern Abend hatte sie es genauso gehandhabt. Sie schaute auf ihre Armbanduhr. »Ich muss los.«

»Das sollte ich auch.«

Oliver ging zu seinem Wagen.

Samantha stieg auf das Velo und hob grüßend die Hand, als sie an Oliver vorbeifuhr. Sie bog in die Seltisbergerstraße ein und fuhr hinab. Fahrtwind blies ihr entgegen. Er war kühl, und Samantha war froh, die dünnen Stoffhandschuhe und die dickere Jacke angezogen zu haben. Da es tagsüber mild war, unterschätzte man besonders am Morgen, wie kühl es war. Das Velo wurde schneller, und Samantha genoss das Tempo. Der Hinweg war eindeutig angenehmer als der Heimweg.

Hinter sich hörte sie, wie sich ein Wagen näherte. Vermutlich war es Oliver. Anstatt sie zu überholen, blieb er hinter ihr.

Was sollte das?

Samantha schaute nach hinten, als der Wagen an ihr vorbeifuhr. Dicht. Zu dicht. Etwas streifte ihren Arm, und Samantha riss den Lenker herum. Bevor sie wusste, was geschah, flog sie durch die Luft und schlug hart auf dem Asphalt auf. Das Velo landete auf ihr, und mit dem Kopf prallte sie gegen den Boden. Ein Schmerz breitete sich wie eine Explosion in ihrem Kopf aus und setzte sich im restlichen Körper fort, bevor es ihr schwarz vor Augen wurde.

»Samantha.« Jemand tätschelte ihre Wange.

Samantha stöhnte auf. Ihr Kopf dröhnte, und es schien, als würde der restliche Körper in Flammen stehen.

Samantha war es, als schwebte sie orientierungslos durch einen Raum. Über ihr wurde es heller, und sie gab sich Mühe, dorthin zu gelangen.

»Bitte wach auf.« Kühle Fingerspitzen tasteten ihren Hals entlang. Das kam ihr bekannt vor. War Annina zurückgekehrt und hatte sie ein zweites Mal zusammengeschlagen? Halt, das war keine Frauenstimme, sondern die eines Mannes.

Je heller es wurde, desto stärker wurden die Schmerzen. Ihr Körper fühlte sich an, als sei ein Zug darüber hinweggefahren. Die Erinnerung kam schlagartig zurück.

Das hier ging nicht auf Anninas Konto. Sie hatte keinen schwarzen Wagen. Nochmals durchlebte Samantha die Sekunden, als er sie touchiert hatte. Darüber kannst du dir später den Kopf zerbrechen. Samantha versuchte sich an einer Bestandsaufnahme.

Sie lag auf dem Rücken. Es gab nichts, das nicht wehtat. Samantha begann mit dem Kopf, der zu explodieren schien, und wanderte in Gedanken weiter den Körper entlang, bis sie an den Füßen angekommen war. Sie bewegte die Zehenspitzen, was zu ihrer Erleichterung funktionierte. Sie kehrte nach oben zurück und machte bei den Armen halt. Anheben ging nicht, aber bewegen konnte sie sie. Das war ein Anfang. Sie kehrte zum Kopf zurück. Augen auf! Das rechte weigerte sich, das linke tat ihr den Gefallen. Die gleißende Helligkeit jagte eine weitere Schmerzwelle wie einen Stromstoß durch den Kopf, und sie schloss es rasch. Sie startete einen langsameren Versuch. Dieses Mal öffneten sich beide Augen.

»Gott sei Dank!«

Samantha drehte den Kopf ein Stück in die Richtung, aus der die Stimme kam, und erkannte verschwommen Oliver. Ihr Velo lag auf der Straße. Es sah alles andere als fahrtüchtig aus und hatte offenbar den Kontakt mit dem Auto nicht so gut überstanden wie sie. War das so?

Eine Ambulanz und ein Polizeiwagen hielten gleichzeitig auf der gegenüberliegenden Straßenseite an. Zwei Sanitäter stiegen aus und kamen zu ihr. Ein Polizeibeamter folgte.

Der ältere der Sanitäter beugte sich zu Samantha, griff nach ihrer Hand und tastete den Puls.

»Was ist geschehen?«, fragte der Beamte.

»Dieser Wahnsinnige ist dicht an ihr vorbeigefahren«, sagte Oliver.

»Sie sind Zeuge des Unfalls?«, fragte der Polizist.

»Ja. Er ist nicht nur dicht an ihr vorbeigefahren, er muss sie sogar gerammt haben. Samantha muss den Lenker herumgerissen haben und ist gegen den Trottoirrand geknallt. Danach flog sie regelrecht durch die Luft.«

»Können Sie das Fahrzeug beschreiben?«

»Entschuldigung, können Sie das bitte dort machen. Ich würde gerne die Frau untersuchen«, sagte der Sanitäter.

Der Polizist und Oliver traten auf die Seite. »Schwarze Limousine. Marke und Autokennzeichen kann ich Ihnen leider nicht sagen.«

Oliver. Er hatte einen solchen Wagen – eine Limousine, die vor der Ambulanz am Straßenrand parkte. Er war unmittelbar nach ihr aufgebrochen. Samanthas Kopf weigerte sich zu verarbeiten, was das bedeutete.

»Wie heißen Sie?«, fragte der Sanitäter und lenkte damit Samanthas Aufmerksamkeit auf sich.

»Was? Ich? Samantha Kälin.«

»Geburtsdatum?«

Samantha nannte es ihm und presste die Augen zusammen, als er ihr mit einer Taschenlampe hineinleuchtete.

»Wissen Sie, wo Sie sind?«

»Auf dem Weg zur Arbeit. Plötzlich gab es den Stoß, als das Auto an mir vorbeifuhr.«

»Wo tut es weh?«

»Gefühlt überall.« Samantha streckte ein Bein aus und wollte sich aufrappeln. Sie stützte sich mit der linken Hand ab, und ein Schmerz schoss direkt in ihr Gehirn. Mit einem Aufstöhnen sackte sie zurück auf den Boden.

»Liegen bleiben!« Der Sanitäter nahm ihr den Velohelm ab und legte ihn auf die Seite. »Zum Glück haben Sie den getragen.« Er nahm ihren Kopf in beide Hände und musterte sie.

»Wir fahren sie ins Spital«, wandte er sich an seinen Kollegen.

»Das muss nicht sein. So schlimm ist es nicht.« Samantha machte erneut Anstalten, aufzustehen. Der Sanitäter drückte sie sanft, aber bestimmt zurück. »Das lassen Sie besser uns entscheiden. Bitte bleiben Sie liegen. Wir legen Ihnen als Erstes eine Halsstütze an.« Er folgte seinem Kollegen zum Ambulanzwagen und öffnete die Heckklappe.

»Sie kennen die Frau?«, fragte der Polizist Oliver.

»Sie ist meine Nachbarin«, sagte Oliver, der gegen einen Gartenzaun lehnte. »Ich habe gesehen, wie sie abgefahren ist, als ich aus unserer Garage fuhr. Ich habe mir nichts dabei gedacht, als dieser Wagen ihr folgte.«

»Dieser Wagen. Sie meinen, es ist derselbe, der den Unfall verursacht hat?«

»Ja.«

»Er ist bei Ihnen in der Straße gestanden?«

»Ja.«

Moment mal, hatte sie etwas verpasst? Samantha hatte keinen Wagen in ihrer Straße gesehen, als sie abgefahren war. Außer Olivers. Sollte er es sein, musste es Kratzer auf der Beifahrertür haben. Von ihrem Blickwinkel erkannte sie aber keine. Das musste nichts heißen. Oder war es ein anderer Wagen? Einer, der in der Nähe gewartet hatte. Auf sie?

***

Samantha schloss die Augen. Endlich Ruhe. Gegenüber raschelte Bettzeug. Anschließend folgten schlurfende Schritte und das Klicken der Tür. Die Frau, mit der Samantha sich das Spitalzimmer teilte, musste es verlassen haben.

Die Medikamente taten ihre Wirkung. Die Schmerzen waren nur dumpf, und Samantha schwebte in einem Zustand zwischen Wachsein und Schlafen.

Klopfen und das Öffnen der Tür ließen sie hochschrecken.

Sie brauchte einen Moment, bis sie Nussbaum erkannte. Neben ihm stand ein Pfleger.

»In Ordnung«, sagte er zu Nussbaum. »Aber bitte nur kurz.«

Nussbaum zog sich einen Stuhl heran und setzte sich zu Samantha an das Bett. »Was machst du für Sachen? Wie geht es dir?«

»Es ist noch alles dran.« Samantha versuchte zu lächeln, was ihr vermutlich misslang. »Ich habe einige Kratzer und blaue Flecken. Mein Dickschädel ist heil geblieben.« Sie tippte mit der Hand gegen den Kopf. »Nur eine leichte Gehirnerschütterung. Das Schlimmste ist das hier.« Sie hob den linken Arm. »Der Mittelhandknochen ist gebrochen.«

»Zum Glück links«, sagte Nussbaum.

»In meinem Fall ist das ein Problem.«

»Stimmt, du bist Linkshänderin. Trotzdem kannst du von Glück reden, dass nicht mehr passiert ist.«

»Das hat der Arzt auch gesagt. Er meinte, mein Schutzengel habe ganze Arbeit geleistet.«

»Der Arme hat bei dir einen anstrengenden Job. Immerhin kommt er nicht aus der Übung.«

»Sehr witzig.«

»Musstest du operiert werden?«, fragte Nussbaum.

»Nein, es ist ein glatter Bruch, und nichts ist verschoben. Das heißt, es kann konservativ behandelt werden. Das ist die gute Nachricht. Die Schlechte: Den Gips muss ich vier bis sechs Wochen tragen. Das wird mühsam, wenn ich ab sofort alles mit rechts machen muss.«

»Das ist nur eine Frage des Trainings.« Nussbaum verschränkte die Hände hinter seinem Nacken. »Dein Nachbar hat ausgesagt, deine Flugeinlage habe stuntreif ausgesehen.«

»Daran kann ich mich nicht erinnern.«

»Du bist durch die Luft geflogen, hast dich mit einer Hand abgestützt und abgerollt. Wie lange musst du im Spital bleiben?«

»Der Arzt sagt, ein oder zwei Tage zur Beobachtung. Ich bin erst einmal für drei Wochen krankgeschrieben. Danach wird entschieden, ob und wann leichte Büroarbeiten wieder möglich sind.«

Samantha hatte Franz eine WhatsApp-Nachricht geschickt. Die Antwort war postwendend gekommen. Er war alles andere als angetan, dass Samantha länger ausfiel und später mit ihrer verletzten Hand nicht voll einsatzfähig war. Seinen Ärger hatte Samantha deutlich zwischen den Zeilen herausgelesen. Nicht einmal gute Besserung hatte er ihr gewünscht, was nicht zu ihm passte.

»Ist dir heute Morgen etwas aufgefallen, als du von zu Hause los bist?«, fragte Nussbaum.

»Es war alles wie immer.« Samantha erzählte, wie sie in Anninas Briefkasten geschaut hatte, mit Oliver gesprochen hatte und danach abgefahren war. Sie erwähnte, keinen fremden Wagen gesehen zu haben.

»Wieso schaust du in fremde Briefkästen?«

»Ich habe heute in der Früh jemanden beobachtet, der von Nideggers Grundstück kam und beim Briefkasten haltgemacht hatte. Ich dachte, es sei Annina, die zurückgekehrt war.«

»Wieso hast du nicht mich oder einen Kollegen verständigt?«

»Ich wollte dich nicht aus dem Bett holen.« Nussbaum setzte zu einer Antwort an, aber Samantha sprach rasch weiter. »Ich wollte dich anrufen, nachdem ich bei Amry angekommen wäre. Leider kam etwas dazwischen.«

Nussbaum holte sein Handy hervor. »Bist du sicher, es war Annina, die du heute früh gesehen hast?«

»Eben nicht.«

»Wie kommst du darauf, es wäre sie gewesen?«

Samantha berichtete, wie Annina gestern zu ihr gekommen war, und von ihrem Gespräch. Als sie erzählte, wie Annina sie niedergeschlagen hatte, verfinsterte sich Nussbaums Miene. Er unterbrach sie jedoch nicht.

»Ich dachte, ich hätte mich klar ausgedrückt, als wir das

letzte Mal miteinander gesprochen haben. Du hättest mir oder einem Kollegen Bescheid geben sollen. Egal, wie spät es ist.«

Samantha setzte eine schuldbewusste Miene auf. Nussbaum tippte auf seinem iPhone herum. Samantha brauchte eine Weile, bis sie begriff, dass er Notizen machte.

Die Zimmertür öffnete sich, und eine Frau Ende sechzig betrat den Raum. Erschrocken blieb sie stehen. »Störe ich?«, fragte sie.

»Nein«, kam Samantha Nussbaum zuvor. »Das ist Elsa Häfeli, meine Zimmernachbarin«, sagte sie zu Nussbaum.

Nussbaum stellte sich vor, und die Frau erblasste. »Polizei«, flüsterte sie. »Ich hoffe, Sie finden den, der ihr das angetan hat. Am besten lasse ich Sie in Ruhe Ihre Fragen stellen.« Die Frau machte kehrt und war zur Tür hinaus, bevor Samantha einen Einwand erheben konnte.

»Es war nicht Annina, die mich angefahren hat«, griff Samantha das Gespräch wieder auf.

»Wieso nimmst du das an?«

»Es war ein schwarzer Wagen. Annina fährt keine solche Limousine.«

»Das muss nichts heißen. Hast du den Fahrer erkannt?«

»Nein.«

»Automarke? Kennzeichen?«

Als Antwort zuckte Samantha die Schultern. »Es ging zu schnell.« Sie dachte an Oliver. Beschwören konnte sie es nicht, aber das Auto hatte wie seins ausgesehen.

»Herr Marti sagte aus, der Wagen habe bei euch in der Straße gestanden. Weitere Personen …«, er schaute auf sein Handy, »dein Nachbar Daniel Braun und eine Helga Fischer haben dies bestätigt.«

Helga Fischer wohnte einige Häuser weiter. Bis auf einen Gruß oder Small Talk über das Wetter hatte Samantha bisher nicht mit ihr gesprochen. Sie wusste nur, dass die Frau vor Kurzem pensioniert worden war.

»Sie haben beide gestern einen schwarzen Wagen bemerkt«, fuhr Nussbaum fort. »Ihre Beschreibung passt zu der von Herrn

Marti. Beide haben zwei Personen darin gesehen, können aber leider nicht sagen, ob es Männer oder Frauen waren. Die Beschreibung des Autos war recht vage.« Nussbaum fuhr mit dem Finger über das Handy und las sie vor. »Ist dir in der letzten Zeit ein solcher Wagen bei euch im Quartier aufgefallen?«

»Nein.« Doch, der von Oliver Marti. Die Beschreibung passte nicht ganz zu seinem Wagen, kam dem aber nahe. Sei nicht ungerecht. Er hat Erste Hilfe geleistet.

»Hattest du in den letzten Tagen das Gefühl, es folge dir jemand oder du würdest beobachtet?«

Abermals verneinte Samantha. Kurz schweiften ihre Gedanken zu dem blonden Mann. Ihn zweimal gesehen zu haben lief nicht unter Verfolgen, oder? Zumal sie sich nicht sicher war, ob es sich jeweils um dieselbe Person gehandelt hatte. Blonde Männer gab es schließlich viele.

»Wirklich nicht?«, hakte Nussbaum nach. »Weder zu Hause noch bei Amry Cosmetics oder sonst wo?«

»Höchstens dieser blonde Mann im Schildareal, von dem ich dir erzählt habe.«

»Was ist mit Joel?«

»Das musst du ihn fragen.«

»Weiß er, was passiert ist? Er nimmt das Telefon nicht ab.«

Samantha wurde heiß. An ihn hatte sie in dem Trubel der Untersuchungen und im Schmerzmittelnebel nicht gedacht. »Er ist in Österreich an einer Messe.«

Es klopfte, und der Pfleger von vorhin streckte den Kopf zur Tür herein. »Ich möchte Sie bitten zu gehen. Frau Kälin braucht Ruhe.«

Nussbaum stand wortlos auf. Er beugte sich zu Samantha und drückte ihren Arm. »Bitte melde dich sofort, wenn etwas ist.«

»Mache ich.«

»Nicht so wie gestern, als Frau Nidegger bei dir war.«

»Was soll mir hier passieren? Und zur Not kann ich mit der Taschenlampe SOS morsen, da ich Blickkontakt zum Polizeiposten habe.« Samantha wies auf das Fenster.

»Samantha! Das ist kein Spiel.«

Samantha ließ sich zurücksinken, nachdem die Tür hinter den beiden Männern ins Schloss gefallen war. Es war anstrengend gewesen, sich locker zu geben und nicht zu zeigen, wie fest alles schmerzte, sie das Ganze psychisch mitnahm und wie stark Nussbaums Besuch sie ermüdet hatte.

Bevor sie es zulassen konnte, in einen hoffentlich schmerzfreien Schlaf zu sinken, musste sie Joel anrufen. Er sollte es von ihr und nicht von jemand anderem erfahren. Joel nahm nach dem zweiten Klingelzeichen ab. Im Hintergrund hörte Samantha Stimmen, die leiser wurden.

»Hast du Zeit?«, fragte sie.

»Nur kurz. Gleich habe ich ein Meeting.«

So knapp, wie es ging, schilderte Samantha, was geschehen war.

»Himmel«, stieß Joel hervor. »Zum Glück hast du keine schweren Verletzungen. Soll ich nach Hause kommen?«

»Joel, wir sind parat«, hörte Samantha einen Mann.

»Bin gleich da.«

»Du musst nicht heimkommen. Es ist alles gut.«

»Gut ist für mich etwas anderes. So langsam traue ich mich nicht mehr fort. Gefühlt jedes Mal, wenn ich weg bin, passiert etwas. Das letzte Mal war erst vergangenen Sommer.«

SECHZEHN

Simona hielt vor Samanthas Haus.

»Aussteigen!«, brüllte Nico von der Rückbank. Mit den Füßen trommelte er gegen den Vordersitz, und Samantha spürte jeden einzelnen Stoß im Rücken.

Samantha stieg aus und öffnete Nicos Tür. Mit einer Hand war es nicht einfach, den Gurt des zappeligen Buben zu lösen. Nicos Energie war unerschöpflich, und Samantha hatte sich wiederholt gefragt, wie so etwas möglich war.

Simona stellte den kleinen Rollkoffer auf den Boden und hob die schlafende Manuela mit der Babyschale heraus. Gemeinsam betraten sie das Haus. Nico rannte ins Wohnzimmer, und kurz darauf gab es einen Knall.

»Nico!« Simona stellte die Babyschale auf den Boden.

»Die Kiste ist rausgefallen«, kam es aus dem Wohnzimmer.

»Manchmal ist er die größte Katastrophe, die man sich denken kann.«

Samantha folgte Simona ins Wohnzimmer. Im Buffet hatten sie ein Fach mit Spielsachen eingerichtet, damit Nico beschäftigt war, wenn Simona und Maik zu Besuch waren. Diese Kiste lag nun auf dem Boden, und Bücher, Legosteine und Autos waren auf dem Boden verstreut. Nico war dabei, das Chaos zu vergrößern, indem er mit dem Fuß die Legos im Raum herumschoss. Eins schlidderte an der Grünpflanze vorbei und verschwand unter dem Sofa.

»Goal!«, brüllte Nico und führte einen Freudentanz auf, den Ronaldo nicht besser hinbekommen hätte.

»Stopp!« Simona hob ihn hoch und klemmte ihn unter dem Arm fest, während sie versuchte, die Spielsachen einzuräumen.

Nico wand sich. »Ich will spielen!«

»Zuerst gibt es Essen.«

»Lass es liegen«, sagte Samantha. »Das kann ich nachher machen.«

»Du bist krank.«

»Übertreib nicht. Die Sachen werde ich locker aufräumen können.«

Aus dem Entrée kam Babygeschrei. Simona stöhnte auf. »Überlege es dir gut, ob du jemals Kinder möchtest«, sagte sie und verschwand mit dem protestierenden Nico aus dem Zimmer.

Samantha legte sich auf den Bauch und fischte den Legostein unter dem Sofa hervor. Sie räumte die Sachen ein und stellte die Kiste zurück in den Schrank. Sie stand auf, als Nico hereingerannt kam. »Essen ist fertig!«

In der Küche saß Manuela in einem mobilen Kindersitz, den Simona an den Tisch geklemmt hatte. Sie stieß den Löffel mit Brei, den Simona ihr hinhielt, auf die Seite. Mit den Händen fuchtelte sie in der Luft herum und quengelte. Hartnäckig deutete sie auf die aufgeklappten Schachteln, die knapp außerhalb ihrer Reichweite waren. Nico kletterte auf einen Stuhl und kniete sich hin.

»Pizza!« Er nahm sich ein Stück und schob es in den Mund. Manuelas Protest wurde lauter.

»Setz dich«, seufzte Simona. Sie stellte die Essensbox mit dem Brei auf die Seite, drückte Manuela den Löffel in die Hand und stellte einen Plastikteller vor sie hin. Manuela klopfte mit dem Löffel dagegen, und das Quengeln hörte auf.

Die Erleichterung war Simona anzusehen, als sie sich nach hinten lehnte und die Haarsträhne, die sich aus ihrem Rossschwanz gelöst hatte, hinter das Ohr schob.

Samantha fiel auf, wie müde sie aussah, und bekam ein schlechtes Gewissen, weil Simona sie nach Hause gefahren hatte.

Am Vormittag hatte der Arzt verkündet, wenn Samantha wolle, müsse sie nicht bis am Wochenende im Spital bleiben und könne heim. Abermals hatte er betont, wie viel Glück sie gehabt hatte, nur mit diesen kleinen Blessuren davongekommen zu sein. Bedingung war, sich zu schonen.

»Ich kann den Bus nehmen«, hatte Samantha gesagt. Doch Simona hatte darauf bestanden.

»Wann kommt Joel nach Hause?«, fragte Simona und nahm ein Stück von der Pizza al prosciutto.

»Heute Abend. Oder besser in der Nacht. Er fährt nach dem Nachtessen los.« Nochmals schlug das schlechte Gewissen zu. Beim Abschlussessen heute Abend war seine Anwesenheit erforderlich. Ursprünglich hatte Joel eine weitere Nacht bleiben wollen, doch in Anbetracht der Umstände hatte er anders entschieden.

»Soll ich so lange bleiben?«

»Nein!« Das war ihr heftiger herausgerutscht, als sie wollte. »Eine gebrochene Hand ist nicht gleichbedeutend mit pflegebedürftig sein. Bis dahin komme ich locker allein zurecht«, sagte Samantha.

Das Telefon klingelte.

»Telefon!«, kam es prompt von Nico, und er machte Anstalten, vom Stuhl herunterzurutschen.

»Ich übernehme es«, sagte Samantha und eilte ins Wohnzimmer. Die Handynummer kannte sie nicht. Trotzdem nahm sie das Gespräch entgegen. Niemand meldete sich. Das Rauschen von Verkehr im Hintergrund und Atmen waren zu hören. Samantha blieb starr stehen und lauschte. Es klickte. Langsam ließ Samantha die Hand mit dem Telefonhörer sinken.

»Wer war dran?«

»Niemand. Ich meine, es hat sich keiner gemeldet.«

Simona nahm Samantha das Telefon ab. »Eine Mobilnummer.«

Sie holte ihr Handy hervor und drückte auf dem Display herum. »Im Telefonbuch ist sie nicht eingetragen, was mich gewundert hätte.« Sie nahm Samanthas Telefon, rief ein weiteres Mal die Anruferliste auf und drückte auf die grüne Telefontaste.

Samantha zuckte zusammen, als aus dem Lautsprecher das Freizeichen ertönte. »Was machst du?«

»Zurückrufen.«

»Aber …«

»Omar Demir«, kam eine tiefe Männerstimme aus dem Telefon.

»Sie haben bei uns angerufen«, sagte Simona, ohne ihren Namen zu nennen.

»Ich bei Ihnen? Das kann nicht sein. Wer ist überhaupt dran?«

»Vor nicht einmal einer Minute war es, als Sie hier angerufen haben.«

»Oh, das. Entschuldigung. Ich hatte mich verwählt.«

»Kein Problem.« Simona beendete das Gespräch.

»Du hast Nerven«, sagte Samantha.

»Wie willst du sonst herausfinden, was los ist? Kennst du einen Omar Demir?«

»Nein.«

Simona rief auf ihrem Handy das Onlinetelefonbuch auf und gab den Namen in die Suchmaske ein. »Es gibt einen Omar Demir in Liestal. Er hat ein Dönerrestaurant mit Lieferdienst. Allerdings steht dort nur eine Festnetznummer. Falls dieser der gleiche Omar Demir ist, der dich mit seinem Handy angerufen hat, hat er sich vielleicht tatsächlich verwählt, als er einen Kunden kontaktieren wollte. – Verflixt, so spät. Ich habe einen Termin und sollte los.«

Simona drückte Samantha den Telefonhörer in die Hand und eilte aus dem Wohnzimmer.

Verwirrt schaute Samantha ihr nach. Was für einen Termin? Eben hatte sie noch angeboten zu bleiben, bis Joel nach Hause kam.

Aus dem Entrée hörte Samantha Nico protestieren, als Simona ihn aufforderte, die Schuhe anzuziehen.

Samantha begleitete die drei zu Simonas Wagen. »Vielen Dank fürs Abholen und die Pizza.«

»Das ist Ehrensache.« Simona umarmte Samantha. »Wenn du etwas brauchst, melde dich ungeniert.«

Nachdem sie abgefahren waren, fuhr ein schwarzer Wagen an ihrer Einfahrt vorbei und hielt vor Daniel Brauns Garage.

Schwarzer Wagen …

Ein Film lief vor Samanthas innerem Auge ab. Sie sah sich die Seltisbergerstraße hinunterfahren und wie sie sich umgedreht hatte. Der Wagen ähnelte Olivers und dem, der sie gerammt hatte.

Daniel Braun stieg aus und hob grüßend die Hand, bevor er in seinem Haus verschwand. Richtig, die beiden fuhren die gleiche Marke. Daniels Wagen war nur drei oder vier Jahre älter.

Daniel Braun … Er hatte als Zeuge ausgesagt und behauptet, einen solchen Wagen in der Straße gesehen zu haben. Seine Beschreibung war vage gewesen, und er hatte keine Angaben zum Modell und Kennzeichen gemacht.

Du musst Nussbaum verständigen.

Das würde nichts bringen. Als Grund reichte es nicht aus, dass Daniel Braun einen ähnlichen Wagen fuhr. Helga Fischer würde seinen Wagen identifizieren können. Ebenso Oliver.

Samantha wurde zunehmend unbehaglich zumute.

Ihr Blick blieb an Anninas und Florins Haus hängen. War dort nicht gerade jemand um die Hausecke verschwunden? Du entwickelst Neurosen und siehst Dinge, die nicht da sind.

Trotzdem konnte sie nichts dagegen unternehmen und fühlte sich ausgeliefert. Samantha rannte ins Haus. Sie schlug die Haustür zu und drehte den Schlüssel zweimal um.

SIEBZEHN

Samantha erwachte und war sofort hellwach. Sie lauschte. Alles war ruhig. Ihre Nerven waren angespannt wie die Sehne eines Bogens kurz vor dem Abschuss.

Da ist nichts. Du leidest an Verfolgungswahn.

Samantha atmete tief ein und aus. Die Anspannung blieb.

Hör auf damit. Du hast mehrmals kontrolliert, ob Fenster und Türen geschlossen sind.

Joel. Sie tastete neben sich. Die andere Hälfte vom Bett war leer. Samantha stand auf und ging ins Badezimmer. Sie öffnete das Dachfenster und beugte sich nach vorne. Kein Auto stand vor der Garage. Joel war definitiv noch nicht zu Hause. Wie spät war es? Samantha kehrte zum Bett zurück und suchte den Wecker auf dem Nachttischchen. Sie streifte etwas Hartes, Viereckiges. Es gab einen Knall, und auf dem Boden leuchtete das Display des Weckers auf.

Leise fluchend hob Samantha ihn auf und erschrak. So spät oder besser so früh? Joel hatte Bescheid gegeben, bevor er abfuhr. Er hatte das Dessert ausgelassen. Alle hatten Verständnis gezeigt. Er werde kurz nach Mitternacht zu Hause sein, hatte er gesagt. Samantha solle nicht auf ihn warten und sich hinlegen. Nun war es bald zwei Uhr.

Die Unruhe nahm zu. Es musste etwas passiert sein. Das Handy lag unten im Wohnzimmer. Samantha schlug die Decke zurück, als es ein Rumpeln gab. Sie verharrte mitten in der Bewegung. Das war von unten gekommen. Es war jemand im Haus.

Raus hier!

Das war einfacher gesagt als getan. Ihr Schlafzimmer befand sich unter dem Dach. Hier gab nur diesen Raum und das Badezimmer. Sie konnte sich im Kleiderschrank verstecken oder unter das Bett kriechen. Schlechte Idee. Falls der Eindringling nach ihr suchte, würde er dort nachschauen.

Wenn er die Treppe nach oben kam, saß sie in der Falle. Dem musste sie zuvorkommen. Im ersten Stock waren Arbeitszimmer, ein weiteres Badezimmer und zwei Räume, die sie momentan nicht nutzten. Sie boten ebenfalls keine Gelegenheit zum Verstecken. Ihre einzige Option, unentdeckt zu bleiben, war, unbemerkt ins Erdgeschoss zu gelangen und durch die Tür nach draußen zu flüchten. Die Chance, dass dies funktionierte, lag bei null. Dennoch hatte sie keine andere Wahl.

Samantha stand auf und schlich Richtung Treppe. Sie spähte nach unten. Dunkelheit. Nur die Vierecke der Fenster, durch die Licht von draußen drang, hoben sich hell ab. Samantha huschte nach unten.

Das Knarren der Holzstufen ließ sie innehalten. Schritte. Vorsichtig, als wollte die Person keinen Lärm machen. Jemand war auf dem Weg nach oben.

Die Panik steigerte sich weiter. Du schaffst es nicht nach unten. Versteck dich. Im Schrank, krieche unter das Bett. Vielleicht hast du Glück, und er schaut nicht nach, wenn er dich nicht findet.

Samantha war unfähig, sich zu bewegen. Nun erkannte sie die Silhouette einer Person, die sich der Treppe näherte, die zu ihrem Schlafzimmer führte. Samantha wich zurück und stolperte. Sie fiel nach hinten und versuchte mit beiden Händen, den Sturz abzufangen. Ein Schmerz schoss durch ihre verletzte Hand, und sie schrie auf. Das Licht wurde eingeschaltet und blendete sie. Unten vor der Treppe stand ein Mann. Samantha schrie ein weiteres Mal. Jetzt war alles aus.

***

Samantha unterdrückte ein Gähnen und betrat die Küche. Duft von Kaffee schlug ihr entgegen.

»Ausgeschlafen?«, fragte Joel und reichte ihr eine Tasse.

»Nein.«

»Du musst nicht so früh aufstehen. Besonders nach dem Schrecken der vergangenen Nacht.«

Nachdem er das Licht eingeschaltet hatte, war Joel zu ihr hochgerannt. »Mensch, Sammy. Was schleichst du hier im Dunkeln herum?«

Das Gleiche hatte sie ihn gefragt.

»Ich wollte dich nicht wecken«, war seine Antwort gewesen. Er hatte sein Auto nicht wie sonst direkt vor der Garage, sondern neben der Haustür hingestellt. So hatte Samantha es vom Badezimmerfenster nicht sehen können.

»Du bist schon wach?«, fragte sie.

»Ich konnte nicht mehr schlafen.«

Samantha setzte sich an den Küchentisch, den Joel gedeckt hatte, als ihr Handy klingelte, das auf der Küchenanrichte lag. Auf dem Display stand Nussbaums Name.

»Wie geht es dir?«, fragte er.

»Ganz gut.«

»Wo bist du?«

»Zu Hause.«

»Mir gefällt es nicht, dich allein zu wissen.«

»Ich bin nicht allein. Joel ist heute Nacht zurückgekommen.«

Schweigen setzte ein, das Samantha nicht lange aushielt. »Gibt es Neuigkeiten zu dem Auto, das mich gerammt hat?«

»Leider nicht. Bis auf Oliver Marti war zu diesem Zeitpunkt keiner in der Nähe. Anderen Verkehrsteilnehmern, die im Anschluss auf der Seltisbergerstraße unterwegs waren, ist kein Fahrzeug aufgefallen, das durch einen auffälligen Fahrstil auf sich aufmerksam gemacht hätte.«

Samantha dachte an Daniel Brauns Wagen und war hin- und hergerissen. Schwarze Autos gab es viele, und sie wollte keinen unnötig verdächtigen. Daniel Braun hatte zudem keinen Grund. Sie pflegten ein angenehmes Nachbarschaftsverhältnis, und er hatte mit keinem aus ihrer Straße Probleme.

»Ich gehe davon aus, Joel bleibt die ganze Zeit bei dir.«

»Ja, wieso?«

»Ich möchte dich nicht allein wissen«, wiederholte Nussbaum.

»Ich gehe nirgendwohin.«

»Okay.« Nussbaum verabschiedete sich und beendete das Gespräch.

Verdutzt schaute Samantha ihr Handy an. Sie war sich nicht im Klaren, ob sie seine Sorge um sie schätzte.

Das Handy klingelte erneut. Dieses Mal war es Simona, die sich erkundigte, wie es ihr ging. Ärger stieg in Samantha auf. Sie war kein kleines Kind, auf das aufgepasst werden musste.

»Übrigens«, fuhr Simona fort. »Ich weiß, ich sollte es dir nicht sagen, und ich selbst sollte es nicht wissen. Bitte frage mich daher nicht nach meinen Quellen. Die Konzentration der K.-o.-Tropfen in Florin Nideggers Blut war hoch, und es sind die gleichen Substanzen wie bei den anderen Proben.«

»Du willst damit sagen, die Morde gehören definitiv zusammen? Jemand hat ihn damit betäubt?«

»Ich würde es als bewusstes Handlungsunfähigmachen bezeichnen. Der Täter oder die Täterin hat die Tat kaltblütig geplant. Er wurde regelrecht ausgeknockt.«

»Wie hoch heißt hoch?«

»Damit hättest du einen Elefanten umhauen können. Er muss also bewusstlos gewesen sein, als auf ihn mehrfach eingestochen wurde. Das erklärt, wieso man keine Abwehrverletzungen gefunden hat. Beinahe jeder einzelne Stich war tödlich.«

Samanthas Hand umklammerte ihr Handy.

»Das Ganze ist nicht nur brutal, sondern auch äußerst feige. Gemäß den Theorien muss eine große Portion Hass im Spiel gewesen sein.«

»Wieso musste er zuerst betäubt werden?«

»Der Täter wollte ein Zeichen setzen. Das ist die eine Theorie. Eine andere Erklärung ist, die Person, die ihn getötet hat, war Florin Nidegger kräftemäßig unterlegen und musste ihn handlungs- oder besser wehrunfähig machen, bevor sie das Vorhaben in die Tat umsetzen konnte.«

»Ein solch brutales Vorgehen passt nicht zu einer Frau, falls du auf Annina anspielst.«

»Frau Nidegger hat einen Grund, sauer zu sein.«

»Aber gerade so?«

»Beziehungsdelikte haben Potenzial, brutal zu sein. Annina und Giulia stehen weiterhin unter Tatverdacht. Nach wie vor weiß keiner, wo sich die beiden aufhalten. Ich habe gehört, Annina war am Vorabend deines Unfalls bei dir.«

»Sie hat mich nicht bedroht.«

»Sie hat dich niedergeschlagen und ist damit einen Schritt zu weit gegangen.«

Die gesamte Information musste Simona von Nussbaum haben. Die beiden waren befreundet, und es war nicht das erste Mal, dass Simona plötzlich über Ermittlungsdetails Bescheid wusste. Samantha war sich sicher, die Information zur Todesursache stammte von ihm. Wieso hatte er es ihr nicht selbst gesagt, als sie miteinander gesprochen hatten?

Laufende Ermittlungen. Aber Simona war im Moment nicht im Polizeidienst und wie Samantha Zivilistin.

»Sie hat sich mehrfach entschuldigt und mir nichts Weiteres angetan, als sie die Gelegenheit dazu hatte.«

»Bitte pass auf dich auf, solange die beiden Frauen frei herumlaufen.«

»Giulia war an dem Abend nicht dabei.«

»Du hast Jan erzählt, die beiden halten sich anscheinend am gleichen Ort auf oder wissen zumindest, wo die andere ist. Es ist nicht bekannt, was ihre Rolle in dem Ganzen ist. Ich weiß, ich wiederhole mich, bitte sei vorsichtig. Lasse niemanden ins Haus und gehe nirgends allein hin.«

ACHTZEHN

Samantha lief ins Wohnzimmer und nahm das Telefon ab.

»Wie geht es dir?«, fragte Jasmin.

»Ganz gut.« Samantha setzte sich auf das Sofa und legte die Füße auf das Salontischchen. »Langsam fällt mir die Decke auf den Kopf.«

»Nach einem Tag?«, fragte Jasmin.

»Nach vier, den heutigen Montag eingerechnet.«

»Das Wochenende zählt nicht.«

Und ob es das tat. Samantha hätte nie gedacht, wie einschränkend es war, nur eine funktionstüchtige Hand zu haben.

»Leg die Füße hoch und genieße es, wenn für dich gesorgt wird«, hatte Joel gesagt, als er den Tisch gedeckt und das Essen zubereitet hatte.

»Ich fände es cool, nichts tun zu müssen und endlich Zeit zum Lesen zu haben«, sagte Jasmin.

»Das stimmt«, musste Samantha einräumen. »Es wird trotzdem auf die Dauer langweilig.«

»Wie lange bist du krankgeschrieben?«

»Drei Wochen, was ich übertrieben finde. Ich kann einhändig tippen. Hinzu kommt, ich sitze fest. Außer Spazierengehen kann ich nichts machen. Meine mühsam erkämpfte Kondition ist hin.«

»Wieso sitzt du fest?«

»Ich darf nicht Auto fahren, und mein Velo kann ich nur noch als verbogene moderne Skulptur in den Garten stellen. Okay, es gibt in regelmäßigen Abständen einen Bus. Trotzdem ist es umständlich.«

»Velo fahren darfst du?« Jasmin klang skeptisch.

»Der Arzt hat es mir nicht verboten.«

»Hast du ihn gefragt?«

»Ich hatte keinen Grund, das zu tun.«

»Typisch Samantha.« Jasmin lachte. »Du kannst mein Velo –

ein Mountainbike – haben, wenn du dich unbedingt sportlich betätigen möchtest. Aber ich weiß nicht, wie schlau das ist. Wie soll es mit dem Bremsen funktionieren?«

»Mit der rechten Hand kann ich gut bremsen. Brauchst du es nicht?«

»Seitdem ich im Stedtli wohne, bin ich vorwiegend zu Fuß unterwegs, und es verstaubt im Keller. Gleich mache ich Mittagspause und hole es. Komm am Nachmittag vorbei. Wir freuen uns über deinen Besuch. Du kannst es bei dieser Gelegenheit mitnehmen.«

»Du bist ein Engel.«

Beschwingt stand Samantha auf. Sie kochte Penne alle cinque Pi. Heute machte es ihr nichts aus, kochtechnisch eingeschränkt zu sein und nur etwas Einfaches zubereiten zu können.

Als Samantha sich auf den Weg zur Bushaltestelle machte, bog ein silberner Opel in die Straße. Er hielt einige Meter von Samantha entfernt am Straßenrand an. Der Fahrer hielt sich das Handy ans Ohr und nickte Samantha zu, als sie an ihm vorbeilief.

Samantha stieg am Bahnhof aus dem Bus und machte sich zu Fuß zum Schildareal auf. Kurz vor dem Polizeiposten Gutsmatte blieb sie stehen. Hoffentlich kam Nussbaum nicht gerade raus. Sie ließ mehrere Autos passieren, bevor sie die Straße überquerte. Du verhältst dich lächerlich, dachte sie und setzte ihren Weg fort.

Es war angenehm mild, und die Wolken vom Vormittag hatten sich verzogen. Frühling pur. Samantha genoss den Spaziergang. Unweit des Gebäudes, in dem sich die Räumlichkeiten von Amry Cosmetics befand, parkte ein weißer Van ohne Aufschrift. Zwei Männer stiegen aus, als Samantha sich näherte, und kamen auf sie zu.

Ein dritter Mann näherte sich von der Seite. Unbehagen verdrängte die Entspannung. Samantha blieb stehen.

»Entschuldigung«, sagte der Mann, »hier auf dem Areal soll es einen Coiffeur haben.«

»Einen … Ja, genau.« Während Samantha ihm den Weg erklärte, gingen die beiden anderen Männer an ihr vorüber und bogen an der Rheinstraße links Richtung Stedtli ab.

Der Mann bedankte sich und verabschiedete sich.

Siehst du, nicht alles bedeutet automatisch Gefahr.

Dominik kam die Treppe herunter, als Samantha das Haus betrat. »Samantha!«, rief er erfreut. »Jasmin hat angekündigt, dass du kommst und unseren tristen Arbeitsalltag aufhellst.«

***

Samantha hielt an und stieg vom Mountainbike. Einarmiges Velofahren war nicht einfach, besonders wenn es bergauf ging.

Fest nahm sie sich vor, jeden Tag einen Veloausflug zu unternehmen. Ob sie das in die Tat umsetzte, würde sich zeigen.

Ihr Besuch bei Amry war länger als geplant gegangen. Sie hatte es sich am Nachmittag nicht nehmen lassen, das Nötigste von dem zu erledigen, das liegen geblieben war. Schnell hatte sie gemerkt, dass es sehr wohl Sinn ergab, drei Wochen krankgeschrieben zu sein. Einarmiges Arbeiten erwies sich als mühsam. Bevor Samantha am späten Nachmittag aufbrechen wollte, hatten Christian, Jasmin und Dominik die Idee gehabt, gemeinsam essen zu gehen. Samantha hatte eingewilligt, weil Joel heute erst später nach Hause kommen würde, da er wegen der Zeitverschiebung noch eine Videokonferenz mit dem amerikanischen Mutterkonzern hatte.

Der Abend war schön gewesen, und es hatte gutgetan, unter Leuten zu sein.

Nachdem Samantha Atem geschöpft hatte, stieß sie das Mountainbike die Straße entlang. Sie ging über die Brücke, die über die Bahnlinie führte. Sobald die Straße bergauf führte, wurde es schwieriger. Das Velo mit nur einer Hand zu schieben war nicht leicht.

Wie sollte sie das bloß durchstehen, wenn derart einfache Dinge zur Herausforderung wurden? Sogar wenn sie den Gips loswurde, würde die Hand nicht sofort voll einsatzfähig sein, hatte der Arzt ihr erklärt. Sie müsse Geduld haben, hatten Jasmin und Christian gesagt, als sie sich beim Nachtessen abgemüht hatte. Geduld gehörte definitiv nicht zu ihren Stärken.

Inzwischen war es fast dunkel. Ein Van und ein Personenwagen fuhren an ihr vorbei. Das Licht eines entgegenkommenden Wagens blendete sie. Samantha erreichte die Straße, in der sie wohnte, und war erleichtert, als sie in ihre Einfahrt einbog. Als sie das Velo zur Garage schob, klingelte ihr Handy.

Es dauerte einige Sekunden, bis Samantha es hervorgekramt hatte. Erstaunt schaute sie auf das Display. Ihre indische Schwester Ranjana versuchte sie telefonisch über WhatsApp zu erreichen? Samantha wurde heiß. Heute hatten sie zu ihrem wöchentlichen Skype-Treffen abgemacht. Das hatte sie völlig vergessen. Wie spät war es in Indien? Agra war dreieinhalb Stunden voraus. Das hieß, es war nach Mitternacht.

Mit einem schlechten Gewissen nahm Samantha das Gespräch entgegen.

»Anshana!« Obwohl Ranjana wusste, dass Samantha den Namen gebrauchte, den ihr ihre Adoptiveltern gegeben hatten, nannte sie Samantha bei ihrem indischen Namen.

Samantha ließ es gerne zu. Es vermittelte Nähe. Nähe zu ihrer leiblichen Familie, von der sie noch längst nicht alle kennengelernt hatte. Nähe zu dem Ort, wo sie ihre Wurzeln hatte, der ihr aber ebenso fremd war. Sie war froh, in der Schweiz und nicht in Indien leben zu dürfen. Trotzdem hätte sie gerne ihre Familie in der Nähe gehabt. Besonders ihre Schwester, zu der sie eine tiefe Beziehung aufgebaut hatte.

»Gut, erreiche ich dich.« Ranjana klang atemlos. Obwohl Samantha ihren stakkatoartigen englischen Akzent inzwischen gewohnt war, hatte sie Mühe, Ranjana zu verstehen. »Ich hoffe, ich störe nicht.«

»Nein. Ich bin gerade zu Hause vorgefahren und habe total vergessen, dass wir vor zwei Stunden –«

»Es tut mir leid, dass ich mich erst jetzt melde«, unterbrach Ranjana Samantha. »Hier ist die Hölle los.«

»Ist was Schlimmes passiert?«

»Ja. Nein. Ich muss zu unserem Bruder. Seine Frau hatte einen Unfall, und ich muss mich um die Kinder kümmern, damit er zu ihr ins Spital fahren kann.«

»Ein schlimmer Unfall?«

»Was genau passiert ist, weiß ich nicht. Soweit Harjit mir erzählen konnte, hat Najla nur Schürfwunden abbekommen, aber sie wird im Spital bleiben müssen.«

Samantha atmete auf. Sie mochte Najla, ihre Schwägerin. Sie war Samantha bei ihren Besuchen in Indien stets herzlich begegnet. Im Gegensatz zu Harjit. Er hatte etwas gegen Samanthas westlichen Lebensstil und ihre Ansichten. Genauso konnte er sich nicht damit abfinden, dass Samantha einen westlichen Freund hatte, mit dem sie obendrein unverheiratet zusammenlebte. Ein No-Go in Indien. Seine abweisende Haltung ihr gegenüber hatte sich bisher nicht gelegt. Zu einem entspannten Verhältnis trug nicht bei, dass er versucht hatte, einen indischen Mann für Samantha zu finden. Als Samantha und Joel das letzte Mal in Indien waren, hatte er ihn ihr vorgestellt. In Gegenwart von Joel.

Samantha klemmte das Handy zwischen Ohr und Schulter und schob mit der rechten Hand das Velo an ihrem Smart vorbei. Im Schein des Lichts der Straßenlaterne erkannte sie das offene Garagentor. Am Morgen war Joel knapp dran gewesen und hatte es offen gelassen. Anscheinend war er noch nicht zu Hause. So lange war die Konferenz nicht geplant gewesen.

»Daher habe ich unseren Videocall völlig verschwitzt«, sagte Ranjana.

»Das ist kein Problem«, erwiderte Samantha und ging zum Haus. »Wir können ihn nachholen.« Sie stutzte und blieb stehen. Hatte sich im oberen Stock der Vorhang bewegt? Samanthas Blick wechselte zwischen dem Fenster und der Garage hin und her. War Joel doch zu Hause? Wieso stand sein Wagen nicht da? Warum brannte im Haus kein Licht? Und wieso hatte sich das Licht an der Garage und vor der Haustür nicht eingeschaltet, als Samantha in den Radius des Bewegungsmelders gekommen war?

»Anshana?«

»Was?« Samantha realisierte, dass Ranjana weitergesprochen hatte. »Entschuldige, was hast du gesagt?«

»Wie wäre es mit morgen Abend?«

»Das sollte passen«, antwortete Samantha und fixierte das Fenster. Sie meinte, einen Schemen auszumachen. Weg hier, dachte sie.

Reifen quietschten hinter ihr, und Samantha fuhr herum. Ein weißer Van hielt vor ihrer Einfahrt. So einen ähnlichen hatte sie heute schon einmal gesehen – vor dem Gebäude von Amry Cosmetics. Und vorhin war so einer an ihr vorbeigefahren. Die Fahrer- und die Seitentür wurden aufgerissen, und zwei vermummte Männer sprangen heraus. Sie liefen auf Samantha zu.

Renn weg. Bevor ihre Beine der Aufforderung nachkamen, hatten die Männer sie erreicht. Sie packten Samantha und zerrten sie zum Wagen.

Sie wand sich, schlug und trat um sich.

»Verdammte Hexe!«

Samantha verpasste dem Mann eine Ohrfeige, aber er hielt sie weiterhin fest.

»Pack mit an und steh nicht so rum, du Idiot!«

»Ich versuche es ja.«

Samantha kratzte mit der rechten Hand über das Gesicht des Größeren. Die Maske verrutschte ein Stück, aber es war zu dunkel, um ihn zu erkennen. Der Griff lockerte sich, und Samantha schaffte es, sich loszureißen. Sie rannte zum Garten.

Falsche Richtung, dachte sie, als ihr der eine Mann folgte und der andere von der anderen Seite auf sie zukam. Sie schrie, aber mehr als ein atemloses Krächzen kam ihr nicht über die Lippen. Samantha rannte über die Wiese und schlüpfte an dem Mann vorbei. Er hechtete auf sie zu und grätschte zwischen ihre Beine. Samantha strauchelte und fiel zu Boden. Genau auf ihre eingegipste Hand. Ein Schmerz schoss ihren Arm hoch direkt ins Gehirn. Der zweite Mann warf sich auf sie.

»Coole Aktion!«

»Manchmal ist es nützlich, wenn man Fußball spielt.«

Ein feuchter Stoff wurde auf ihre Nase und den Mund gepresst. Es stank bestialisch. Samantha hielt die Luft an und wand sich weiter. Ein neuer Schmerz in ihrer gebrochenen Hand. Ein Schlag traf sie gegen den Kopf. Samantha schrie erneut auf und holte Luft. Die Nase und die Luftröhre brannten. Finsternis schlug über ihr zusammen.

NEUNZEHN

Langsam kam Samantha zu sich. Es war kalt und feucht. Der Kopf pochte, als würde er mit einem Presslufthammer bearbeitet werden. Der Boden unter ihr schwankte, als befände sie sich auf einem Schiff, das sich durch einen Sturm kämpfte. Samantha wurde schlecht. Sie meinte, sich übergeben zu müssen.

Um sie herum war es stockfinster. Das stimmte nicht ganz. Samantha drehte den Kopf nach rechts. Der Kopf quittierte die Bewegung mit einem Dröhnen. Es war, als würde die gesamte Hirnmasse hin- und herschwappen. Nachdem der Schmerz nachgelassen hatte, öffnete Samantha die Augen. Auf der gegenüberliegenden Seite erkannte sie einen schmalen hellen Streifen. Es dauerte eine Weile, bis sie begriff, dass es Licht war, das unter einer Tür hindurchschimmerte.

Samantha lag auf dem Rücken. Die Position war unbequem, und sie versuchte sich zu drehen, was nicht funktionierte. Abermals probierte sie sich abzustützen und realisierte die gefesselten Beine und die vor dem Bauch zusammengebundenen Hände. Die gebrochene Hand pochte schmerzhaft.

Samantha schaute zum Lichtstreifen. Sie konnte nicht mehr erkennen. Ihr gelang es, sich auf die Seite zu drehen. Sie streckte die gefesselten Hände aus und fuhr mit dem rechten Handrücken über den Boden. Eine glatte Oberfläche, die durch gerade Linien unterbrochen wurde – Plättli. Als Nächstes nahm sie ein gleichmäßiges Geräusch wahr. Ein Tropfen. Wie das eines Wasserhahns. Sie streckte die Beine und stieß mit den Füßen gegen eine glatte Oberfläche. Kälte drang durch ihre Fußsohlen. Fußsohlen … Sie hatte weder Schuhe noch Socken an. Samantha drehte sich auf den Rücken zurück und ignorierte die aufsteigende Übelkeit. Sie hob die Beine an. Mit den Zehen stieß sie gegen einen Plastikdeckel, der sich hob. Ein WC. Sie musste in einem Badezimmer sein.

Samantha ließ die Beine sinken. Langsam drang in ihr Bewusstsein, was geschehen war. Ranjanas Anruf, die Person in ihrem Haus, der Van, die beiden Vermummten … Und danach? Samantha hatte keine Ahnung. Wer waren diese Männer?

Ihre Gedanken kehrten zu ihrem Haus zurück. Es musste jemand am Fenster gewesen sein. Hatte er dort drin auf sie gewartet? Wieso rief er seine Kollegen, damit sie mit dem Van vorfuhren und sie draußen entführten? Samantha hätte an ihrer Stelle gewartet, bis sie das Haus betreten hatte. Immerhin bestand die Gefahr, dass während der Entführung jemand vorbeikam. Hatte er daher drinnen gewartet, weil er so vom Arbeitszimmerfenster aus unauffällig die Einfahrt beobachten konnte? Das alles ergab keinen Sinn. Jederzeit konnte Joel nach Hause kommen. Und zwar vor ihr.

Das Nachdenken strengte an, besonders mit diesem Hin- und Herschwappen der Gehirnmasse.

Es konnte nicht sein, dass keiner etwas von der Aktion mitbekommen hatte. Es war dunkel, trotzdem musste der Van vor ihrer Einfahrt auffallen. Spätestens Daniel hätte etwas merken müssen, als sie in den Garten rannte und schrie. Seine Terrasse ging auf ihre Seite. Vage erinnerte Samantha sich an das unbeleuchtete Wohnzimmerfenster. Das galt auch für das übrige Haus. Die Brauns waren nicht da gewesen.

Dieser Van. Es war der gleiche, den sie auf dem Schildareal gesehen hatte. Es war ihr zweiter Versuch gewesen. Sie sah die Männer im Schildareal auf sich zukommen. Dort hatten sie keine Masken getragen. Einer war braunhaarig, der andere blond gewesen. Die Gesichter verschwammen vor ihrem inneren Auge. Keine Chance auf eine präzise Erinnerung. Hatten die beiden sie am helllichten Tag entführen wollen? Der Mann, der nach dem Coiffeur gefragt hatte, war ihnen dazwischengekommen.

Im Schildareal war es riskanter als am späteren Abend vor ihrem Haus. Wieso wussten sie, wo Samantha anzutreffen war? Sie war beobachtet worden – jeder ihrer Schritte.

Das Klingeln eines Handys riss Samantha aus den Gedanken.

»Ja, wir haben sie«, sagte eine Männerstimme auf der anderen Seite der Tür. »Du hattest recht, dass sie dort ist. Alles lief glatt. Keiner hat uns gesehen.«

Schritte, die sich von der Tür entfernten. Samantha konnte nur noch Murmeln verstehen.

Die Zunge klebte an Samanthas Gaumen. Sie fühlte sich doppelt so dick an, und Samantha hatte Durst. Die Übelkeit hatte zum Glück nachgelassen, aber der Kopf pochte nach wie vor. Wie viel Zeit vergangen war, seit sie den Mann gehört hatte, konnte sie nicht sagen.

Wo war sie? Es war zu dunkel, um etwas im Badezimmer zu sehen.

Sie hatte überlegt, ob sie die Stimme kannte, war jedoch zu keinem Schluss gekommen. Der Mann hatte Baselbieter Dialekt gesprochen, und es hatte wie bei einem der Entführer geklungen. Ihre Entführung musste mit Biancas und Florins Tod zusammenhängen. Aber es passte nicht. Mehr Sinn hätte ergeben, sie mit K.-o.-Tropfen ruhigzustellen, um … Das war nicht möglich gewesen, da sie sich gewehrt hatte. Wieso hatten die Entführer sich ihrer nicht entledigt, nachdem sie sie in ihrer Gewalt hatten? Samanthas Puls schoss in die Höhe. Was nicht ist, kann noch werden.

Sie wusste nicht, wo Florin kurz vor seinem Tod gewesen war. Er konnte zuerst entführt und später getötet worden sein.

Gerate nicht in Panik, sonst kannst du nicht nachdenken. Du musst deine Sinne beieinanderhalten.

Ihr rechter Arm kribbelte. Vorsichtig drehte Samantha sich über den Rücken auf die andere Seite, froh darum, dass die Hände vorne und nicht am Rücken gefesselt waren. So konnte sie ihre Lage in regelmäßigen Abständen ändern. Außerdem belastete sie nicht ihre gebrochene Hand mit ihrem Gewicht.

Sie starrte auf die Tür. Vor einiger Zeit war auf der anderen Seite das Licht ausgeschaltet worden. Die endgültige Finsternis setzte Samantha zu. Bis auf den tropfenden Wasserhahn war nichts zu hören. Das Geräusch zehrte an ihren Nerven und wurde unerträglich. Die Dunkelheit wurde zu einer Leinwand, auf der Bilder auftauchten. Die tote Bianca. Das Bild änderte sich, und Samantha sah sich an ihrer Stelle auf dem Boden liegen. Samantha drehte den Kopf hin und her und ignorierte das Pochen im Kopf. Das Bild verblasste und kehrte zu ihrer Erleichterung nicht zurück. Aber etwas war anders. Samantha brauchte einige Sekunden, bis sie begriff, was.

Unter der Tür schimmerte es hell, aber es leuchtete nicht so wie vorhin. Nach und nach wurde es heller. Samantha sah einzelne Schemen – den eines Lavabos und den eines WCs. Verwundert schaute Samantha sich um. Über dem WC erkannte sie ein kleines Quadrat. Ein Fenster! Es war einflügelig und musste einen halben Meter hoch und ungefähr gleich breit sein. Vor dem Fenster erkannte sie einen Baum. Die Morgendämmerung hatte eingesetzt.

Sie betrachtete den Raum. Hier war sie nie gewesen. Das Bad maß ungefähr zwei auf drei Meter. Samantha lag schräg vor dem WC. Oberhalb ihres Kopfes befand sich das Lavabo, und ihre Füße zeigten in Richtung einer Dusche mit einem blauen Vorhang, der auf die Seite geschoben war. In regelmäßigen Abständen fiel ein Wassertropfen von der Duschbrause. Gegenüber dem WC war eine Metallstange an der Wand angebracht, an der ein blaues Badetuch hing.

Die Plättli am Boden waren wie die an der Wand weiß. Über dem Lavabo hing ein Spiegelschrank. Quer über die Spiegelfläche verlief ein Riss. Der Heizkörper gab ein Gurgeln von sich, danach war es bis auf das regelmäßige Tropfen still.

Samantha schaute zum Fenster zurück. Inzwischen war es hell genug, und sie konnte zwischen den unbelaubten Ästen den Himmel erkennen. Er war grau.

Samantha hob ihre Hände und betrachtete den Kabelbinder an ihren Handgelenken. Fest schnitt er in die Haut der rechten Hand. Sie zerrte an der Hand, in der Hoffnung, sie mit Hilfe der glatten Oberfläche des Gipses befreien zu können. Es klappte nicht.

Mit dem Ellenbogen stützte sie sich hoch. Nach mehreren

Anläufen schaffte sie es, sich aufrecht hinzusetzen. Samantha lehnte sich gegen das WC und wartete, bis der Schwindel abebbte.

Das Badezimmer schien benutzt zu werden. Das hieß, im Spiegelschrank konnten sich Toilettenartikel befinden. Werkzeug, um den Kabelbinder loszuwerden. Samantha versuchte sich aufzurichten, musste sich aber sogleich zurücksinken lassen, da es sich in ihrem Kopf abermals zu drehen anfing.

Stimmen ließen Samantha aufhorchen. Schritte näherten sich.

»… Vorkommnisse?«, fragte ein Mann.

»Nein. Sie war die ganze Nacht still.« Das war der Mann, der in der Nacht telefoniert hatte.

»Das passt nicht zu ihr.« Der zweite Mann sprach einen abgehackten Mix aus Schweizer- und Hochdeutsch.

»Ich vermute, sie war vom Chloroform benommen.«

Die Tür öffnete sich, und das Licht wurde eingeschaltet. Der Spot war direkt auf sie gerichtet, und sie musste die Augen zusammenpressen.

»Wer ist das?«

»Fatima.«

»Nein, du Idiot!«

Samantha blinzelte. Vor ihr standen zwei Männer, die um die dreißig sein mussten. Der eine hatte dunkle Haare, einen gebräunten Teint und trug einen Vollbart. Seine fast schwarzen Augen waren auf sie gerichtet und schienen sie zu durchbohren. Der zweite Mann war größer und hatte blonde Haare. Der Mann, der im Schildareal fotografiert hatte und dem sie später nochmals begegnet war. Auf seinen Wangen zeichnete sich der Schatten eines Drei-Tage-Bartes ab.

»Wie, nein?«, fragte er.

»Ihr seid solche Idioten. Das ist nicht Fatima.«

»Wieso soll das nicht Fatima sein? Ich habe dir extra das Foto geschickt und nachgefragt. Du hast bestätigt, dass die Person darauf Fatima ist. Sie hat sich dort versteckt. In diesem Haus.« Er holte das Handy aus der Gesäßtasche und hielt es dem anderen Mann hin, nachdem er mehrmals auf dem Display herumgetippt hatte.

Der Dunkelhaarige schaute kurz darauf, bevor er sich umwandte und mit weit ausgreifenden Schritten das Bad verließ.

Der Blonde starrte abwechselnd Samantha und das Foto auf seinem Handy an, bevor er dem Dunkelhaarigen folgte. Samantha hörte, wie der Schlüssel sich im Schloss drehte und sich die Schritte entfernten.

Fatima? Wer sollte das sein? Samantha durchforstete ihr Gedächtnis. War es eine Arbeitskollegin? Jemand von der Uni oder Schule? Nein. Sie kannte definitiv keine Fatima.

Eine Verwechslung?

Fatima … War es eine Frau von der Gruppe, die mit Bianca im Ausgang gewesen war? Nussbaum hatte ihr die Namen der zwei Leute nicht genannt, die sie bisher nicht gesehen hatte.

Was bedeutete diese Verwechslung für sie? Würden sie sie freilassen? Sie durften das Risiko nicht eingehen, dass Samantha zur Polizei ging. Samantha lehnte den Kopf gegen die Wand und starrte die Tür an.

Sie hatte die Gesichter der Männer gesehen, und das kam einem … Sie verbot sich, den Gedanken zu Ende zu führen.

Sie musste schleunigst zusehen, von hier zu verschwinden. Nur wie? Die Tür war zu. Das Fenster war breit genug, um hindurchzuklettern. Auch mit dem Gips. Von ihrem Standpunkt aus gesehen schien der Fenstergriff kein Schloss zu haben.

Samantha musterte ihre gefesselten Hände und Beine. Ihr Blick driftete zu dem Spiegelschrank und zu dem Schränkchen unter dem Lavabo.

Sie stand auf und schwankte. Sie kam sich wie auf einer Vergnügungsbahn vor. Alles schien sich immer schneller um sie zu drehen. Samantha lehnte sich gegen die Wand und fixierte mit den Augen die Tür. Sie wartete, bis der Schwindel abebbte, bevor sie zum Lavabo hüpfte, was sich mit den zusammengebundenen Füßen als nicht einfach erwies. Mit jedem Sprung war es, als gäbe es eine Detonation in ihrem Kopf.

Als sie das Lavabo erreichte, knickten ihre Beine weg. Nur knapp konnte sie sich mit den Unterarmen abstützen und starrte schwer atmend auf den Wasserhahn. Durst …

Es gelang ihr, den Wasserhahn aufzudrehen und einige Schlucke zu trinken. Sofort ging es ihr besser.

Sie öffnete den Spiegelschrank. Er war leer. Samantha kniete sich vor das Schränkchen. Es war ebenfalls leer. Frustriert sackte sie in sich zusammen.

Die Männer hatten vorgesorgt und das Bad leer geräumt.

Was nun? Mit gefesselten Händen und Füßen kam sie nicht weit, geschweige denn durch das Fenster.

Samantha rappelte sich auf und hüpfte zum Fenster. Die schmale Fensterbank befand sich auf Brusthöhe. Der Fenstergriff war in Reichweite. Nach mehreren Anläufen gelang es ihr, den Griff zu drehen und das Fenster zu öffnen. Es hatte zu regnen begonnen. Feuchtkalte Luft schlug ihr entgegen. Samantha stellte sich auf die Zehenspitzen und beugte sich aus dem Fenster. Hinter dem Baum war eine Wiese, die ungefähr zehn Meter breit war. Am anderen Ende schloss sich ein Wald an. Kein Haus weit und breit. Sie beugte sich ein Stück weiter nach vorne. Nichts weiter. Nicht einmal eine Straße gab es hier. Um Hilfe rufen würde nichts bringen. Sie würde nur die beiden Männer auf sich aufmerksam machen, und das würde sie daran erinnern, mit Samantha ein Problem zu haben. Sie musste sich ruhig verhalten, wenn sie Zeit gewinnen wollte. Nochmals schaute sie sich um. Hier war sie nie gewesen.

Samantha lehnte das Fenster an und setzte sich auf den Boden. Wenn sie wüsste, was sie tun sollte. Sie stellte die Beine auf, stützte sich mit den Armen darauf ab und senkte verzweifelt den Kopf.

Die Tür wurde aufgerissen, und der Mann mit Bart betrat den Raum. Erschrocken rutschte Samantha nach hinten und stieß mit dem Rücken gegen die Wand neben dem WC. Mit verschränkten Armen stellte er sich vor sie und schaute auf sie herab.

»Wer bist du?«, herrschte er sie an. Seine Stimme war tief. Grollend. In seinen Augen funkelte es. Es brodelte eindeutig in seinem Inneren.

Samantha schwieg und versuchte, ihre Panik im Zaum zu halten. Sie starrte an ihm vorbei zur offenen Tür. Ein einladender Weg in die Freiheit. Weit würde sie nicht kommen, auch nicht ohne Fesseln.

Der Mann beugte sich zu ihr hinunter und packte ihr Kinn. Grob drehte er ihr Gesicht, damit sie ihn ansah.

»Du bist Samantha, nicht wahr?«

Nichts anmerken lassen. Samantha schwieg weiterhin.

»Du hältst dich offenbar für ganz schlau.« Er beugte sich dichter zu ihr. Sein Atem stank nach einer Mischung aus Knoblauch, Zwiebeln und Zigaretten.

»Du hast Angst. Sehr schön.« Sein Mund verzog sich zu einem Grinsen. »Doch nicht die toughe Lady.«

Samantha war kalt, und gleichzeitig schwitzte sie. Wer war dieser Mann? Sie hatte ihn definitiv nie gesehen. Nicht bewusst zumindest.

»Wo ist Fatima?«

Wer ist das, lag Samantha zuvorderst auf der Zunge, aber sie brachte kein Wort heraus.

Der Schlag traf sie völlig unvorbereitet. Mit einem Aufschrei kippte Samantha auf die Seite und stieß mit dem Kopf gegen das WC. Benommen blieb sie liegen. Der Mann packte sie am Kragen des Pullis und zog sie hoch.

Der Kopf pochte, und ihre Wange brannte wie Feuer. Etwas Warmes bahnte sich den Weg an ihrer Schläfe herab, am Ohr vorbei und die Wange hinunter.

»Wo. Ist. Fatima?«, fragte er und betonte dabei jedes Wort einzeln.

»Wer ist das?«, schaffte Samantha zu sagen.

Dieses Mal sah sie den Schlag kommen und konnte den Kopf auf die Seite drehen. Trotzdem traf er sie hart an der Wange. Tränen schossen in ihre Augen.

»Du willst mich für blöd verkaufen.«

»Nein! Ich kenne keine Fatima.«

Abermals ergriff er ihr Kinn, sein Gesicht war dicht vor ihrem. Samantha hielt dem Blick stand.

»Okay, ich helfe deinem Gedächtnis auf die Sprünge.« Der Mann holte sein Handy aus der Gesäßtasche. Er wischte einige Male über das Display, bevor er es Samantha hinhielt. Auf dem Foto erkannte sie eine Frau, die Anfang bis Mitte zwanzig sein musste. Sie hatte dunkelbraune bis schwarze, dichte Haare, die ihr in Locken über die Schultern fielen. Sie hatte die gleiche Augen- und Gesichtsform wie der Mann.

»Ich kenne sie nicht«, sagte Samantha.

»Verkauf mich nicht für dumm«, wiederholte er und steckte das Handy ein.

»Ich bin ihr nie begegnet.«

»Jeder, der ihr hilft, bekommt meine Wut zu spüren, und du hast sie versteckt.«

»Ich habe was?«

»Du hast mich genau verstanden. In deinem Haus ist sie nicht. Wo hast du sie hingebracht?«

»Ich habe sie nirgends hingebracht. Ich bin ihr nie begegnet.« Wieso glaubte er ihr nicht?

Der Mann trat ihr in die Seite und holte ein weiteres Mal aus. Bevor Samantha reagieren konnte, traf sein Fuß ihre eingegipste Hand. Samantha schrie auf.

»Du bist mit ihr gesehen worden.«

Was war sie?

»Hier bist du.« Ein braunhaariger Mann erschien in der Tür. Er war jünger. Er ähnelte dem Blonden, ging es Samantha auf. »Was machst du da?« Er stellte eine Packung mit Müesliriegeln auf das Lavabo und holte ein Pack mit Papiertaschentüchern hervor. Er hockte sich vor Samantha hin und tupfte ihre Stirn ab.

»Lass das«, herrschte der Ältere ihn an.

Der Jüngere richtete sich auf, und Samantha erkannte Blut auf dem Taschentuch. Der Mann nahm ein zweites aus der Packung.

»Es bringt nichts, wenn du auf sie einprügelst.«
»Ich versuche herauszufinden, wo Fatima ist.«
»So wird es dir nicht gelingen.« Er putzte die Nase und steckte das Taschentuch in den Hosensack.
»Sag mir nicht, wie ich vorzugehen habe. Hast du etwas gefunden?«
»Nein. Ich konnte kein weiteres Mal ins Haus. Dort war Polizei. Die Straße ist abgesperrt. Aber beim ersten Mal habe ich mich gründlich umgesehen. Es war nichts von Fatima im Haus. Und sie selbst auch nicht.«
»Kein Wunder. Die da hat Fatima woanders hingebracht, und Fatima ist schlau genug, keine Spuren zu hinterlassen. Ihr hättet sofort eingreifen sollen, als ihr sie gesehen habt.«
»Nicht ich. Bastian.«
»Keine Namen!« Der Ältere stieß den Jüngeren aus dem Raum. »Ich werde es herausbekommen, und wenn ich es aus ihr herausprügeln muss.«
Die Schritte entfernten sich. Samantha lehnte den Kopf gegen die Wand. Wo war sie hineingeraten?

Wie viel Zeit vergangen war, bis Samantha imstande war aufzustehen, wusste sie nicht. Seit die beiden Männer den Raum verlassen hatten, war keiner mehr gekommen. Gehört hatte sie ebenfalls nichts.
Wer war diese Fatima? Unvermittelt wurde ihr klar, an wen diese Frau sie erinnerte. Sie hatte eine gewisse Ähnlichkeit mit Giulia. Aber nur auf den ersten Blick.
Ein kühler Luftzug streifte sie, und Samantha wandte sich um. Das kleine Fenster stand immer noch einen Spaltbreit offen. Der Mann hatte es in seiner Rage nicht bemerkt. Obwohl Samantha fröstelte, war sie über den kühlen Luftzug froh.
Zu ihrem Erstaunen verspürte sie Hunger. Was kein Wunder war, da ihre letzte Mahlzeit beinahe vierundzwanzig Stunden zurücklag. Auf dem Lavabo stand die Schachtel mit den Müesliriegeln, die der Jüngere vergessen hatte.
Sie rappelte sich auf und lehnte sich gegen die Wand. Ihre

Füße waren eiskalt und kribbelten. Immerhin konnte sie sie belasten. Samantha hüpfte zum Lavabo. Jeder Sprung verursachte eine Erschütterung im Kopf, was mit einem Schmerzstoß quittiert wurde.

Samantha öffnete den Wasserhahn und bemühte sich, langsam zu trinken. Die Lasche der Müeslischachtel war lose hineingesteckt. Drei Riegel mit Apfelgeschmack befanden sich darin. Nicht ihre bevorzugte Sorte, aber wählerisch zu sein war das Letzte, das sie sich leisten konnte.

Samantha holte einen heraus. Sie hielt ihn in der rechten Hand und riss die Verpackung mit den Zähnen auf. Sie biss hinein und zwang sich, langsam zu essen. Den zweiten verzehrte sie ebenfalls sofort, den dritten steckte sie in ihre Hosentasche. Sie wusste nicht, wann sie das nächste Mal etwas zu essen bekam. Wenn sie die Situation richtig einschätzte, würde das nicht so schnell geschehen. Es war gut, eine Notfallration zu haben, um bei Kräften zu bleiben. Wobei die Energie, die sie aus den Riegeln gewann, nicht lange anhalten würde.

Die leere Schachtel versteckte sie in dem Schränkchen unter dem Lavabo. Die Männer sollten nicht wissen, dass sie etwas gegessen hatte.

Essen und Trinken hatten gutgetan, und Samantha merkte, wie es ihre Sinne geschärft hatte.

Da sie dem Mann keine brauchbare Antwort liefern konnte, würde seine Unzufriedenheit in eine weitere Gewaltwelle ausarten. Potenzial dafür hatte er genug. Sie musste dringend einen Weg finden, hier rauszukommen.

Schritt eins war, die Kabelbinder loszuwerden. Dazu brauchte sie Werkzeug. Sie könnte den Spiegel zerschlagen und mit der Scherbe die Kabelbinder durchschneiden. Ob das funktionierte, war dahingestellt. Samantha verwarf die Option. Das Zerschlagen würde einen riesigen Lärm verursachen, und sie konnte sich dabei verletzen.

Samantha starrte ihr Spiegelbild an. Die Kruste von der Wunde, die ihr Annina zugefügt hatte, war weg. Ihre Stirn und ihre Wange waren von einer neuen Wunde am Haaransatz blutverschmiert. Zum Glück hatte die Wunde nur kurz geblutet. Ihre Wange war rot gefärbt, und mit Phantasie war der Handabdruck erkennbar. Entlang des rechten Auges erkannte sie einen blauen Schimmer. Ihre Lippe war geschwollen, und Blut klebte an ihrem Kinn. Weiteres war auf ihren Pullover getropft.

Samantha durchsuchte ein zweites Mal das Schränkchen unter dem Lavabo und den Spiegelschrank. Nichts Brauchbares. Sie hüpfte zur Dusche und schüttelte den Vorhang und das Badetuch. Nichts.

Was hast du gedacht?

Samantha ließ sich auf den Boden sinken und wickelte das Tuch um die Füße, in der Hoffnung, sie so warm zu bekommen.

Die Situation war aussichtslos.

Stopp, so darfst du nicht denken. Sie brauchte einen Plan.

Der kurze Energieschub, zu dem ihr die Müesliriegel verholfen hatten, war weg.

Neben der Angst, was sie erwartete, wenn der Mann zurückkehrte, machte sich Erschöpfung breit. Samantha lehnte den Kopf gegen die Wand und schloss die Augen.

Konzentriere dich und denke nach.

Eine Berührung ließ Samantha hochfahren. Erschrocken schrie sie auf, als sie die Person vor sich erblickte.

»Pssst.« Das war die Stimme einer Frau. Sie legte den Finger gegen ihre Lippen. Sie trug Töffkleider und eine Sturmhaube, die nur ihre Augen und einen Teil der Stirn frei ließen. Ihr Körper machte einen drahtigen und geschmeidigen Eindruck. Über ihrer Schulter hing ein Stoffbeutel. Ihr Alter war in dieser Aufmachung schwer zu schätzen. Vermutlich war sie jünger als Samantha.

»Wer sind Sie?«

»Pssst.« Die Frau legte abermals ihren Zeigefinger gegen die Lippen. »Ich helfe dir.«

Es war dunkler im Raum als vorhin – fast so, als habe die Abenddämmerung eingesetzt.

War sie etwa in dieser Haltung eingeschlafen? Erstaunlich in der momentanen Situation. Oder hatten die Aufregung und die durchwachte Nacht ihren Tribut gefordert?

Die Tür war geschlossen. Dafür stand das Fenster sperrangelweit offen.

Die Frau schaute sie eindringlich an. »Du musst leise sein«, flüsterte sie.

Sie kramte in ihrer Jackentasche und holte ein Sackmesser hervor. Samantha zuckte zurück, als die Klinge mit einem Klicken aufschnappte.

»Damit will ich nur die Kabelbinder durchschneiden«, flüsterte sie.

»Wer bist du, und warum hilfst du mir?«

»Später.«

Schritte näherten sich auf der anderen Seite der Tür, und die Frau stieß einen Fluch aus in einer Sprache, die Samantha nicht verstand. Gehetzt schaute sie sich um und sprang auf. Das Geräusch des Schlüssels im Schloss. Die Frau gab dem Fenster einen Stoß. Es schloss sich nicht ganz, und ein kleiner Spalt blieb. Die Frau schlüpfte in die Dusche. Der Vorhang raschelte, als sie sich dahinter verbarg. Deutlich erkannte Samantha die Form ihres Körpers. An einer Stelle schaute die Schuhspitze hervor.

»Man sieht deinen Fuß.«

Die Fußspitze verschwand, aber der gesamte Vorhang bauschte sich weiter auf.

Die Tür öffnete sich, und der Blonde trat ein. »Mit wem hast du gesprochen?«

»Mit niemandem.« Samantha bemühte sich, nicht zum Duschvorhang zu schauen. Der Mann hielt das Handy ans Ohr. »Keine Ahnung«, sagte er zum Gesprächspartner. »Es ist alles wie vorhin.«

Er lauschte.

»Ein Handy? Danach haben wir sie nicht abgesucht.«

Der Gesprächspartner brüllte etwas ins Telefon, und der Mann hielt es ein Stück vom Ohr weg. »Mach das sofort«, konnte Samantha deutlich hören.

Der Blonde legte das Telefon auf das Lavabo. Samantha versuchte die Hände auszublenden, die über ihren Körper glitten. »Auf die Seite«, herrschte er sie an. Samantha tat ihm den Gefallen.

Er nahm sein Telefon in die Hand. »Kein Handy.« Sein Misstrauen war deutlich, als er sich umschaute und sein Blick am Duschvorhang hängen blieb. Mit dem Handy am Ohr machte er einen Schritt zur Dusche und berührte den Stoff.

Du musst ihn ablenken. Nur wie?

Der Mann nieste zweimal und tastete die Hosensäcke ab. »Verdammte Erkältung.« Er nahm ein Blatt vom WC-Papier und schnäuzte sich.

»Hier ist nichts«, sagte er ins Telefon.

Gemurmel am anderen Ende, das Samantha nicht verstand.

»Ich muss mich getäuscht haben, als ich meinte, etwas gehört zu haben.«

Er verharrte mitten in der Bewegung.

»Was soll ich? Das war nicht abgemacht!«

Der Mann am anderen Ende klang aufgebracht, aber Samantha konnte nach wie vor nicht verstehen, was er sagte.

»Das kann ich nicht. Und ich finde es eine übertriebene Reaktion. Bisher hat sie keinen Ärger gemacht. Was?«

Er fuhr mit der Hand durch seine Haare. Die Bewegung war fahrig, und die Hand zitterte. »Ich mache das nicht allein. Du musst mir dabei helfen.« Er verließ das Bad und schloss ab. »Nochmals, ich kann sie nicht allein beseitigen.« Samanthas Puls schoss in die Höhe. »Okay, wie lange brauchst du, bis …« Danach konnte Samantha nichts mehr verstehen.

Fassungslos starrte sie auf die Tür. Nun war alles aus.

Der Duschvorhang raschelte, und der Kopf der Frau tauchte auf. Sie huschte zu Samantha.

»Höchste Zeit zu verschwinden«, flüsterte sie und bearbeitete mit dem Sackmesser den ersten Kabelbinder.

Sie rutschte ab, und die Messerspitze stach in Samanthas Haut. Ruckartig zog Samantha die Hände zurück. Ein dünnes rotes Rinnsal lief aus einer kleinen Wunde neben der Pulsader.

»Entschuldige. Wieso bekomme ich das Ding nicht kaputt?«

Sie setzte an einer anderen Stelle an. Ihre Bewegungen wurden hektischer. Wiederholt schaute sie zur Tür. Wie lange würde es dauern, bis der andere Mann eintraf?

Als Samantha nicht mehr daran glaubte, gab es einen Ruck, und ihre Hände waren frei. Die Frau machte sich sogleich an dem Kabelbinder an den Füßen zu schaffen. Sekunden verstrichen. Ihnen lief die Zeit davon.

Ein Fluch in der fremden Sprache.

»Ich hätte zuerst die Füße befreien sollen«, stieß sie hervor.

Die Frau hielt inne und lauschte. Samantha tat es ihr gleich. Stille – bis auf die tropfende Duschbrause und den Atem der Frau, der sich beschleunigt hatte. Samantha erkannte Schweißtropfen, die sich am Rand der Sturmhaube auf der Stirn der Frau bildeten. Mit dem Handrücken fuhr sie darüber, bevor sie weiter den Kabelbinder bearbeitete.

»Endlich!«, flüsterte sie.

Sie steckte das Sackmesser ein, reichte Samantha die Hand und zog sie hoch.

»Schnell raus hier!«

»Ich habe keine Schuhe«, sagte Samantha, als die Frau das Fenster öffnete und ihr mit einer Geste zu verstehen gab, zuerst durchzuklettern.

»Hab ich vergessen. Hier.« Sie reichte Samantha den Stoffbeutel. »Ich hoffe, du hast die gleiche Größe wie ich.«

Samantha holte ein Paar Turnschuhe hervor. »Woher wusstest du, dass ich –«

»Das hat er bei mir auch so gemacht, um mir die Flucht zu erschweren. Beeile dich.«

Samantha schlüpfte in die Schuhe. Sie waren eine Nummer zu groß, aber sie waren besser als nichts. Samantha stolperte zum Fenster und stützte sich an der Wand ab. Ihre Beine waren wie Gummi.

»Geht es?«

Samantha nickte schweigend.

»Ich mache dir eine Räuberleiter.«

Die Frau ging in die Hocke, verschränkte die Finger ineinander und hielt Samantha die Hände hin. Ein Schmerz durchfuhr Samanthas eingegipste Hand, als sie sich abstützte. Sie biss die Zähne zusammen und hievte sich mit Hilfe der Frau hoch. Sie spähte auf den Boden draußen. Ein schmaler Kiesweg. Daneben erstreckte sich eine Wiese. Die Höhe des Fensters schätzte Samantha auf unter einen Meter.

»Los, raus mit dir.«

Die Frau schob Samantha nach draußen. Bevor Samantha sich überlegen konnte, wie sie es am besten bewerkstelligen sollte, rutschte sie kopfüber nach unten. Sie streckte die Arme aus, als sie unsanft auf den Boden plumpste und auf die Seite rollte. Mit dem Kopf schlug sie gegen die Hauswand.

Ein Mehlsack hätte das eleganter hinbekommen. Geräuschlos war das nicht vonstattengegangen. Gleich würde jemand um die Hausecke gelaufen kommen. Nichts geschah.

Samantha rappelte sich auf und stützte sich an der Wand ab.

Die Frau landete leichtfüßig neben ihr. Sie stellte sich auf die Zehenspitzen und zog das Fenster zu.

Es war dunkler geworden, aber noch zu hell, um ungesehen wegzukommen. Wind blies ihr Regen ins Gesicht, und Samantha fror. Sie hätte einiges für eine Jacke gegeben. Es würde nicht lange dauern, bis sie durchnässt war.

Die Frau machte ein Zeichen, ihr zu folgen. Nebeneinander schoben sie sich mit dem Rücken zur Wand an dem Haus entlang. Vor einem Fenster stoppte die Frau und legte die Hand auf Samanthas Schulter. Nun bemerkte Samantha das gekippte Fenster und das Licht in dem Raum. Der Lichtschein erhellte eine kleine Fläche vor dem Haus. Matschiger Boden mit Pfützen. Es regnete stärker, und Wassertropfen spritzten auf. Heavy Metal drang zu ihnen heraus.

Die Frau deutete nach unten und ging in die Hocke. Samantha tat es ihr gleich. Ein Vergleich mit James Bond drängte sich auf. Wenn ihre Situation nicht so ernst gewesen wäre, hätte sie aufgelacht. Sie duckte sich hinter der Frau unter dem Fenstersims hindurch. Ein Ast, den sie nicht gesehen hatte, knackte, als sie darauftrat. Samantha erstarrte. Das Geräusch war nicht zu überhören gewesen. Angst schnürte ihre Kehle zu. Nicht auszudenken, wenn der Mann an das Fenster trat und nach unten schaute. War er allein, oder waren weitere Personen anwesend? Falls Letzteres zutraf, wie viele Leute befanden sich in dem Haus?

Die Frau zog an ihrem Arm, und in Samantha kam Bewegung.

Gab es einen Hund? Dieser Gedanke ließ Samanthas Puls weiter nach oben schnellen. Der hätte längst angeschlagen, versuchte sie sich zu beruhigen.

Auf der anderen Seite des Fensters richteten sie sich auf und schlichen weiter mit dem Rücken an der Wand entlang. Als sie das Ende des Gebäudes erreicht hatten, hielt die Frau an und spähte um die Ecke. Samantha nutzte die Gelegenheit, um sich umzusehen. Auch hier bestand der Umschwung des Hauses nur aus Rasen, bevor es an der Grundstücksgrenze in Wald überging. Sie spähte an der Frau vorbei. Weit vorne zeichnete sich ein eckiger Umriss ab. Ein Haus. Soweit sie von ihrem Standpunkt aus erkennen konnte, brannte in keinem der Fenster Licht.

Samantha schaute zurück zum Wald. Offenbar war dieses Haus das letzte in der Straße.

Die Frau zeigte zum Wald und hob die Hand. Langsam legte sie den Daumen an die Handinnenfläche und senkte danach den Zeigefinger.

Countdown rückwärts. Samantha nickte.

Als sie den Ringfinger senkte, hörte Samantha ein Motorengeräusch. Erschrocken hielt die Frau inne und spähte um die Hausecke.

»Er ist da. Wir sollten schleunigst weg.«

Mit der Hand forderte sie Samantha auf, stehen zu bleiben, bevor sie ihr winkte. Hintereinander rannten sie geduckt über die Wiese auf die Bäume und Büsche zu. Samanthas Beine waren wie Blei, und sie meinte, mitten auf der Wiese auf der Stelle zu treten, während die Frau längst den Waldrand erreicht und sich hinter einem Busch geduckt hatte. Diese Aktion konnte nicht unbemerkt geblieben sein. Samantha erreichte die Frau und ging schwer atmend neben ihr in die Hocke. Sie fasste sich an den Kopf, der sich anfühlte, als würde er jeden Augenblick explodieren.

»Geht es?«, fragte die Frau leise.

Samantha nickte. Es war, als habe sie einen Marathon hinter sich. Sie erkannte das Heck eines schwarzen Wagens. Die roten Rücklichter erloschen. Das Zuschlagen einer Autotür, dem eilige Schritte folgten.

»Wir sollten zusehen fortzukommen. Es ist nur eine Frage der Zeit, bis sie entdecken, dass du weg bist. Sie werden es schnell hinter sich bringen wollen, dich zu beseitigen.«

Das hätte sie Samantha nicht sagen müssen.

Sie rappelte sich auf und stolperte hinter der Frau durch das Unterholz. Es wurde mit jeder Sekunde dunkler, und Samantha erkannte so gut wie nichts mehr. Äste schlugen in ihr Gesicht und kratzten über ihre Haut. Sie blieb mit dem Fuß an einer Wurzel hängen und wäre beinahe zu Boden gegangen. Samantha konnte die Frau nicht mehr sehen. Nur das Geräusch ihrer Schritte auf dem schlammigen Waldboden diente als Orientierung. Mittlerweile war Samantha völlig durchnässt. Die Kälte drang bis tief in ihr Inneres vor. Die Bewegungen wurden unkontrollierter, und sie musste sich auf jeden Schritt konzentrieren.

Ich kann nicht mehr, dachte sie, zwang sich aber weiterzulaufen.

Rauschen ließ Samantha aufhorchen. Zwischen den Bäumen huschten Lichter vorbei. Scheinwerfer. Kurz darauf stand sie am Rand einer Straße. Die Lichter der Autos, die vorbeifuhren, blendeten sie. Samantha hatte keine Ahnung, wo sie war.

Die Frau bedeutete ihr zu warten und verschwand im Unterholz. Wenig später tauchte sie mit einer Vespa auf.

»Hier.« Sie reichte Samantha eine Töffjacke und einen

Helm. Die Jacke gab nicht richtig warm, schützte aber immerhin vor dem Regen.

Samantha nahm hinter der Frau Platz, als diese den Motorroller startete. Mit dem Ding würden sie die Männer kaum abhängen können, dachte sie, als die Frau Gas gab. Schneller als fünfzig oder sechzig Kilometer in der Stunde fuhr der bestimmt nicht.

Wind blies ihnen ins Gesicht, und Samantha senkte den Kopf. Jedes Mal wenn ein Wagen sie überholte, zuckte sie zusammen. Sie waren wie auf dem Präsentierteller.

Inzwischen mussten die Männer ihr Verschwinden bemerkt haben. Wo würden sie suchen? Ums Haus herum oder würden sie die Suche sofort auf einen größeren Radius ausdehnen?

Wieder tauchte ein Auto hinter ihnen auf. Im Gegensatz zu den anderen Wagen überholte es sie nicht. Im Seitenspiegel sah Samantha die Scheinwerfer, aber sie konnte nicht erkennen, um welche Automarke es sich handelte. Der Wagen fuhr dichter auf, ließ sich aber gleich darauf zurückfallen, als sich ein Auto auf der Gegenfahrbahn näherte.

Als die Frau unverhofft abbog, hätte Samantha beinahe das Gleichgewicht verloren. Der Wagen folgte ihnen und näherte sich.

Wo waren sie? Samantha hatte es verpasst, auf die Tafel zu schauen, als sie durch die Ortschaft gefahren waren.

Endlich überholte der Wagen sie. Ein weißer Van. Er hielt weiter vorne am Straßenrand an. Jetzt war alles aus. Samantha schloss die Augen und klammerte sich fester an die Frau, die unbeirrt auf den Wagen zufuhr.

Bitte dreh um, flehte Samantha sie im Stillen an.

Die Frau gab Gas, und sie waren fast auf der Höhe des Vans. Gleich würden sie die Tür aufreißen oder Vollgas geben und sie rammen. Samantha erkannte zwei Personen in dem Wagen, als sie vorbeifuhren. Ungläubig starrte sie in den Seitenspiegel, nachdem sie das Auto passiert hatten. Die Scheinwerfer setzten sich in Bewegung, und der Motor heulte auf, als der Wagen Gas gab. Samantha wagte nicht, sich umzudrehen, und klammerte sich an der Frau fest, als der Wagen sich ihnen mit rasanter Geschwindigkeit näherte.

Samantha konnte nicht glauben, unbehelligt in Liestal angekommen zu sein. Der Van hatte sie überholt und war verschwunden.

»Das sind nicht sie«, hatte die Frau Samantha zugerufen.

Samantha hatte das Zeitgefühl verloren. Irgendwann war es ihr egal gewesen, wohin sie fuhren. Sie war damit beschäftigt, sich an die Frau zu klammern und nicht vom Roller zu fallen.

Die Frau stellte die Vespa auf dem Gestadeck-Parkplatz ab. Samantha war durchgefroren und spürte weder Hände noch Füße, als sie abstieg. Die Frau musste sie stützen, als sie durch das Stedtli gingen. Es war unheimlich, durch die leeren, düsteren Straßen zu laufen. Nur einzelne Schaufenster waren beleuchtet.

Drei Jugendliche kamen ihnen entgegen. Kein Wunder um diese Zeit. Sobald am Abend die Läden schlossen, war das Stedtli wie ausgestorben. Mehrmals hatte Samantha zu Joel gesagt, wie schade sie das finde.

Die Jugendlichen musterten Samantha von oben bis unten, bevor sie sich mit Kommentaren, die Samantha nicht verstand, entfernten. Ihr Erscheinungsbild musste abschreckend sein. Frankenstein war um einiges attraktiver als sie. Sie bogen ab und folgten der schmalen Straße zum Ziegelhof. Die Lampen an der Gebäudewand verbreiteten keine Helligkeit, und Samantha konnte fast nichts erkennen. Die Gebäude hoben sich bedrohlich gegen den Nachthimmel ab. Was wollten sie ausgerechnet hier? Samantha hatte keine Kraft, die Frau danach zu fragen.

Samantha war erstaunt, als sie anhielten und die Frau einen Schlüssel hervorholte. Sie schloss die Tür auf und ließ Samantha zuerst eintreten. Samantha erkannte das Treppenhaus mit den mintgrünen Plättli an der Wand sofort wieder. Zögernd folgte sie der Frau die Steinstufen nach oben und in den Korridor. Verstohlen schaute sie die Tür an, die zur

Physiopraxis gehörte. Das Siegel der Polizei klebte nach wie vor daran. Zu ihrer Erleichterung gingen sie weiter den Gang entlang. Das Geräusch ihrer Schritte auf dem Holzboden kam Samantha unnatürlich laut vor. Soweit sie sehen konnte, waren in den anderen Räumen keine Personen anwesend. Logisch zu dieser späten Stunde.

Vor einer Tür, die mit »Reinhardt Treuhandbüro« angeschrieben war, hielten sie an. Die Frau öffnete die Tür und ließ Samantha den Vortritt. Sie schloss die Tür hinter ihnen und zog die weiße Store, die vor dem Glas der Tür angebracht war, nach unten.

Samantha fand sich in einem Büroraum wieder, in dem zwei Schreibtische auf dem Parkett mit dem Fischgrätenmuster standen. Gegenüber dem Eingang hatte es eine Fensterfront, analog zur Physiopraxis von Bianca Arnold und Fabia Burri. Vor den Schreibtischen lag eine Luftmatratze mit einem Schlafsack am Boden. Neben dem Tisch stand eine weitere, zusammengerollte Matte. Daneben befand sich eine Sporttasche, über die ein Pullover ausgebreitet lag.

An der linken Wand waren zwei Regale und ein Korpus, auf dem ein Drucker stand. In der Wand gegenüber hatte es zwei Schiebetüren. Die Wand sah nicht stabil aus und schien nachträglich eingebaut worden zu sein – ähnlich wie die in der Physiopraxis. Die rechte Tür, die direkt neben der Eingangstür war, stand offen, und Samantha konnte in dem kleinen Raum, der nicht größer als ein mal zwei Meter sein konnte, ein WC und ein Lavabo erkennen. An der Wand neben dem Bad hing eine Uhr, die Mitternacht anzeigte.

»Das Büro gehört einer Freundin von mir.« Offenbar ahnte die Frau die Fragen, die Samantha durch den Kopf gingen, als sie sich umschaute. »Sie hat mir Unterschlupf gegeben.«

Sie zog die Jacke ab, streifte die Sturmhaube vom Kopf und wuschelte mit den Händen durch ihre schulterlangen dunkelbraunen bis schwarzen Haare.

»Ich bin Fatima.« Sie reichte Samantha die Hand.

Samantha war perplex und schüttelte wortlos die Hand.

Fatima kramte in der Tasche und gab Samantha eine Jogginghose und einen Pullover.

Dankbar entledigte Samantha sich der nassen Kleider. Sie bebte am ganzen Körper vor Kälte.

Fatima musterte Samantha. »Das sind solche Idioten. Ich weiß nicht, wieso sie glauben, du seist ich.«

»Was?«

»Woher kommst du? Sri Lanka? Thailand?«

»Indien.«

»Eben. Ganz sicher nicht aus der Türkei.«

»Wie bitte?«

»Ich bin dir einige Erklärungen schuldig, aber das erzähle ich dir beim Kochen. Ich habe Hunger, und dir wird es ähnlich gehen.«

Kochen? Um diese Uhrzeit? Hier?

»Zuerst mache ich dir einen Tee, damit du etwas Warmes in den Bauch bekommst. Ich habe Schwarz-, Früchte- und Minztee im Sortiment.«

»Minztee gerne.«

Fatima öffnete die zweite Schiebetür. Der Raum war nur wenig größer als das Badezimmer. An der Wand hatte es einen weißen halbhohen Schrank mit einer braunen Holzarbeitsfläche und einem Herd mit zwei Platten. Darüber war ein Hängeschrank angebracht. Auf der Arbeitsplatte standen eine Mikrowelle und eine kleine Kaffeemaschine. Daneben hatte es einen Wasserkocher. Es war eng in der kleinen Küche, und Samantha zog es vor, in der Tür stehen zu bleiben. Nachdem Fatima Wasser aufgesetzt hatte, öffnete sie den Kühlschrank und holte eine Zucchetti, eine Aubergine, Oliven und Fetakäse heraus.

Fatima reichte Samantha ein Brett und Cherrytomaten. »Kannst du die bitte halbieren.« Sie zeigte auf den Gips. »Geht das damit?«

»Ja.« Wie hygienisch das war, war eine andere Frage. Von der ursprünglich weißen Farbe war nichts mehr zu erkennen, und das Braungrau sah alles andere als reinlich aus.

»Ich fasse mich kurz. Ich verstecke mich hier, weil mein Bruder mich nach dem Tod unseres Vaters zwecks Zwangsheirat in die Türkei verschleppen will. Omar passt mein Lebensstil in der Schweiz nicht.«

Omar? War das nicht … »Hat dein Bruder einen Kebab-Lieferdienst?«

»Ja, Omar Demir. Wieso? Kennst du ihn?«

»Nein. Nicht persönlich.« Samantha berichtete von dem Anrufer, als Simona sie aus dem Spital abgeholt hatte, den Simona zurückgerufen hatte.

»Er hat vorsondiert und dabei schlecht recherchiert«, sagte Fatima. »Meine Mutter hat auf ihn eingeredet, aber es hat nichts genützt«, fuhr sie fort. Samantha brauchte einen Moment, bis sie begriff, dass Fatima zum ursprünglichen Thema zurückgekehrt war. »Fatima heiratet und lebt fortan in der Türkei, hat er zu meiner Mutter gesagt. Ich weiß, für Nichtbetroffene ist dies nicht nachvollziehbar.«

Sag das nicht, dachte Samantha. Ihre Erinnerungen drifteten nach Agra, als ihr Bruder ihr diesen finster dreinblickenden Mann Anfang sechzig vorgestellt hatte.

»Sei froh, dass ich überhaupt jemanden gefunden habe«, hatte Harjit erklärt. Mit Anfang dreißig galt Samantha in Indien als Ladenhüter. Sie hatte Joel dafür bewundert, wie ruhig er geblieben war. Er hatte Samantha neben sich gezogen und demonstrativ seinen Arm um sie gelegt.

»Wir können eine Hochzeit mit Joel organisieren«, schlug eine Cousine vor, um die angespannte Stimmung zu entschärfen. »Damit ist das Problem aus der Welt.«

»Ich heirate, wann und wen ich will«, hatte Samantha entschieden erklärt.

Erstaunlicherweise hatten sich die Anwesenden auf ihre Seite und gegen Harjit gestellt. Trotzdem war Angst aufgekeimt, Harjit werde seine Absichten notfalls mit Gewalt durchsetzen, als der Mann wütend gegangen war und sie Harjits Gesichtsausdruck gesehen hatte.

»Meine Weigerung war für ihn ein Affront, und er hat mich

mehrfach geschlagen«, fuhr Fatima fort. »Da ich nicht einsichtig war, wollte er mich mit Gewalt in die Türkei bringen. In der buchstäblich letzten Sekunde konnte ich ihm entwischen. Wie gesagt, eine Freundin hat mir hier Unterschlupf gewährt und versorgt mich mit Essen. Sie macht sich mit einer Kollegin als Treuhänderin auf den Juni hin selbstständig und braucht das Büro noch nicht.« Sie hob die Hand, als Samantha Anstalten zu einer Erwiderung machte. »Komm mir nicht mit der Polizei. Das habe ich oft genug gehört und auch versucht. Es glaubt mir keiner. Mein Bruder hat überzeugend darlegen können, keine derartigen Absichten zu hegen. Im Gegenteil, er behauptet, ich hätte ihn bestohlen. Ich verstecke mich also nicht nur vor ihm, sondern auch vor der Polizei.«

Sie stellte das Blech mit dem Gemüse in die Mikrowelle und lehnte sich mit verschränkten Armen gegen die Anrichte. »Normalerweise macht man das in einem Ofen, aber es wird gehen«, brummte sie. Ihr Gesichtsausdruck verfinsterte sich weiter, und Samantha wagte nichts zu sagen. Das Schweigen zog sich in die Länge, und Samantha wusste nicht, wie sie es brechen konnte.

Fatima goss Wasser in die Teetassen und stellte eine davon vor Samantha hin. Vorsichtig nippte sie an dem heißen Getränk. Wärme breitete sich über ihre Speiseröhre bis in den Magen aus. Weiter kam sie nicht. Samantha fragte sich, ob ihr je wieder warm werden würde. Wenigstens zitterte sie nicht mehr.

»Bis das Essen fertig ist, sollten wir deine Wunden versorgen.« Fatima führte Samantha in das kleine Bad und bedeutete ihr, sich auf den WC-Deckel zu setzen. Es brannte höllisch, aber Samantha verzog keine Miene, als Fatima über die Wunde tupfte. Ohne ein Wort ließ sie die Prozedur über sich ergehen.

»Was hat das Ganze mit mir zu tun?«, wagte Samantha einen Vorstoß, das Schweigen zu beenden. »Wieso entführt dein Bruder mich?«

»Das weiß ich nicht. Wie es aussieht, liegt eine Verwechslung vor, wobei ich das, wie gesagt, nicht nachvollziehen kann.«

Das passte zu dem, was die beiden gesagt hatten, als sie das erste Mal das Badezimmer betreten hatten. Samantha konnte es ebenfalls nicht glauben. Schlechtes Foto hin, schlechtes Foto her. Fatima und sie sahen sich nicht ähnlich. Abgesehen von den dunklen Haaren, der gleichen Größe und dem ähnlichen Körperbau. Samantha schätzte Fatima auf Mitte zwanzig. Ihre Haut war heller als Samanthas. Fatimas Augen waren im Gegensatz zu Samanthas grünen schwarz wie Steinkohle.

Fatima reichte Samantha ein Schmerzmittel, und sie kehrten in die Küche zurück. Das Essen verströmte einen würzigen Geruch und erinnerte Samantha daran, einen leeren Magen zu haben.

Fatima holte das Gemüse aus der Mikrowelle und prüfte es mit der Gabel. »Fertig.«

Samantha fragte sich, wer diese Portion essen sollte. Fatima reichte Samantha einen Teller. »Bediene dich.«

»Wer sind die anderen Männer, die mich im Haus festgehalten haben?«, fragte Samantha, als Fatima eine großzügige Portion erst auf Samanthas und danach auf ihren Teller schöpfte und ihr eine Brotscheibe in die Hand drückte. Samantha folgte ihr in den Büroteil. Sie setzten sich an einem der beiden Schreibtische einander gegenüber.

»Der Blonde ist Bastian und der jüngere Braunhaarige sein Cousin. Mich erstaunt, dass Bastian dort war. Omar und Bastian haben sich vor Jahren zerstritten und hatten meines Wissens keinen Kontakt mehr. Ich bin ihm vor Jahren einmal auf einer Party begegnet, die Omar geschmissen hatte.«

»Er kennt dich also nur vom Einmal-kurz-Sehen?«

»Ja.«

»Und sein Cousin?«

»Dieser kennt mich noch weniger. Doch im Gegensatz zu Bastian wundert es mich nicht, ihn dort anzutreffen. Soweit ich weiß, leidet er unter chronischer Geldknappheit, und Omar wird ihm einen Lohn in Aussicht gestellt haben. Für Geld tut er alles.«

Samantha schob einen Bissen von dem Feta-Gemüse-Auflauf in den Mund. Es schmeckte köstlich. Ihr Magen quittierte es mit einem zufriedenen Brummen. Samantha musste sich zusammenreißen, das Essen nicht herunterzuschlingen.

»Wieso hast du mich rausgeholt?«, stellte Samantha die Frage, die sie die ganze Zeit beschäftigt hatte.

»Deine Entführung war heute Thema Nummer eins in den Medien. Schnell war klar, dass du vor deiner Haustür verschleppt worden bist, da man dort die Handtasche und dein Handy gefunden hat. Es hieß, du hättest mit deiner Schwester telefoniert.«

Ranjana ... Sie hatte mitbekommen, wie Samantha aufgeschrien und das Handy fallen gelassen hatte. Ihre Schwester musste umkommen vor Sorge.

»Deine Schwester habe deinen Freund verständigt und dieser die Polizei.«

Joel ... Er würde sich mit Selbstvorwürfen überhäufen, nicht früher nach Hause gekommen zu sein.

»Omars Frau rief mich an und erzählte mir, Omar nerve sich, weil Bastian die falsche Frau entführt habe.«

»Deine Schwägerin?«, unterbrach Samantha sie erstaunt.

»Leyla weiß, was er für ein Mensch ist, und hält zu mir. Sie hat mir geholfen, bevor Omar mich verschleppen konnte.«

»Weiß dein Bruder davon?«

»Wo denkst du hin? Leyla ist nicht dumm. Sie lässt ihn glauben, seiner Meinung zu sein. Sie weiß, keine Chance gegen ihn zu haben. Es ist ihre Art, sich zu wehren. Wir Frauen müssen zusammenhalten. Andere verstehen das nicht.«

Sag das nicht. Ich kann es gut nachvollziehen, dachte Samantha.

»Das heißt, sie weiß von deinem Aufenthaltsort?«

»Nein. Sie kennt meine Freundin nicht und hat keine Ahnung von diesem Büro. Das ist besser so. Leyla hat betont, sie wolle es nicht wissen, um mich im Zweifelsfall nicht zu verraten, falls Omar dahinterkommt und es mit Gewalt aus ihr herausbekommen will. Uns war klar, dass du es sein musstest und zufällig in diese Angelegenheit hineingeraten bist.«

»Wieso?«

»Omar hat eine detaillierte Personenbeschreibung geliefert, als er mit meinem von ihm ausgewählten Zukünftigen in der Türkei telefoniert hat. Er hat sich lautstark über Bastian aufgeregt. Leyla hat das Gespräch belauscht. Ich wusste also, was dich erwartete, und konnte dich nicht deinem Schicksal überlassen.«

Samantha verspürte Dankbarkeit, weil Fatima sich für sie in Gefahr begeben hatte. Dabei kannte sie Samantha nicht. »Woher wusstest du, wo du suchen musstest?«

»Das war eine Vermutung. Ich weiß, dass unser Onkel im Moment in der Türkei ist und Omar sein Haus hütet. Da war es für mich naheliegend, es zuerst dort zu versuchen. – Genug von mir. Was hat es mit den Zeitungsberichten auf sich? Die Medien übertrumpfen sich mit Gründen, wieso du entführt worden bist.«

Samantha fasste kurz die Geschehnisse zusammen, beginnend mit der Toten in der Physiopraxis.

»Oh Mann«, stieß Fatima hervor. »Wir beide haben also einen Grund, uns zu verstecken.«

ZWANZIG

Samantha öffnete die Augen und starrte an die Decke. Sie brauchte einige Sekunden, bis sie sich orientiert hatte.

Sie streckte die Beine. Das erhoffte Knacken im Rücken blieb aus. Die Matte war alles andere als bequem, und ihr tat der Rücken weh.

»Es tut mir leid, nichts anderes zu haben«, hatte Fatima gesagt, als sie Samantha eine dünne Matte und eine Wolldecke gereicht hatte. Lange hatte sie sich hin- und hergewälzt und gegrübelt. Zu gerne hätte sie zumindest Joel mitgeteilt, dass es ihr gut ging. Davon hatte Fatima nichts wissen wollen.

»Je mehr von diesem Unterschlupf wissen, desto größer die Gefahr, dass es mein Bruder erfährt.«

Ihre Angst war nachvollziehbar.

Samantha hatte auf sie eingeredet, wenigstens Nussbaum zu verständigen. Erst als sie erwähnt hatte, ihn persönlich zu kennen und ihn für einen sachlichen und korrekten Beamten zu halten, hatte Fatima widerwillig zugestimmt.

»Nur ihn«, hatte sie mit Nachdruck angefügt. »Das ist Bedingung. Und erst morgen.«

Ohne ein weiteres Wort hatte sie das Licht ausgeschaltet und war in ihren Schlafsack gekrochen.

Zunächst hatte Samantha gefroren, bis die Kälte in Hitze umgeschlagen war und sie Arme und Beine von sich gestreckt hatte. Irgendwann war sie in einen unruhigen Schlaf gefallen. Sie hatte wirre Träume gehabt, konnte sich aber nicht an Einzelheiten erinnern.

Samantha drehte sich auf die Seite und stützte sich auf. Ihr war immer noch heiß, aber wenigstens nicht mehr so sehr wie in der Nacht.

Die Matte neben ihr war leer, und der Schlafsack lag zusammengeknüllt am Fußende. Wo war Fatima? Weit konnte sie nicht sein.

Samantha schlug die Decke zur Seite, stand auf und streckte sich. Dieses Mal knackte es im Lendenwirbelbereich. Eine Erleichterung stellte sich nicht ein. Die gesamte Wirbelsäule tat weh. Die Wirkung des Schmerzmittels hatte nachgelassen. Trotzdem schmerzten Kopf und Platzwunde nicht mehr so stark wie in der Nacht.

Die Schiebetür zum WC wurde geöffnet.

»Guten Morgen«, sagte Fatima. »Das Bad ist frei.«

In dem kleinen Spiegel musterte Samantha sich. Sie sah fürchterlich aus. Die Wunde an der Stirn war verkrustet, und unter dem linken Auge schimmerte es blau. Sie sehnte sich nach einer Dusche, als sie vorsichtig ihr Gesicht wusch.

Samantha verließ das WC, und Kaffeeduft schlug ihr entgegen. »Ich hoffe, Müesli ist für dich gut«, sagte Fatima und wies auf den Schreibtisch, auf dem Schüsselchen, Tassen, Milch und eine Müeslipackung standen. »Anderes kann ich leider nicht bieten.«

»Das ist alles gut, vielen Dank.« Samantha setzte sich und musterte Fatima. Hoffentlich hatte sie es sich nicht anders überlegt.

»Wann willst du ihn anrufen?«, fragte Fatima. Offenbar war ihr klar, woran Samantha dachte.

Samantha schaute zur Uhr, die an der Wand hing. »So schnell wie möglich.«

Fatima reichte ihr das mobile Teil eines Telefons, das auf der Anrichte gelegen hatte.

Samantha bat Fatima, die Telefonnummer vom Polizeiposten auf ihrem Handy zu googeln.

Es klingelte fünf Mal, und Samantha wollte schon auflegen, als das Gespräch entgegengenommen wurde. Leider nicht von Nussbaum, obwohl sie damit gerechnet hatte.

»Ich hätte gerne mit Jan Nussbaum gesprochen«, sagte Samantha, ohne ihren Namen zu nennen. Warum sie das tat, wusste sie nicht. Es war ein Bauchgefühl.

»Er ist in einer Besprechung. Kann ich ihm etwas ausrichten?«

»Er soll mich bitte zurückrufen.«

»Wie ist Ihr Name?«

Fieberhaft überlegte Samantha. »Ähm, Reinhardt.«

Fatima war sichtlich erstaunt.

Wie lautete die Telefonnummer des Geräts?, dachte Samantha.

»Kann er Sie unter dem Anschluss erreichen, dessen Telefonnummer ich auf dem Display sehe?«, fragte die Frau und las sie vor.

»Ja, genau«, erwiderte Samantha erleichtert und beendete rasch das Gespräch.

»Wieso meldest du dich nicht mit deinem Namen?«

»Ich weiß nicht. Es war nicht Jan am Apparat, und du wolltest, dass ich nur mit ihm spreche.«

»Richtig. Du wirst vermisst, und hier soll nicht gleich ein ganzer Polizeitrupp auftauchen.« Fatima stand auf und brachte das Geschirr in die Küche. Samantha folgte ihr und schaute ihr beim Abwaschen zu.

Aus Sekunden wurden Minuten und aus Minuten Stunden. Fatima hatte sich auf einen der Stühle gesetzt, die Füße aufs Pult gelegt und Bluetooth-Kopfhörer in die Ohren gesteckt. Die Zehenspitzen des rechten Fußes wippten im Takt, während sie ein E-Book las.

Samantha hatte keine Ablenkung und starrte das Telefon an. Wieso rief Nussbaum nicht zurück? Sie legte die Unterarme auf das Pult und platzierte den Kopf darauf. Die Langeweile drohte sie zu ersticken.

»So ein elender Mist«, rief Fatima, als Samantha fast eingeschlafen war. Sie richtete sich auf und rieb die Augen. »Was ist?«

»Ich glaube, du hast ein Problem.«

»Das ist mir bekannt.«

»Ich meine, ein neues.« Fatima hielt ihr Handy hoch. »Gemäß diesem Bericht steht dein Verschwinden im Zusammenhang mit dem Mord in der Physiopraxis nebenan und dem

Mord an diesem Mann in deiner Nachbarschaft. Die Zeitungen schreiben, du hättest der mutmaßlichen Mörderin, also deiner Nachbarin, geholfen und müsstest daher untertauchen, weil du befürchtest, die Polizei habe deine Rolle in dem Ganzen herausgefunden. Die Entführung sei inszeniert gewesen. Ähnlich dem Verschwinden deiner Arbeitskollegin.« Sie reichte Samantha das Handy.

Samantha überflog den Text und rief andere Onlinemedien auf. Es war nicht ersichtlich, ob diese Verlautbarungen von der Polizei stammten oder ob es Vermutungen der Journalisten waren.

Es gibt Aussagen von Zeugen, die S. K. kurz vor ihrem Verschwinden mit der des Mordes Tatverdächtigen gesehen haben wollen, las Samantha.

Zeugenaussagen? Wer sollte sie gesehen haben? Die einzige Gelegenheit, sie mit Annina gesehen zu haben, war, als Annina sie in der Garage überrascht hatte und sie später zusammen zum Haus gegangen waren. Oder war Annina gesehen worden, als sie das Haus verlassen hatte? Da waren sie nicht zusammen gewesen.

Soweit Samantha sich erinnern konnte, war zu dem Zeitpunkt, als sie zum Haus gegangen waren, keiner vorbeigekommen. Das musste nichts heißen. Nach dem Schlag auf den Kopf hatte sie sich auf andere Dinge konzentriert.

Als Zeugen kamen nur Leute aus der Nachbarschaft in Frage: Oliver und Rita Marti oder Daniel Braun und seine Frau.

Daniel hatte sich in der letzten Zeit seltsam gegenüber Samantha verhalten. Er fuhr einen solchen schwarzen Wagen, wie ihn Oliver gesehen haben wollte, als er den Anschlag auf Samantha beobachtet hatte. Aber auch Oliver stand weiterhin auf Samanthas Liste, da sein Wagen ebenfalls schwarz war.

Hinzu kam das seltsame Verhalten von Oliver. Als Samantha sich bei ihm erkundigt hatte, ob er sich an weitere Details vom Unfallmorgen erinnern konnte, war er ihr ausgewichen. Allgemein hatte sie das Gefühl, Oliver und Rita seien ihr seit dem Zwischenfall aus dem Weg gegangen.

Wieso kam sie auf einmal als Komplizin in Frage? Sie hatte nach dem Zwischenfall mit Annina Nussbaum informiert. Nicht sofort, erinnerte sie sich. Es war klar, wie das herüberkommen musste.

Samantha rief eine weitere Onlinezeitung auf.

»Es gibt Indizien, die S.K. in Zusammenhang mit den Taten stellen«, wie die Kantonspolizei Basellandschaft verlauten ließ, stand dort. Indizien? Welche sollten das sein? Sie war sich keiner Schuld bewusst. Oder schmückten die Medien es aus, damit es reißerischer klang? Es wäre nicht das erste Mal.

Es ist davon auszugehen, dass sich die drei Frauen am selben Ort aufhalten.

Darunter waren Porträts von ihr, Giulia und Annina abgebildet, mit der Bitte, sofort die Polizei zu informieren, falls man sie sähe.

Samantha stützte die Ellenbogen auf den Tisch und lehnte den Kopf auf die rechte Hand. Sie starrte auf einen Punkt auf der Tischoberfläche. Reichte es nicht, dass sie eine Leiche finden musste, ihr Nachbar getötet und ein Anschlag auf sie verübt worden war und sie zu guter Letzt zwischen die Fronten von Fatima und ihrem Bruder geraten war? Nun hatte sie ein neues Problem.

Samantha war froh, sich vorhin nicht mit ihrem Namen gemeldet zu haben. Hoffentlich vergaß Nussbaum zurückzurufen. Ohne seine Hilfe würde sie nicht aus der Situation herauskommen, aber sie musste sich zuerst einen Plan zurechtlegen, bevor sie mit ihm sprach. Einen Plan, wie sie ihn überzeugen konnte, unschuldig zu sein.

Das Klingeln des Telefons ließ sie auffahren. Sie starrte die Handynummer auf dem Display des Telefons vor ihr auf dem Pult an.

»Wieso nimmst du nicht ab? Ist das nicht dieser Polizist?«

»Ich kenne seine Telefonnummer nicht auswendig.«

»Nimm ab und melde dich mit Viktorias Namen.«

»Mit wessen Namen?«

»Mit dem meiner Freundin. Viktoria Reinhardt.«

Widerwillig nahm Samantha das Gespräch entgegen und nuschelte ein »Reinhardt« ins Telefon.

»Bühler, Kantonspolizei Basellandschaft. Sie hatten angerufen. Was kann ich für Sie tun?«

Wieso rief ausgerechnet Bühler und nicht Nussbaum an?

»Es hat sich erledigt«, stotterte Samantha.

»Sind Sie sicher?«

»Ja, bitte entschuldigen Sie die Umstände«, sagte Samantha und bemühte sich, entschlossen zu klingen. Sie dankte für den Rückruf, bevor sie schnell das Gespräch beendete.

Ihre Hand zitterte, als sie das mobile Teil zurückstellte.

»Wieso hast du ihn abgewürgt?«, fragte Fatima. »Du hast vorhin mehrfach betont, seine Hilfe zu brauchen.«

»Nicht mehr nach den Zeitungsartikeln. Die Vorzeichen haben sich geändert. Ich werde polizeilich gesucht, und ich muss Zeit gewinnen. Außerdem war es nicht Jan Nussbaum, sondern Bühler – sein Kollege. Ich muss nachdenken.«

Samantha stand auf und trat ans Fenster. Auf der schmalen Straße zwischen den Gebäuden fuhr ein Wagen über das Kopfsteinpflaster. Sie beobachtete, wie er am Ende abbog und verschwand. Sie betrachtete die Galerie, die die beiden Gebäude miteinander verband, und ließ ihren Blick zu dem Gebäude gegenüber wandern. Ein Velofahrer hielt an und stellte das Fahrrad in den Ständer. Die Frau zog den Helm ab und legte ihn in den Korb auf dem Gepäckträger. Sie kam auf das Haus zu, und Samantha wich ein Stück zurück. Die Frau blieb stehen und wandte sich um, bevor sie die schmale Treppe zwischen den beiden Gebäuden auf der gegenüberliegenden Seite hochstieg und verschwand.

Samantha lehnte den Kopf gegen die Glasscheibe und starrte weiter auf die Straße. Wenn sie wüsste, was sie tun sollte. Eine Bewegung beim Eingang zu dem Gebäude, in dem sie sich befand, zog ihre Aufmerksamkeit auf sich. Sie brauchte einige Sekunden, bis sie begriff, wer der Mann war. Nussbaum. Er drückte gegen die Tür, die offenbar aufschwang. Hatte Fatima nicht erklärt, die Tür sei normalerweise verschlossen?

Panik machte sich breit. Sie hatte erklärt, es habe sich erledigt. Nach wie vor hatte sie keinen Plan und wusste nicht, wie sie ihm begegnen sollte.

Bei dem Gestammel wäre sie auch misstrauisch geworden, musste sie einräumen. Besonders Bühler, der wie Nussbaum einen sechsten Sinn zu haben schien. Er musste mit Nussbaum gesprochen haben, und dieser wollte nun nach dem Rechten schauen.

Er war die letzte Person, die sie hier sehen wollte. Was würde geschehen, wenn er sie entdeckte? Seine Rolle hatte sich geändert: Er war keine Hilfe mehr, sondern zu einer Bedrohung geworden. Nach den Zeitungsberichten gehörte sie zu den Tatverdächtigen. Würde er sie verhaften?

»Was ist?«, fragte Fatima.

»Jan Nussbaum ist gerade gekommen.«

Samantha stutzte. Das Gespräch mit Bühler lag fünf bis zehn Minuten zurück. Falls er sofort vom Polizeiposten Gutsmatte losgelaufen war, war es möglich, innerhalb von zehn Minuten hier aufzutauchen. Trotzdem fand Samantha es sportlich.

»Was? Dein Polizist?«, rief Fatima.

»Kannst du den Part übernehmen und deine Freundin spielen, wenn er hier klopft?« Samantha sammelte die beiden Matten und Schlafsäcke ein und rannte zur Küche. »Er darf mich hier nicht sehen.«

Fatima stand wie festgewachsen mitten im Raum.

»Hilf mir lieber. Sonst habe nicht nur ich, sondern auch du ein Problem.«

In Fatima kam Bewegung. Sie half Samantha, die Matten zu verstauen, und schob die Tische zurecht.

Es klopfte an der Glastür. Samantha huschte ins Badezimmer und ließ die Tür einen kleinen Spalt offen. Hoffentlich hatte Nussbaum die Bewegung nicht durch die Milchglastür gesehen. Die Store war zwar unten, aber ihr Material war dünn. Ihr Schatten musste deutlich zu erkennen sein.

Fatima war erstarrt. Der Umriss ihres Körpers musste sich ebenfalls deutlich im Gegenlicht abheben.

Es klopfte ein weiteres Mal. Fatima setzte sich auf einen Bürostuhl und legte die Finger auf die Tastatur.

»Frau Reinhardt?«

»Ja bitte?«

Die Türklinke wurde heruntergedrückt, und Nussbaum rüttelte daran. »Bitte machen Sie auf.«

Zögernd ging Fatima auf die Tür zu und drehte den Schlüssel.

Samantha hielt den Atem an, als Fatima Nussbaum hereinließ.

»Sind Sie Frau Reinhardt?«

»Ja.«

Nussbaum stellte sich vor. Er ging in die Mitte des Raumes und verschwand aus Samanthas Sichtfeld. Sie spürte förmlich, wie er mit den Augen den Raum scannte. Fatima setzte sich hinter den Schreibtisch und machte eine Geste zum Stuhl davor. »Bitte nehmen Sie Platz.«

Nussbaum tauchte wieder in Samanthas Blickfeld auf. Er kam der Aufforderung nach und setzte sich mit dem Rücken zu Samantha.

»Was kann ich für Sie tun?« Fatima setzte ein Lächeln auf und lehnte sich nach hinten. Das Ganze machte einen entspannten Eindruck, und Samantha bewunderte Fatima für ihre schauspielerischen Fähigkeiten.

»Weshalb wollten Sie mit mir sprechen?«

»Ich ... Ich dachte, bei der Physiopraxis ... Ich dachte, dort sei jemand drin, als ich heute Vormittag gekommen bin. Ich weiß, die Tür ist nach wie vor versiegelt, aber ich meinte, ein Geräusch gehört zu haben. Das hat sich als Irrtum erwiesen.«

»Was für ein Geräusch?«

»Ein Scharren und Schritte. Nachdem ich bei Ihnen angerufen hatte, habe ich nochmals nachgeschaut und realisiert, dass es aus dem Raum daneben gekommen ist.«

Samantha atmete auf. Das klang gut. Hoffentlich gelang es ihr, Nussbaum abzuwimmeln.

»Wieso wollten Sie ausgerechnet mit mir sprechen?«

»In den Medien wurden Sie und Herr Bühlmann –«

»Bühler.«

»Stimmt. Sie beide wurden als Zuständige erwähnt. Ist das nicht richtig?«

»Das ist korrekt. Sie betreiben ein Treuhandbüro?«

»Ja. Nein. Ich meine, noch nicht. Ich möchte mich mit meiner Kollegin selbstständig machen. Wir eröffnen erst nach den Sommerferien.«

»Wieso sind Sie heute hier?«

»Ich möchte die IT einrichten.« Fatima machte eine Geste, die die beiden Computer und den Drucker einschloss.

Nussbaum stand auf, und Fatima erhob sich ebenfalls. »Bitte entschuldigen Sie, wenn ich Sie umsonst verständigt habe.«

»Lieber einmal zu viel als zu wenig.« Nussbaum reichte Fatima die Hand.

Samantha atmete auf, als er das Büro verließ und Fatima hinter ihm die Tür schloss.

Samantha wartete einige Sekunden, bevor sie die Tür aufschob. »Du bist super. Ich hätte das nicht so cool hinbekommen.«

»Auf das brauche ich einen Tee und etwas Süßes«, sagte Fatima. »Möchtest du auch was?«

»Gerne.«

»Was machst du jetzt?«, fragte Fatima, als sie Wasser in den Kocher füllte.

»Wenn ich das wüsste. Ich muss einen Plan haben, wie ich die Polizei davon überzeuge, keine Komplizin zu sein, habe aber keinerlei Ideen, wie ich das bewerkstelligen kann.«

»Lass uns gemeinsam ein Brainstorming machen.« Fatima brachte die Tassen zum Schreibtisch und stellte eine Packung mit Gebäck daneben.

Samantha setzte sich und nahm ein Schokoladenbiskuit. Nervennahrung, hatte ihre Adoptivmutter Süßes genannt. Dieses Mal funktionierte es nicht. Samantha war weiterhin in Alarmbereitschaft.

»Du hast keine Ahnung, was für Indizien aufgetaucht sind?«, fragte Fatima.

»Absolut nicht.« Samantha musste die Panik in den Griff bekommen. So konnte sie keinen klaren Gedanken fassen.

Das Klicken der Tür ließ sie herumfahren. Mit einem Aufschrei sprang Samantha vom Stuhl auf, der mit einem Knall umkippte.

Das Klopfen von Nussbaums Fingern auf dem Pult war das einzige Geräusch.

»Darf ich mich zu eurem Kaffeekränzchen gesellen«, hatte er gesagt und sich den Bürostuhl vom zweiten Schreibtisch geholt. Scheinbar entspannt hatte er sich darauf niedergelassen, ein Schokoladenbiskuit genommen und die Beine unter dem Tisch ausgestreckt.

Wut, Zorn, Verzweiflung und Angst wechselten sich im rasanten Tempo ab. Er war nicht gegangen und hatte gelauscht.

Auf diesen Trick hätte Samantha selbst kommen können. Wie hatte sie darauf reinfallen können? Rückblickend hatte er sich zu schnell mit Fatimas Erklärungen zufriedengegeben und das Feld geräumt. Ihr hätte klar sein müssen, dass Nussbaum das Spiel durchschaut hatte. Wieso hatte Fatima die Tür nicht wieder abgeschlossen?

Das Schweigen lastete schwer über ihnen, und das Klopfen der Finger auf der Tischplatte wurde zusehends nervtötender.

»Du bist fast nicht wiederzuerkennen, Sammy«, sagte Nussbaum, wobei er ihren Namen betonte. Die Ironie, die er damit zum Ausdruck bringen wollte, war unverkennbar und jagte Samantha zusätzlich Angst ein. Sie Sammy zu nennen gestattete sie nur engen Freunden. Für Nussbaum war sie Samantha. Ihr war klar, was er damit bezwecken wollte.

Tastend fuhr Samantha mit den Fingerspitzen über ihr Gesicht.

»Offenbar ist das nicht geschminkt. Sind Sie die Person, die Sammy entführt hat?« Nussbaum malte bei den letzten beiden Wörtern Anführungszeichen in die Luft.

»Was? Ich? Nein!«

»Ich warte auf eine Erklärung.« Nussbaum hob die Hand, als Samantha zu sprechen ansetzte. »Überlegt es euch gut, was ihr sagt. Es sollte in eurem eigenen Interesse glaubhaft herüberkommen.«

Er unterbrach weder Samantha noch Fatima, als jede ihre Geschichte erzählte.

Neues Schweigen senkte sich über sie, nachdem sie geendet hatten. Es zog sich in die Länge und wurde unerträglich. Samantha hielt der Versuchung stand, es zu brechen. Nussbaum stand auf und ging zum Fenster.

Samantha und Fatima schauten einander an. »Wieso ist der hier?«, flüsterte Fatima so leise, dass Samantha sie beinahe nicht verstehen konnte.

»Haltet ihr mich für dumm?«, fragte Nussbaum. Offenbar hatte er gehört, was Fatima gesagt hatte. »Das nächste Mal solltest du anders vorgehen, Sammy.«

Samantha widerstand dem Drang, ihn zu bitten, sie nicht so zu nennen. Er provozierte sie bewusst.

Nussbaum lehnte sich gegen das Fenster und verschränkte die Arme vor der Brust. »Als die Kollegin uns über den seltsam anmutenden Anruf einer Frau mit Aargauer Dialekt informierte, war mir sofort klar, wer das sein musste.«

Anhand ihres Dialektes identifiziert zu werden hatte Samantha außer Acht gelassen. Im Gegensatz zu Joel war sie kein sprachliches Chamäleon und konnte nicht verheimlichen, im Aargau aufgewachsen zu sein. Joel war im Baselbiet geboren und hatte seine Kindheit im Baselbiet verbracht. Als Jugendlicher hatte er für einige Jahre in Bern und nach Abschluss seines Studiums in Winterthur gelebt. Anhand des Dialektes, den er sprach, konnte Samantha erkennen, mit wem er gerade telefonierte. Sie dagegen hatte ihren Aargauer Dialekt beibehalten. Ein Jahr im Baselbiet zu wohnen hatte daran nichts geändert. Da Fatima Baselbieter Dialekt sprach, musste ihm sofort klar gewesen sein, dass sie nicht die Anruferin gewesen war.

»Wir brauchten Gewissheit. Aus diesem Grund habe ich Lorenz gebeten, den Lautsprecher einzuschalten, als er diese Telefonnummer anrief.«

Daher hatte Bühler wie weit weg geklungen.

Nussbaum war ernst, dennoch meinte Samantha in seinen Augen Belustigung auszumachen. Klopfte er sich gerade selbst auf die Schulter? Am liebsten hätte sie ihn gepackt und geschüttelt. Samantha senkte den Kopf und bearbeitete eine Kante des Mittelfingernagels, der aus dem Gips herausragte.

»Ich weiß nicht, ob ich es euch abkaufen soll. Die Geschichten klingen recht phantasievoll. Wobei ich einräumen muss, deine ergibt in Anbetracht der Umstände Sinn. Wobei ich anhand der neuen Entwicklungen hin- und hergerissen bin, Sammy.«

»Welche neuen Entwicklungen?«, krächzte sie.

»In eurem Badezimmer haben wir ein braunes Fläschchen gefunden – mit dem Rest einer durchsichtigen Flüssigkeit. Ich glaube, mehr muss ich dir nicht sagen.«

Das musste er tatsächlich nicht. »K.-o.-Tropfen«, flüsterte sie. Es war keine Einbildung gewesen, als sie vorgestern nach Hause gekommen war. Es war jemand im Haus gewesen.

»Auf der kleinen Flasche ist ein Fingerabdruck. Ich nehme an, ich muss hierzu keine näheren Erläuterungen machen.«

Samanthas Herz setzte für einen Bruchteil aus. Nun war alles aus.

»Er stimmt nicht mit deinem überein.« Hatte sie das richtig verstanden? »Frau Hofmanns entspricht er ebenfalls nicht. Das Gleiche gilt für Joel. Bisher haben wir keinen Treffer dazu. Ich muss zugeben, es ist mir zu auffällig, dass überall diese kleinen Flaschen auftauchen.«

Bedeutete das, sie war entlastet? Samantha traute sich nicht aufzuatmen.

»Wie gesagt, ich bin mir nicht schlüssig, was ich davon halten soll. Du kannst die kleine Flasche präpariert haben.«

»Ich? Das ist absurd!«

Anstatt auf Samanthas Ausruf einzugehen, wandte sich

Nussbaum an Fatima. »Mit welchen Kollegen von mir hatten Sie Kontakt, als Sie wegen Ihres Bruders um Hilfe ersucht haben?«

Samantha war froh, dass sich seine Aufmerksamkeit auf Fatima richtete.

Fatima nannte zwei Namen, die Nussbaum notierte.

»Ihr beide seid euch vorher nie begegnet? Habe ich das richtig verstanden?«

»Ja«, sagten Samantha und Fatima gleichzeitig.

»Kennen Sie Bianca Arnold oder Florin und Annina Nidegger?«

»Nein«, erwiderte Fatima.

Nussbaum holte sein Handy hervor und tippte auf dem Display herum, bevor er zum Pult zurückkehrte und es Fatima hinhielt. »Kennen Sie diese Personen?« Er wischte zweimal langsam über das Display.

Fangfrage, dachte Samantha. Die Fotos zeigten Bianca, Annina und Florin.

»Nein«, wiederholte Fatima, ohne zu zögern.

»Seit wann haben Sie Unterschlupf in diesem Büro?«

»Seit drei, nein, inzwischen sind es vier Tage.«

»Wissen Sie, was in der Physiopraxis passiert ist?« Nussbaum machte eine vage Handbewegung nach rechts.

»Meine Freundin, Viktoria Reinhardt, hat mir davon erzählt.«

»Kennen Sie die beiden Physiotherapeutinnen?«

Die nächste Kontrollfrage, dachte Samantha.

»Nein. Ich kenne keine Person, die hier Räumlichkeiten gemietet hat. Ich war vorher nie in einem der Gebäude des Ziegelhofareals.«

»Ist Ihnen während Ihres …« Nussbaum hielt inne. Er suchte offenbar nach einem passenden Wort. »Aufenthaltes etwas aufgefallen?«

»Manchmal höre ich Leute auf dem Gang. Gestern hatte es Yogastunden. Wenn andere anwesend sind, verhalte ich mich ruhig. Wie es scheint, hat mich bisher keiner bemerkt.«

»Verlassen Sie das Büro zwischendurch?«, fuhr Nussbaum fort.

»Ich bin nicht lebensmüde. Mein Bruder sucht nach mir und hat überall Kumpels, die ihm sofort Bescheid geben, wo und wann sie mich gesehen haben. Die einzige Ausnahme war gestern, als ich von Samanthas Entführung erfahren habe. Ich konnte sie nicht ihrem Schicksal überlassen.«

Nussbaum trommelte wieder mit den Fingerspitzen auf das Pult. Es arbeitete eindeutig in seinem Kopf. Inzwischen kannte Samantha ihn gut genug und konnte erkennen, dass ihn etwas an der Geschichte störte. Er musste an Fatimas Aufrichtigkeit zweifeln, was Samantha verunsicherte. Immerhin kannte sie die Frau nicht. Bisher hatte sie ihr vertraut und nicht darüber nachgedacht, etwas von dem, was sie erzählte, könnte nicht stimmen.

Lass dich nicht von Jans Misstrauen anstecken, ermahnte sie sich. Fatima hat dir das Leben gerettet. Wäre sie nur eine halbe Stunde später gekommen …

»Okay«, sagte Nussbaum. »Mir gefällt das alles nicht, aber ich habe auf die Schnelle keine bessere Idee, als euch beide hierzulassen. Ich werde der Sache nachgehen.« Er schaute Fatima an, die seinen Blick erwiderte. »Und das, was dich betrifft, werde ich überprüfen«, wandte Nussbaum sich an Samantha. »Ich rate euch, hierzubleiben und die Füße stillzuhalten. Ich muss nicht erklären, was sonst passiert. Früher oder später würde ich euch finden.«

Darauf hätte er sie nicht aufmerksam machen müssen.

»Wer behauptet, ich hätte Annina unterstützt und sei daher untergetaucht?«, fragte Samantha und war sich gleichzeitig bewusst, besser den Mund zu halten. Doch das konnte sie nicht. Sie musste wissen, wer sie verunglimpft hatte. »Die bei mir gefundenen K.-o.-Tropfen reichen doch nicht als Indiz. Es muss etwas anderes geben.«

»Woher hast du das?«

»Aus den Zeitungen.«

»Die schreiben viel, wenn der Tag lang ist.« In seinen Augen flackerte etwas auf, das Samantha beunruhigte. Wieso sagte er nicht, dass er Samanthas Beteiligung an Florins Ermordung in Betracht zog? »Wie du weißt, kann ich keine Angaben zu laufenden Ermittlungen machen.« Nussbaum stand auf. Er legte die Hände auf das Pult und beugte sich zu Samantha vor. »Nochmals, ich rate euch hierzubleiben. Mal abgesehen davon, dass ich nicht die Ressourcen habe, euch einen Babysitter zu bestellen. Kein Kontakt zu irgendwem. Damit meine ich vor allem Joel und Simona.« Bevor er sich verabschiedete, legte er eine Visitenkarte auf den Tisch, verbunden mit der Bitte, sich zu melden, wenn sie ihren Aussagen etwas hinzufügen wollten.

»Ich traue ihm nicht«, sagte Fatima, nachdem Nussbaum gegangen war. »Und er misstraut uns. Wer gibt dir Gewissheit, dass er uns nicht in die Pfanne haut?«

Niemand, dachte Samantha. »Er hat mir mehr als einmal aus der Patsche geholfen.« Das klang lahm, war sie sich bewusst.

»Das soll eine Garantie sein?« Fatima schaute aus dem Fenster.

»Bleibt uns etwas anderes übrig, als das zu tun, was er verlangt?«

»Wir sollten uns einen anderen Unterschlupf suchen«, sagte Fatima.

»Du hast ihn gehört. Das ist keine gute Idee.«

»Ich habe keine Lust, verhaftet oder von meinem Bruder gefunden zu werden, weil dein Polizist ihn informiert.«

»Er ist nicht *mein* Polizist.«

»Ich hätte auf mein Bauchgefühl hören und mich nicht von dir überreden lassen sollen.« Obwohl sie das ruhig sagte, spürte Samantha ihren Groll und den Vorwurf. Fatima stand auf und packte ihre Tasche.

»Du machst es damit schlimmer. Wo willst du hin?«, fragte Samantha.

»Keine Ahnung.«

Sie setzte sich auf einen Stuhl und presste die Hände vor

das Gesicht. Als sie diese wegnahm, glitzerten Tränen in ihren Augen. Sie stand auf und spähte auf die Straße. Samanthas schlechtes Gewissen vertiefte sich. Fatima hatte ihr Leben riskiert, um sie zu retten. Und was hatte sie als Dank getan? Die Polizei auf sie gehetzt.

»Ich fürchte, es ist keine gute Idee, wenn wir uns einen neuen Ort suchen«, sagte sie, die Worte mit Bedacht wählend. »Es ist ein Test, dass er uns allein lässt. Wenn wir den nicht bestehen, vergrößern wir unsere Probleme ungemein.«

»Du meinst, es käme einem Schuldeingeständnis gleich, wenn wir abhauen würden?«

»Ja, und leider brauchen wir ihn. Ohne fremde Hilfe kommen wir aus der Situation nicht heraus.« Samantha stellte sich neben Fatima und schaute auf die leere Straße.

»Wenn ich es mir richtig überlege, muss ich dir zustimmen, obwohl es mir nicht passt.« Fatima klang resigniert.

Samantha sah, wie Nussbaum das Gebäude verließ. Er schaute zu ihnen hoch. Kurz kreuzten sich ihre Blicke, bevor er links abbog.

»Er ist weg.« Geräuschvoll stieß Fatima den Atem aus. »Ich hoffe, du behältst recht, und er taucht nicht gleich mit einem Einsatzkommando auf.«

Das Geräusch der sich öffnenden Tür ließ Samantha herumfahren. Eine blonde Frau Ende zwanzig blieb abrupt stehen.

»Wer sind Sie?«, stieß sie hervor.

»Das ist Samantha«, sagte Fatima, bevor Samantha sich vom Schreck erholt hatte. »Und das ist Viktoria Reinhardt, meine Freundin, die mir Unterschlupf gegeben hat.«

»Was will die hier?«, fragte Viktoria und presste die grellrot geschminkten schmalen Lippen zusammen. Ihre Augen hinter der Brille mit dem dünnen goldenen Rahmen drückten eindeutig Missfallen aus.

Zum zweiten Mal berichtete Fatima, was gestern vorgefallen war.

»Mal abgesehen davon, dass es verantwortungslos von

dir ist, hättest du mich vorwarnen können.« Sie musterte Samantha eingehend. Ihr Urteil war nicht zu übersehen. Sie fand Samantha nicht sympathisch.

Viktoria ging an Samantha vorbei und stellte zwei Papiersäcke auf das linke Pult. »Die will ich aber nicht mit durchfüttern müssen«, sagte sie.

»Ich bleibe nicht lange«, sagte Samantha. »Spätestens morgen bin ich weg. Und gerne erstatte ich Ihnen Ihre Auslagen zurück.«

»Ich mache uns einen Tee«, sagte Fatima, der die Spannung zwischen Samantha und Viktoria sichtlich unangenehm war.

Samantha zog es vor, stehen zu bleiben.

Viktoria legte ihre Jacke ab und hängte sie über die Lehne eines Bürostuhls. Sie setzte sich aufrecht hin, schlug die Beine übereinander und verschränkte die Arme vor der Brust. Ihre Präsenz war erdrückend. Wie konnte eine einzelne Person einen Raum derart mit ihrer Anwesenheit ausfüllen?

Es ist ihr Büro, rief Samantha sich in Erinnerung.

»Wie gut kennst du Bianca und Fabia von der Physiopraxis?«, fragte Fatima, als sie mit dem Tee zurückkehrte.

»Wieso?« Viktorias Augen huschten zwischen Samantha und Fatima hin und her.

»Samantha hat Bianca gefunden«, erwiderte sie, und Samantha wünschte, Fatima hätte dies nicht gesagt. Wieso musste sie ausgerechnet dieses Thema anschneiden?

Viktoria richtete sich weiter auf und saß da, als habe sie einen Stock verschluckt. Ihre Augen bohrten sich in Samanthas. Sie holte eine Zigarettenpackung hervor, stand auf und öffnete das Fenster. »Schlimme Sache«, sagte sie zu Samanthas Erstaunen, nachdem sie hastig einige tiefe Züge genommen hatte. »Das muss ein Schock für dich gewesen sein.« Das klang direkt freundlich und mitfühlend. Sie wechselte zum Du, und das ließ auf Entspannung hoffen.

»Das war es«, erwiderte Samantha und hoffte, diese knappe Antwort kam nicht zu schroff herüber.

»Ich kenne … kannte die beiden nicht gut.« Wieder dieser

unstete Blick. »Einige Male bin ich ihnen auf dem Gang begegnet, als ich das Büro eingerichtet habe. Sie haben erzählt, was sie machen, und ich, was ich vorhabe. Ansonsten haben wir über das Ziegelhofareal gesprochen und welche Potenziale darin stecken.« Viktoria drückte die halb aufgerauchte Zigarette im Aschenbecher aus, der auf dem Fenstersims stand, und kehrte zum Tisch zurück. Sie nahm den Teebeutel heraus und streute drei Löffel Zucker in ihren Pfefferminztee. »Ich finde ihren Tod beunruhigend. Wobei Bianca nicht direkt umgebracht worden ist, wenn ich das richtig verstanden habe, sondern aufgrund der Verkettung mehrerer unglücklicher Umstände gestorben ist.«

Gute Umschreibung, dachte Samantha. Für sie blieb es weiterhin Mord. Die Person, die Bianca die K.-o.-Tropfen verabreicht hatte, hatte die Möglichkeit ihres Todes in Kauf genommen.

»So spät«, sagte Viktoria unvermittelt. »Ich muss los. Wenn du etwas brauchst, melde dich.« Sie warf ihre Jacke über den Unterarm und schnappte sich die Tasche.

»Ich traue ihr nicht«, wiederholte Samantha Fatimas Worte von eben in Bezug auf Nussbaum, als die Tür hinter Viktoria ins Schloss fiel.

»Sie ist in Ordnung.« Fatima trug Viktorias Tasse und die beiden Papiersäcke in die Küche. Sie schüttete Viktorias unberührten Tee in den Ausguss. »Harte Schale, weicher Kern.«

Wenn es nur das wäre, dachte Samantha. Viktoria war ihr unsympathisch. Fertig. Ihr Abgang war abrupt gewesen, was das Misstrauen schürte.

Samantha beobachtete, wie Viktoria das Gebäude verließ. Sie blieb stehen und drehte sich um. Ein Mann ging mit ausgreifenden Schritten auf sie zu. Die beiden begrüßen sich mit drei Wangenküssen.

Während sie miteinander sprachen, schaute der Mann kurz zu ihr hoch, und ihre Blicke trafen sich, bevor er sich wieder Viktoria zuwandte.

»Ist das Viktorias Freund?«, fragte Samantha.

»Wer?«

»Der da.«

Die beiden entfernten sich.

»Keine Ahnung. Ich weiß nicht, wer das ist.« Fatima setzte sich auf einen der Stühle und legte die Füße auf den Tisch. Sie steckte die Kopfhörer in die Ohren und nahm ihr Handy. Wie am Morgen. Samantha seufzte innerlich auf. Der Nachmittag würde ähnlich langweilig werden wie der Vormittag.

***

Wenn sie wenigstens eine Beschäftigung hätte. Ein Buch würde reichen, um sich die Zeit zu vertreiben. Fatima hatte immerhin ihr Handy. Sie schaute Filme auf Netflix, wie Samantha herausgefunden hatte, als sie ihren Posten am Fenster einmal verlassen hatte und zur Toilette gegangen war.

Mehr als einmal war Samantha kurz davor gewesen, das Büro zu verlassen und nach Hause zu gehen. Mehr als einmal hätte sie beinahe Joel angerufen, um ihn wissen zu lassen, dass es ihr gut ging. Samantha hoffte, Nussbaum habe ihn verständigt, damit er sich keine Sorgen machen musste.

Samantha setzte sich auf eins der hüfthohen Möbel, die vor dem Fenster standen. Sie winkelte die Beine an, stützte sich auf den Knien ab und starrte nach draußen. Inzwischen war es siebzehn Uhr.

Wolken hatten die Sonne verdrängt, und es hatte zu nieseln begonnen. Sie hatten das Licht nicht eingeschaltet.

»Zu unsicher, wenn Leute am Büro vorbeigehen«, hatte Fatima gesagt.

Samantha dachte an die vergangene Nacht. Da hatte Fatima das Licht auch eingeschaltet. Stand das in keinem Widerspruch zu ihrer Aussage? Wie würde es sein, wenn es Abend war? Lust, im Dunkeln zu hocken, hatte Samantha nicht.

Die Fenster hatten keine Vorhänge oder Storen. Wenn man sich nicht gerade in der Nähe eines Fensters aufhielt, war es kein Problem, da die Straße schmal war und man nicht in die

Räume im ersten Stock schauen konnte – es sei denn, man befand sich im anderen Gebäude auf gleicher Höhe.

Samantha war müde und gleichzeitig rastlos, da sie hier festsaß. Ihre Stimmung verschlechterte sich zusehends. Sie war in Streitlaune und musste sich zusammenreißen, Fatima nicht anzufahren, endlich ihr Handy auf die Seite zu legen.

Samantha lehnte ihren Kopf gegen das Fenster. Die Kühle tat gut.

Von Zeit zu Zeit schlenderten Leute die Straße entlang. Diese Menschen zu beobachten war die einzige Abwechslung, die sich ihr bot. Einige hatten zu ihr hochgeschaut. Ein Kind in einem Buggy hatte ihr zugewunken. Es war keine gute Idee, am Fenster zu sitzen.

Samantha rutschte von dem Möbelstück herunter und durchquerte den Raum. Das Lämpchen beim Ladegerät zeigte Grün.

»Diese blöde Taschenlampe«, hatte Fatima vorhin geschimpft und sie auf die Schlafmatte geschleudert.

Samantha hatte die Batterien herausgenommen und in das Ladegerät gesteckt, das sie in der Küche gefunden hatte.

Sie legte die Akkus zurück in die Lampe und schaltete sie ein. Das Licht flackerte.

»Wie ich sagte, das Ding hat einen Wackelkontakt.« Fatima hatte den Ohrstöpsel herausgenommen und starrte Samantha wütend an. Als ob sie etwas dafürkonnte, dass dieses Ding nicht funktionierte.

Stopp, ermahnte Samantha sich. Sie verkniff es sich, auf Konfrontation zu gehen. Streit war das Letzte, das sie gebrauchen konnten. Die Luft zwischen ihnen knisterte. Wie lange würde es funktionieren, bis es zur Explosion kam? Samantha lehnte sich gegen die Wand und überlegte, wie sie die Stimmung bessern konnte.

Die Tür wurde aufgerissen und prallte gegen sie. Ein braunhaariger Mann stürmte herein. Er blieb mitten im Raum stehen.

Hatte Fatima die Tür nicht abgeschlossen, nachdem Viktoria gegangen war?

Fatima starrte den Mann mit aufgerissenem Mund an. Mit drei Schritten war er bei ihr.

»Wo ist Annina, die Schlampe?«

»Samantha, lauf!«

Der Mann fuhr herum. Moment, das war doch … Keine Zeit, darüber nachzudenken.

Samantha rappelte sich auf und stürmte aus dem Büro. Hinter sich hörte sie einen Aufschrei und einen Aufprall. Etwas klirrte, als sie die Tür zum Treppenhaus erreichte. Ein neuer Schrei. Stille.

Fatima! Sie musste ihr helfen.

Sei nicht lebensmüde, schrie eine andere Stimme in ihrem Kopf. Weg hier!

Schritte folgten, als Samantha die Tür aufstieß und ins Treppenhaus stolperte.

»Halt sie auf!«

Von unten näherten sich Schritte. Jemand rannte die Treppe hoch. Samantha lief geradeaus. Die Glastür stand offen. An der gesamten Wand waren Schallplatten angebracht. Ging es dort nicht weiter? Samantha realisierte das Schild »Ziegelhof Kulturlokal« und bog links in einen Gang, der mit rotbraunen Platten belegt war. Sie rannte los.

»Wo ist sie?«, fragte eine Männerstimme.

»Dort rein.« Jetzt wusste Samantha, wer der Mann war. Es war der Freund von Biancas Physiokollegin Fabia. Der Elektriker. Genau, Matteo hatte er geheißen.

Ohne darauf zu achten, wohin, rannte Samantha weiter und erreichte eine Halle mit Milchglasfenstern, die von der Decke bis fast zum Boden reichten. Regenschirme und tibetische Gebetsfahnen waren aufgehängt. Samantha lief an einer Bar vorbei. Große Tanks standen in der Halle, die aber nicht mehr in Betrieb zu sein schienen. Bei einem der Tanks entdeckte sie einen herausgesägten Durchgang. Darin standen braune Sofas mit einem runden Metalltisch. Eine Art Aufenthaltsraum. Kurz erwog Samantha, hineinzuschlüpfen und zu hoffen, ihre Verfolger würden vorbeirennen. Darauf wollte sie sich lieber nicht verlassen und es nicht riskieren, in der Falle zu sitzen. Sie betrachtete die Taschenlampe, die sie in der Hand hielt. Würde es ausreichen, wenn sie ihrem Verfolger damit eins über den Kopf ziehen würde? Sie waren zu zweit.

Sie hörte die Schritte der beiden Männer auf dem Plattenboden. Die beiden holten auf. Hör auf, Zeit zu vergeuden. Sie musste den Vorsprung halten, den sie sich am Anfang verschafft hatte. Samantha rannte weiter und hastete eine Metallwendeltreppe hoch. Sie gelangte in einen weiteren Raum mit Metallrohren. Wieso war das Areal wie ausgestorben?

Die Schritte ihrer Verfolger polterten auf der Wendeltreppe, als Samantha gegen eine Tür stieß. Verdutzt hielt sie einen kurzen Moment inne, als sie den Korridor sah. Es dauerte eine Sekunde, bis ihr klar war, sich auf der überdachten Verbindungsbrücke der beiden Gebäude zu befinden. Sie blickte nach unten. War das hoch! Viel höher, als es von unten ausgesehen hatte. Samantha steuerte auf die senfgelben Vorhänge am anderen Ende der Passerelle zu. Wie lange würde sie dieses Tempo aufrechterhalten können? Sie schlüpfte durch die Vorhänge.

»Sie ist dort hinten.«

Die Männer hatten aufgeholt. Keuchend hastete Samantha weiter und erreichte einen Dachstock mit einem Holzunterdach und einem Querbalken. An der Wand standen Tische mit Holzstühlen. Auch hier gab es keine Verstecke. Wie kam sie aus diesem Labyrinth heraus? Es musste einen Weg nach unten geben. Samantha taumelte gegen die nächste Tür und fand sich auf einer Dachterrasse wieder. Viereckige Betonplatten waren am Rand auf einer bemoosten Fläche übereinandergestapelt. Ohne sich umzusehen, rannte sie über die Terrasse, die mit Dachpappe ausgelegt war. Die weiße Tür auf der gegenüberliegenden Seite war glücklicherweise nicht abgeschlossen. Sie gelangte in einen hohen Raum mit verrosteten Behältern und Tanks. Ein weiterer Dachstock. Sie musste endlich den Weg nach unten finden. Samantha bekam fast keine Luft mehr und überlegte, ob sie in den verrosteten Tank kriechen sollte, ließ es aber bleiben. Die beiden würden hundertprozentig nachschauen.

Am Ende des Raumes fand Samantha das, woran sie nicht mehr geglaubt hatte: eine Treppe. Sie führte nach unten in die Dunkelheit.

Denk nicht nach! Mit der Hand auf dem Handlauf eilte Samantha, so schnell, wie es ihr möglich war, hinunter. Sie wagte nicht, die Taschenlampe einzuschalten. Oben flammte ein Licht auf. Eine Handytaschenlampe. Bevor der Strahl Samantha erfasste, bog sie um die Ecke und tastete sich weiter. Die Schritte kamen näher.

Licht war von Vorteil. Wohl oder übel musste sie ihre Taschenlampe einschalten, auch wenn es ihren Standort verriet.

Samantha erreichte das untere Ende der Treppe. Ihre Hoffnung, den Ausgang aus dem Areal gefunden zu haben, zerschlug sich, als sie im Schein der Taschenlampe einen Raum mit geschwärzten Wänden erblickte. An einzelnen Stellen schimmerten hellgrüne Wandplättli durch den Schmutz. An der Decke verliefen unterschiedlich dicke Rohre. Über den Boden verteilt lagen die Hälften von Fassböcken aus Beton. Auf einzelnen standen runde Tanks, die einmal cremefarben gewesen sein mussten und von einer Schmutzschicht überzogen waren, wie sie im Licht der Lampe sehen konnte.

Neben der Tür, durch die sie gekommen war, erkannte sie ein Holzbrett, das hochkant gestellt war und ihr bis zum Bauchnabel reichte. Samantha leuchtete auf die andere Seite und zuckte zurück. Dort ging es mindestens ein oder zwei Stockwerke nach unten. Das Brett war die notdürftige Sicherung dieses Loches mitten im Boden.

Der Strahl der Taschenlampe streifte eine gelbe Tür. »Hefekeller«, stand darauf. »Heferaum – Hier wurde die Hefe gelagert. Die Hefe konnte für mehrere Gärprozesse benutzt werden«, verriet das Blatt, das unter dem Schild an die Tür geklebt war.

»Wo ist sie hin?«, hörte sie Matteo fragen.

»Ich glaube, dorthin«, sagte der andere Mann.

In Samantha kam wieder Bewegung. Sie huschte in den Raum, der nicht wie die anderen leer war. Mehrere jeweils paarweise übereinandergestellte Tanks waren an der Wand aufgereiht. Die Wände waren nicht so schwarz wie die der anderen Räume, durch die sie gerade gekommen war.

Die Stimmen und Schritte kamen näher. Es gab keinen Ausgang auf der anderen Seite des Raumes. Sie saß in der Falle. Die Öffnungen der Tanks waren zu klein, um sich hineinzuzwängen.

Samantha umrundete die Fassböcke am Boden, schaltete die Taschenlampe aus. Sie quetschte sich zwischen zwei dieser Doppelkonstruktionen und kroch so weit darunter, wie es ging. Sie bemühte sich, oberflächlich Luft zu holen, was nicht einfach war, wenn man außer Atem war.

Sie verharrte in der Position. Das Licht der Handytaschenlampe wanderte durch den Raum. Das Versteck war alles andere als gut. Es war nur eine Frage der Zeit, bis die beiden sie fanden. Sie mussten nur zwischen die Tanks leuchten und würden sie sofort entdecken.

»Wo sind wir hier?«, fragte der Mann, dessen Stimme Samantha nicht kannte.

»Im Keller.« Das war Matteo.

»Das sehe ich selbst. Wo ist sie?«

Der Lichtstrahl glitt weiter über die Tanks und blieb abermals an dem hängen, unter den Samantha halb gekrochen war.

»Sie muss hier sein«, sagte Matteo. »Es gibt keine andere Möglichkeit.«

»Ich habe das Licht ihrer Taschenlampe nicht mehr gesehen.«

»Sie wird es ausgeschaltet haben. Das heißt, sie kommt nicht so schnell vom Fleck.«

»Oder sie versteckt sich hier.«

»Wo bitte?« Matteos Frust war deutlich.

»In einem dieser Tanks.«

»Passt ein Mensch durch die Öffnung?«

Anstelle einer Antwort hörte Samantha Schritte. Sie konnte von ihrem Versteck aus Beine erkennen. Die Person bückte sich und leuchtete in einen der unteren Tanks. Ihr Herzschlag beschleunigte sich, und der Puls dröhnte in ihren Ohren. Sie war überzeugt, die beiden würden es hören.

Das Licht huschte über die Tanks.

»Willst du in jedem nachschauen? Selbst wenn sie schlank genug ist, dort durchzukriechen, hatte sie keine Zeit dafür. Und wer sagt, dass sie in diesem Raum ist?«

»Wo soll sie sonst sein?«, fragte Matteo.

»Überall in diesem Irrgarten. Weißt du, wo du dich befindest?«

»Im Keller des Ziegelhofs.«

»Sehr witzig. Ich hoffe, wir finden hier wieder raus.«

»Sei keine Memme und such lieber.«

Der Mann erreichte die Tanks, unter denen Samantha sich versteckte. Es war nur eine Frage von Sekunden, bis der Lichtkegel sie erfasste. Sie widerstand dem Drang, sich weiter darunterzuquetschen. Das Geräusch würden die beiden hören. Fest presste sie die Augen zusammen und wappnete sich auf das, was kommen musste.

»Was hast du mit ihr vor, wenn du sie findest?«

»Zuerst will ich von ihr wissen, wo sie Annina und Giulia versteckt hält.«

»Annina hier, Giulia da. Kannst du mal an etwas anderes denken? Was hast du bloß mit denen?«

»Annina hat gesehen, wie ich ihren Mann … du weißt, was ich sagen will. Sie ist eine zu große Gefahr. Das Gleiche gilt für Giulia sowie inzwischen für ihre Arbeitskollegin. Ich kann das Risiko nicht eingehen, dass sie zur Polizei gehen.«

Der Lichtstrahl streifte Samantha, und sie hätte beinahe aufgeschrien. Nichts passierte. Das Licht wanderte weiter. Hatten die beiden sie tatsächlich nicht gesehen? Das war unmöglich. Sie standen an der gleichen Stelle, und Samantha konnte ihre Konturen erkennen. Die Männer gingen zum nächsten Doppeltank.

»Das hätten sie längst tun können. Sie werden sich aber hüten, immerhin gelten sie als tatverdächtig.« Ein Lachen, das von den Wänden widerhallte und Samantha einen Schauer durch den Körper jagte.

»Ich kann nicht riskieren, dass die Polizei es sich anders überlegt und die wahre Geschichte erfährt.«

»Zusätzlich hast du ein neues Problem.«

»Du meinst, die da oben in diesem Büro?«, fragte Matteo.

»Genau die.«

Die Männer verschwanden aus Samanthas Blickfeld.

»Die lebt nicht mehr«, sagte Matteo.

Samantha gefror das Blut in den Adern. Ihre Befürchtung bewahrheitete sich. Fatima war tot.

»Du mit deinen Rachegelüsten. Das hast du nun davon.«

»Hör auf, mich zu belehren. Dazu ist keine Zeit.«

»Nicht nur Freunde mussten sterben, sondern nun auch Leute, die mit allem nichts zu tun haben und die du nicht einmal kennst. So wie die Frau in dem Büro oben.«

»Was soll das?«, brüllte Matteo. »Wenn du dich in die Liste nicht einreihen möchtest, halt endlich die Klappe!«

Stille setzte ein, und Samantha überlegte, ob die Männer den Raum verlassen hatten.

»Hier ist sie nicht«, sagte unvermittelt Matteo ganz nah. Er musste direkt vor ihr stehen. Samantha wagte nicht, den Kopf zu drehen, und hielt den Atem an, obwohl ihr Körper nach wie vor nach erhöhter Sauerstoffzufuhr verlangte. »Lass uns in den anderen Räumen nachschauen.«

Schritte, die sich entfernten. Ein letztes Mal sah Samantha das Aufblitzen der Handytaschenlampe, und danach war es finster.

Sie konnte nicht glauben, unentdeckt geblieben zu sein.

Samantha unterdrückte den Impuls, aus dem Versteck hervorzukriechen, solange die beiden nach ihr suchten und solange sie nicht sicher sein konnte, dass sie weg waren.

Die Sekunden schlichen dahin, und es war ihr, als drohte sie zu ersticken. Die Vorstellung, unter den Tanks zu liegen, war nicht beruhigend. Was passierte, wenn die Konstruktion nicht hielt und auf sie krachte.

Lass das, dachte sie. Die stehen seit Längerem so.

Die Panik wurde größer. Kellern hatte sie nie etwas abgewinnen können.

»Du und deine Kellerphobie«, hatte ihre Adoptivmutter sie regelmäßig aufgezogen. Dabei gab es für Samantha keinen Grund, Angst vor Kellern zu haben. Vielleicht lag es daran, dass einmal eine Flasche explodiert war, als ihre Adoptivmutter sie in den Keller geschickt hatte, um Konfitüre zu holen. Ihr Adoptivvater hatte selbst Obstwein hergestellt. Der Gärprozess war wohl nicht abgeschlossen gewesen, als er den Wein abgefüllt hatte. Eine der Flaschen hatte dem Druck nicht standgehalten. Obwohl es lächerlich war, mied sie seitdem Keller.

»Hoffentlich finden wir hier wieder heraus«, hatte Matteos Begleiter gesagt.

Was passierte, wenn nicht? Der Drang, der Enge und der Finsternis zu entfliehen, wurde größer, und Samantha konnte ihn nicht mehr zurückhalten. Sie kroch hervor und richtete sich vorsichtig auf. Sie schwankte und stützte sich mit der Hand an einem der Tanks ab. Sie hielt den Atem an und lauschte. Bis auf das Pochen ihres Pulses in ihren Ohren hörte sie nichts.

Sie traute sich nicht, die Taschenlampe einzuschalten. Die beiden konnte in der Nähe sein, auch wenn sie niemanden hörte und keinen Lichtschimmer erkannte, wo sie die Tür vermutete.

Sie lauern dir auf, bis du hervorkommst.

Diese Erkenntnis führte zu einer neuen Panikattacke, und sie konnte fast nicht atmen.

Ich muss hier raus, sonst werde ich wahnsinnig.

Vorsichtig machte Samantha einige Schritte und stieß mit dem Schienbein gegen eine Kante. Knapp konnte sie einen Aufschrei unterdrücken und sackte nach unten. Mit der Hand ertastete sie eine Betonfläche, die nach innen gewölbt war. Das musste einer der Fassböcke sein, die hier herumlagen.

Samantha setzte sich und rieb über das Schienbein. Sie

brauchte Licht. Ohne würde sie hier nicht heil herauskommen. Sie dachte an das Loch. In welcher Richtung lag es? Sie hatte die Orientierung verloren. Die Konstruktion mit dem Brett hatte alles andere als vertrauenerweckend ausgesehen. Es konnte weitere haben, die gar nicht gesichert waren.

Samantha hob die Taschenlampe. Nur ganz kurz. Sie schaltete sie ein. Nichts geschah. Sie klopfte mit der linken Hand dagegen. Das Aufeinanderprallen von Gips und Stahl hallte im Raum wider. Perfekt, um den Männern einen Hinweis zu geben. Samantha schüttelte die Lampe und schaltete sie erneut ein. Das gleiche Ergebnis.

»Wie ich sagte, das blöde Ding hat einen Wackelkontakt«, echote Fatimas Stimme in ihrem Kopf.

Oder sie war inzwischen ganz ausgestiegen.

Vorsichtig klopfte sie mit der Lampe gegen ihr Bein. Das Geräusch verstärkte sich im Raum.

Wunderbar, nun wissen sie definitiv, wo du bist.

Samantha lauschte. Nichts war zu hören.

Warum musste das Ding ausgerechnet jetzt seinen Geist aufgeben? Nochmals betätigte sie den Schalter. Das Licht ging an. Es flackerte ein oder zwei Sekunden, bevor es erlosch. Aber das reichte Samantha, sich den Weg bis zur Tür einzuprägen.

Langsam, einen Fuß vor den anderen setzend, arbeitete sie sich zur Tür vor. Mehrmals stieß sie gegen die auf dem Boden verteilten Fassböcke.

Endlich ertastete sie die Tür und hielt inne, um zu lauschen. Nach wie vor war nichts zu hören.

Samantha schaltete die Taschenlampe an. Licht flammte auf. Fest rechnete sie damit, die beiden Männer vor sich zu sehen. Doch dem war nicht so.

Welchen Weg sollte sie einschlagen? Am besten den gleichen, den du gekommen bist.

Nur wo war der?

Sie schaltete die Lampe aus und machte einige zögernde Schritte. Wo war die Absperrung? Sie musste in der Nähe sein, wenn sie sich richtig erinnerte. Dort wollte sie bestimmt nicht hin.

Samantha schaltete die Lampe kurz ein und prägte sich den Weg ein.

Lauschen, Lampe ein, laufen und von Neuem lauschen.

Nachdem sie dieses Prozedere mehrmals wiederholt hatte, kam es ihr vor, als ginge sie im Kreis, als sie im Lichtstrahl eine graue Tür entdeckte, von der die Farbe abblätterte. Endlich. Sie eilte so leise wie möglich durch die Tür. Doch sie stand nicht vor einer Treppe, sondern vor einer Mauer. Fassungslos starrte Samantha diese an und wich nach hinten. Es war ihr, als würde die Wand sie zurückdrängen und ihr das Gefühl vermitteln, eingemauert zu sein.

Ich will hier raus, schrie es in ihr. Der Atem beschleunigte sich. Nicht hyperventilieren. Du musst einen klaren Kopf behalten.

Sie bemerkte ein weißes Blatt, das auf der Tür angebracht war. Ein blauer Pfeil zeigte auf die Wand. »Blick auf die alte Stadtmauer«, stand auf dem Papier.

Was nützt mir das?, dachte sie frustriert. Hier war sie vorhin nicht gewesen.

Die Panik, die abgeflacht war, schlug erneut zu. Wie sollte sie hier jemals herausfinden? Samantha überlegte, wie lange sie schon hier unten war und herumirrte. Würde in der nächsten Zeit jemand vorbeikommen? Es sah aus, als sei hier seit Ewigkeiten keiner mehr gewesen.

Wo waren Matteo und sein Freund? Irrten sie wie Samantha herum, oder hatten sie den Ausgang gefunden? Oder schlimmer, lauerten sie ihr auf?

Samantha fuhr sich mit dem Handrücken über die schweißnasse Stirn, die eiskalt war. Mit der Hand blieb sie an der Kruste hängen. Ein Schmerz schoss durch die Haut, was gleichzeitig den Kopf veranlasste, mit einem dumpfen Pochen kundzutun, dass die Wirkung des Schmerzmittels nachgelassen hatte. Der Pullover klebte an ihrem Rücken. Kälte wurde im Sekundentakt von Hitze abgelöst. Die Beine drohten einzuknicken.

Weiter, sagte sie sich lautlos. Du kannst es dir nicht leisten, ausgerechnet hier schlappzumachen.

Sie schaltete kurz die Taschenlampe ein, merkte sich den Weg und tastete sich anschließend bis zu dem Punkt fort.

Das Licht der Taschenlampe flackerte bei jedem Mal mehr. Lange würde es nicht dauern, bis sie endgültig den Dienst versagte. Samantha verbot sich den Gedanken, was sie tun würde, sollte das Licht definitiv verlöschen.

Es wurde schwieriger, den Atem unter Kontrolle zu behalten, da sie meinte, keine Luft mehr zu bekommen. Schweiß rann ihre Schläfen herab, und die Zunge klebte am Gaumen. Was würde sie alles für einen Schluck Wasser tun.

Mit dem Fuß stieß sie gegen etwas. Samantha schaltete die Lampe ein. Sie flackerte nur noch kurz auf. Bei erneutem Einschalten passierte nichts.

Samantha klopfte mit der Lampe gegen den Gips und ignorierte den Protest ihrer schmerzenden Hand. Nichts. Sie klopfte gegen die Lampe. Inzwischen war es ihr egal, dass das Geräusch von den Wänden widerhallte. Alles war ihr egal. Sie wollte nur eins. Hier raus.

Samantha schlug die Lampe fester gegen das Bein. Vorhin hatte es geklappt, sie zum Leben zu erwecken. Dieses Mal blieb der Versuch erfolglos. Die Taschenlampe weigerte sich, sich einzuschalten. Offensichtlich war der Moment gekommen, ohne Lichtquelle dazustehen.

Verzweifelt starrte Samantha in die Dunkelheit. Sie musste sich entscheiden. Ausharren oder sich weiter vortasten? Ohne Licht hatte sie keine Chance. Sie dachte abermals an die Absperrung und das tiefe Loch dahinter.

Samantha sank auf den Boden. Angst schnürte ihre Kehle zu, und sie bekam kaum Luft. Sie stützte sich ab und stutzte. Ungläubig fuhr sie mit der rechten Hand über den Boden. Das war eine Stufe. Sie tastete weiter über die Oberfläche, die aus Beton bestehen musste, und spürte eine weitere Stufe.

Eine Treppe! Eine Treppe, die nach oben führte.

Samantha war sich nicht sicher, ob es die Treppe war, die sie vorhin genommen hatte, aber das war bedeutungslos. Diese hier führte nach oben, und das war alles, das zählte.

Sie klemmte die Taschenlampe unter ihre linke Achsel und krabbelte auf den Knien und mit Hilfe der rechten Hand die Stufen nach oben. Bis sie eine Fläche ertastete. War sie oben angekommen?

Wieso war es nach wie vor stockfinster?

Dafür gab es eine einfache Erklärung. Es war inzwischen Nacht geworden. Rechts oder links? Samantha entschied sich für links und stieß gegen eine weitere Stufe.

Nein, keine Stufe. Ein weiterer Absatz. Samantha traf auf eine Wand aus Holz.

Das war keine Wand, realisierte sie. Es war eine Tür. An eine Tür konnte sie sich nicht erinnern, als sie hinuntergerannt war. Das musste nichts bedeuten. Aber eine Tür bedeutete den Weg nach draußen – hoffentlich.

Samantha richtete sich auf. Sie fuhr mit der rechten Hand über das Holz und fand eine Türklinke, die senkrecht gestellt war. Samantha zögerte. Sie traute der Sache nicht. Obwohl sie keine Hoffnung hatte, betätigte sie den Schalter der Taschenlampe. Zu ihrer Überraschung blitzte Licht auf, dem sofort neue Dunkelheit folgte. Das war zu kurz gewesen, um zu erkennen, ob es sich tatsächlich um eine Tür handelte.

Samantha zählte von fünf rückwärts und drückte die Klinke auf die Seite. Nichts geschah. Samantha rüttelte an der Tür.

»Verschlossen«, flüsterte sie.

Samantha setzte sich und lehnte sich niedergeschlagen gegen die Tür. Nach unten wollte sie nicht zurück. Sich darauf verlassen, dass jemand durch diese Tür kam, konnte sie nicht.

Es musste einen Ausweg geben. Samantha tastete sich an der Wand neben der Tür entlang und stieß nach einigen Sekunden auf Treppenstufen. Sie konnte ihr Glück nicht fassen. Die Stufen führten weiter nach oben.

Langsam setzte Samantha ihren Weg fort und erreichte einen Raum. Draußen war es tatsächlich Nacht geworden, wie sie durch die Fenster erkennen konnte. Das spärliche Licht von Straßenlampen und vom halb vollen Mond erhellte den Raum. Deutlich sah sie die Giebel des Daches und Fässer.

Hier war sie vorhin gewesen. Samantha konnte es nicht glauben. Sie hatte es geschafft, den gleichen Weg zurückzufinden. Sie rappelte sich auf und wischte die rechte Hand an ihrer Jeans sauber.

Werde nicht leichtsinnig, sondern sei auf der Hut, ermahnte sie sich.

Sie schlich in Richtung der Dachterrasse, über die sie vorhin gerannt war. Vorsichtig öffnete sie die Tür, die nach draußen führte.

Kühle Luft schlug ihr entgegen, was unangenehm auf der verschwitzten Haut war. Trotzdem war Samantha froh. Endlich frische Luft. Sie atmete tief ein und aus. Bevor sie weiterging, spähte sie nach rechts und links. Niemand war zu sehen. Samantha huschte über die Dachpappe und hatte nicht ganz die andere Seite der Terrasse erreicht, als sie gepackt wurde. Sie schrie auf und wand sich. Mit dem Fuß trat sie nach hinten. Eine Hand legte sich auf den Mund. Samantha biss zu.

Ein Fluch. Das war Matteo. Warum war sie so leichtsinnig gewesen? Er musste sich hinter den übereinandergestapelten Betonplatten versteckt haben. Sie trat um sich und biss nochmals zu. Sein Griff lockerte sich, und Samantha rannte los.

Als sie das Geländer erreichte, wurde sie erneut gepackt und nach hinten gezogen. Der zweite Mann. Samantha krallte sich mit der rechten Hand an der Stange fest. Das da unten musste der Zeughausplatz mit dem »Museum.BL« sein. Vor dem Gebäude standen drei Autos. Zwei Männer stiegen aus einem.

»Hilfe!«, schrie Samantha und fuchtelte mit der linken Hand durch die Luft. Hoffentlich hörten die beiden sie.

»Matteo, hilf mir endlich!«, brüllte Sven und zerrte an Samanthas Arm.

Ein weiteres Paar Hände tauchte in Samantha Blickfeld auf und löste ihre rechte Hand. Sie taumelten rückwärts. Samantha fiel auf Matteo, und Sven war gleich über ihr.

Samantha wand sich. Sie schlug und trat um sich. Matteo schlüpfte unter ihr hervor, und Sven verpasste ihr gleichzeitig eine Ohrfeige. Mit dem Kopf prallte sie gegen einen Betonsockel. Benommen blieb sie liegen.

»Was hast du vor mit ihr?«

»Zuerst soll sie mich zu Annina und Giulia bringen.«

»Du meinst, dorthin, wo sie die beiden versteckt?«

»Genau. Was ich mit den drei danach mache, muss ich dir nicht sagen.«

Das musste er nicht. Samantha begann sich zu winden und um sich zu treten, als Matteo sie hochziehen wollte.

»Steh nicht so doof herum«, rief Matteo.

In Sven kam Bewegung. Er setzte sich auf Samantha und fixierte ihre Arme mit seinen Händen.

»Wir sollten schnell und ohne Aufsehen verschwinden«, sagte Matteo.

»Wie denn mit dieser Hexe?«

Samantha schrie. Der Tumult konnte nicht unbemerkt bleiben. Die unten auf dem Platz mussten sie hören.

Matteo holte etwas aus seiner Tasche. Als Samantha den Mund wieder öffnete, spürte sie mehrere Tropfen auf der Zunge.

»Das Problem ist gelöst. In einigen Minuten ist sie sanft wie ein Lamm.«

»Was war das?«

»Die Tropfen.«

Tropfen? K.-o-Tropfen! Bitte nicht.

Samantha wand sich stärker. Wie viel Zeit blieb ihr, bis die Wirkung einsetzte?

Die beiden Männer verschwammen vor ihren Augen. Ihre Bewegungen wurden schwächer, obwohl sie alles daransetzte, weiter um sich zu treten. Svens Griff lockerte sich, und Samantha wollte aufspringen, doch ihre Beine gehorchten ihr nicht. Sie machten genau das Gegenteil von dem, das sie wollte.

»Siehst du.«

Sein Lachen drang nur gedämpft zu Samantha. Es war, als sei sie in Watte gehüllt.

Du musst weg, solange du eine Chance hast. Sonst ist es dein Todesurteil. Das, was sie erwartete, versetzte ihr keinen Schrecken.

Matteo zog Samantha hoch. Schwindel. Sie schwankte. Ihre Beine waren weich wie Gummi, und sie sackte gegen ihn. Samantha musste kichern.

Hör auf damit.

Du … musst …

Sie schaffte keinen klaren Gedanken mehr zu fassen, und es war, als verabschiedete sich ihr Gehirn gerade. Die Gesichter der beiden wurden zunehmend undeutlich.

Die Männer nahmen sie in die Mitte und führten sie durch einen schmalen Gang. Rechts und links waren Fenster. Rechts und links ging es tief nach unten. Samantha schreckte zurück und wäre beinahe rückwärts gekippt, wenn die Männer sie nicht gehalten hätten. Sie musste lachen.

Schemen von Gegenständen näherten sich und entfernten sich wieder. Sie fühlte sich ganz leicht, und es war, als würde sie auf einem Trampolin springen und Saltos machen. Es kitzelte im Bauch. Samantha musste kichern.

Ganz weit hinten in ihrem Kopf schrillte eine Alarmglocke.

Du musst … du … musst …

Weiter kam sie auch dieses Mal nicht.

»Du … ihr … zu viel«, hörte sie jemanden sagen.

Ein kurzer Augenblick der Klarheit. Das Treppenhaus kannte sie. Die mintgrüne Wand kam auf sie zu und wich wellenartig zurück. Es war wie auf einer Achterbahn. Von irgendwo hallten Lachen und Gejohle wider. Normalerweise machte es Samantha nichts aus, auf einer Achterbahn zu fahren. Nur heute nicht. Ihr wurde schlecht.

Auf einmal standen sie draußen. Kälte schlug ihr entgegen, und sie zitterte. Es war nicht so hell wie im Treppenhaus. Eine Wohltat für ihre Augen. Weiterhin verschwamm alles, und sie konnte nur Schemen von ihrer Umgebung erkennen.

Eine Frau kam auf sie zu. »Ich … helfen?«

»Nein … geht … Meine Freundin … Alkohol.«

Die kühle Luft half, Samanthas Gedanken zu fokussieren. »Kein Alkohol«, lallte sie. Weiter kam sie nicht.

»Wir … sie … nach Hause.« Die Männer schleiften sie weiter.

»Hilf….«

Die Frau verschwand.

Samantha konnte ihren Kopf nicht mehr aufrecht halten. Es war, als baumelte er hin und her. Sie fror. Arme und Beine zuckten. Der Versuch, die Kontrolle über die Gliedmaßen zu erlangen, war aussichtslos.

Blinkende Lichter drängten sich in die Dunkelheit.

Der Rhythmus fand seine Fortsetzung im Kopf, wie wenn jemand mit einem Stock auf sie einschlug.

Ein Fluchen.

Sie wurde rückwärts gezogen und verlor das Gleichgewicht. Ihre Beine schleiften über den Boden.

Die Lichter kamen näher.

Vor und hinter ihr.

Blendeten sie.

Etwas knallte.

Ein geschriener Befehl.

Schreie.

Ein undefinierbares heulendes Geräusch.

Sie wurde losgelassen, fiel hart auf den Boden und wurde wieder hochgezogen und weitergeschleift.

Neue Schreie.

Alles wirbelte in ihrem Kopf durcheinander und verschmolz zu einem Dröhnen.

Sie wurde losgelassen. Samantha ruderte mit den Armen, suchte nach Halt, griff ins Nichts und schlug auf dem Boden auf.

Jemand rannte an ihr vorbei. Zog an ihr. Ließ sie los.

Eine Gestalt beugte sich über sie. Die Silhouette der Person verschmolz mit den Lichtern.

Unverhofft verschwanden die Lichter, als würde man die Lampen dimmen.

Angenehme Dunkelheit schloss sich um sie und zog sie mit sich. Samanthas Herz schlug schmerzhaft in ihrer Brust. Sie bekam keine Luft mehr und meinte zu ersticken. Panik kam auf. Samantha schaffte es, tief einzuatmen. Die Schmerzen ließen nach. Unverhofft wurde alles leicht, und es war, als würde sie über dem Boden schweben.

War das der Tod? Die Panik kehrte zurück. Ich will nicht sterben. Ich muss wach bleiben. Wach bleiben bedeutete leben. Die pulsierenden Lichter waren wieder da und blendeten sie. Der Schmerz kehrte explosionsartig zurück. Es schien, als stünde der gesamte Körper in Flammen.

Das war nicht gut. Leben bedeutete Schmerzen. Wollte sie das? Eine rasche Entscheidung musste her. Samantha wählte die Dunkelheit. Sie ließ sich von ihr zurück in die warme, tiefe Finsternis ziehen und fühlte Geborgenheit.

EINUNDZWANZIG

Stille. Ruhe. Eine Wohltat.

Unverhofft setzte Rauschen ein. Ein Tosen wie das einer Brandung. Meer? War sie in den Ferien? Aber es roch nicht nach Salz, sondern unangenehm nach Putzmitteln. Keine Putzmittel – der Geruch war strenger, beißender.

Das Rauschen änderte sich und wurde zu Gemurmel. Stimmen und keine Wellen, die gegen Klippen schlugen.

Die Stimmen waren nah. Direkt neben ihr. Was gesprochen wurde, erschloss sich ihr nicht.

Ich will nicht aufwachen. Ich will meine Ruhe.

Eine Hand legte sich auf ihre Stirn. Etwas um ihren rechten Oberarm zog sich zusammen und löste sich einige Sekunden später. Ein Pochen im Arm. Unangenehm.

Jemand zog an ihrem Augenlid. Gleich darauf wurde sie geblendet. Samantha wollte den Kopf wegdrehen, was ihr nicht gelang.

»Die Pupille reagiert.«

»Ihr Blutdruck ist tief, aber nicht mehr besorgniserregend.«

»Sehr gut, sie ist stabil.«

Ein Stich in ihrem rechten Handrücken, und Kühle breitete sich aus. Das fühlte sich behaglich an.

Die Schmerzen waren schlagartig weg. Ihr Körper wurde schwer wie ein Stein.

Schatten beugten sich über sie. Umrisse von Personen. Samantha dämmerte weg und kehrte in diesen Zustand kurz vor dem Aufwachen zurück.

Nach mehrmaligem Hin und Her gelang es ihr, die Augen zu öffnen. Die Stimmen waren weg. Nach einigen Sekunden wurde die Umgebung scharf. Sie starrte an eine weiße Zimmerdecke.

Vorsichtig drehte sie den Kopf. Der erwartete Schmerz blieb aus. Diese Aussicht aus dem Fenster kam ihr bekannt vor. Neben ihr stand ein Metallständer, an dem ein Beutel hing. Ein dünner Schlauch führte nach unten. Samantha hob ihren rechten Arm und betrachtete ihren Handrücken. Eine Infusionsnadel steckte darin.

Samanthas Gehirn nahm die Arbeit auf. Sie lag im Spital und schaute zum Polizeiposten Gutsmatte.

Wieso war sie hier, schon wieder? Samantha forschte in ihrem Gedächtnis.

»Endlich bist du wach.« Eine Frau tauchte neben Samantha auf. Sie trug Joggingkleider und hatte ihre dunklen Haare zu einem Rossschwanz zusammengebunden.

Wer war das? Die Frau duzte sie, also mussten sie einander kennen. Endlich kam die Erkenntnis.

»Fatima? Du lebst?«

»Wieso sollte ich das nicht? Okay, der Schlag war fest, aber ich habe Schlimmeres überlebt.« Sie zog einen Stuhl heran und setzte sich. »Wie geht es dir?«

»Ich fühle mich wie benebelt, und ich weiß nicht, wieso ich hier bin.«

»Du kannst dich nicht erinnern?«

Samantha schloss die Augen und dachte angestrengt nach. »An einige Bruchstücke. Das Büro deiner Freundin … Der Mann … Matteo …«

»Du kennst ihn?«

»Ich bin rausgelaufen«, fuhr Samantha fort, ohne auf Fatimas Frage einzugehen. »Was hat er mit dir gemacht?«

»Wie gesagt, zugeschlagen. Aber nicht fest genug. Ich war nur kurz benommen und konnte den Notruf wählen. Ich habe ihnen gesagt, du seist nach draußen gelaufen und dieser Typ sei dir gefolgt. Das war ein Fehler. Keiner kam auf die Idee, dass ihr auf dem Areal geblieben sein könntet. Es tut mir leid.«

Das ging zu schnell, und Samantha hatte Mühe, den Informationen zu folgen. Erst nach und nach setzten sich die Puzzleteile in ihrem Kopf zusammen.

»Der Hefekeller.« Sie erzählte, wie sie sich versteckt und schließlich den Weg zurückgefunden hatte. »Was passierte, nachdem er mir diese Tropfen gegeben hat, weiß ich nicht.«

»Der klassische Filmriss. Wenn ich Herrn Nussbaum richtig verstanden habe, hat der Typ dir eine hohe Dosis verpasst.«

Diese Lücke im Kopf verunsicherte Samantha. Was hatten Matteo und Sven mit ihr gemacht? Das Ziel, sie zu töten, hatten sie offenbar verfehlt.

Es klopfte, und die Tür öffnete sich. Nussbaum streckte den Kopf herein.

»Sie sind wach«, sagte er zu jemandem, der hinter ihm stand, den Samantha aber nicht sehen konnte.

»Beide?«

»Ja.«

Die Tür wurde aufgestoßen, und eine Pflegerin betrat den Raum. Sie kam direkt zu Samantha.

»Ausgeschlafen?«, fragte sie und nahm Samanthas Hand. Nachdem sie den Blutdruck kontrolliert hatte, nickte sie Nussbaum zu. »In Ordnung. Bitte nicht zu lange.«

Nussbaum holte sich den zweiten Stuhl vom Tisch und setzte sich auf die andere Bettseite. »Wie geht es euch?«

»Ich muss heute zur Beobachtung hierbleiben und werde voraussichtlich morgen nach Hause dürfen«, kam Fatima Samantha zuvor. Wieso klang das nicht erfreut, sondern ängstlich?

»Sie müssen nichts befürchten«, sagte Nussbaum. »Ihr Bruder und seine Handlanger wurden verhaftet. Sie sind in Untersuchungshaft, wobei der Cousin von Bastian Meyer nur Mitläufer war. Er ist geständig, viel haben wir jedoch nicht von ihm erfahren. Omar weigert sich auszusagen, aber Bastian Meyer hat ein Geständnis abgelegt. Inzwischen haben wir geklärt, wieso Samantha in diese Angelegenheit hineingezogen wurde. Bastian Meyer hat einen Fehler gemacht. Er ist einer Frau gefolgt, die er für Sie hielt, Frau Demir. Sie ist zu dir gefahren und in eurem Haus verschwunden, Sammy.«

Er nannte sie weiterhin so. Ohne Negativbetonung, wie er es im Treuhandbüro gemacht hatte. Samantha überlegte, ob sie ihn bitten sollte, damit aufzuhören, ließ es aber bleiben. Es war in Ordnung.

»In unserem Haus?«, fragte sie. »Wer soll das sein?«

»Euer Internet funktionierte nicht.«

»Du meinst Frau …« Samantha suchte nach dem Namen, der ihr nicht mehr in den Sinn kam. Deutlich sah sie die braunhaarige Frau vor sich. Sie hatte wie Fatima einen Rossschwanz und war ähnlich groß. Da hörte die Gemeinsamkeit jedoch auf.

»Das hat gereicht, dass Samantha auf den Radar meines Bruders kam?«, fragte Fatima ungläubig. »Diese Frau war bestimmt in anderen Häusern in dem Quartier.«

»Nein. Das Problem lag nur an unserem Anschluss«, sagte Samantha.

Sie erinnerte sich an die Diskussion der Männer über das Foto, das eine schlechte Qualität gehabt hatte. Einen Punkt an dem Ganzen verstand sie nach wie vor nicht. »Bastian ist dir bestimmt einmal persönlich begegnet«, wandte sie sich an Fatima.

»Das ist mehrere Jahre her. Damals habe ich keinen Sport gemacht und war zehn Kilo schwerer.« Fatima strich über ihren flachen Bauch. »Ich hatte kein Bedürfnis, mit den Freunden meines Bruders in engerem Kontakt zu stehen, und habe sie gemieden. Bastian hat ähnliche Ansichten, was die Stellung der Frau betrifft. Selbstbewusste Frauen sind ihm ein Dorn im Auge. Er war sauer auf mich, weil ich seine Anmache damals nicht erwidert habe.«

»Was hat das mit dem Tod von Bianca und Florin zu tun?«, fragte Samantha.

»Nichts«, erwiderte Nussbaum. »Das ist eine andere Geschichte. Du hast dieses Mal das unglaubliche Talent bewiesen, gleich in zwei Fälle hineingezogen zu werden.« Er holte aus seiner Jackentasche ein Notizbuch. »Erinnerst du dich an den Mord an einer jungen Frau vor etwas mehr als einem Jahr. Sie war nach einer Party auf dem Weg nach Hause und wurde vergewaltigt und brutal getötet.«

»Vage. Der Täter wurde nie gefasst.« Die Geschichte war nach und nach aus den Medien verschwunden.

»Das war die Zwillingsschwester von Matteo Zimmermann. Er war damals nicht dabei, als die Clique im Ausgang war.«

»Welche Clique?«, unterbrach Samantha ihn.

»Zu dieser Gruppe gehörten unter anderem Bianca Arnold, Florin und Annina Nidegger und Giulia Russo. Sowie Viktoria Reinhardt.«

»Viktoria?« In Fatimas Augen glitzerte Wut. »Sie kennt diese Typen? Ich fasse es nicht! Sie hat mich angelogen, als sie behauptete, die Physiotherapeutinnen nicht näher zu kennen. Ist sie es, die Matteo unser Versteck verraten hat?«

»Unfreiwillig, würde ich sagen. Nachdem Frau Reinhardt euch das Essen gebracht hatte, ist sie beim Verlassen Matteo begegnet. Angeblich hatten sie sich längere Zeit nicht gesehen. Er fragte sie, was sie im Schildareal mache, und ein Wort hat das andere ergeben.«

Samantha erinnerte sich an den Mann, den sie mit Viktoria beobachtet hatte. Auf die Entfernung und aus dem Blickwinkel von oben hatte sie ihn nicht erkannt.

»Eine elende Klatschtante ist das«, ereiferte sich Fatima. »Und sie trägt die Schuld an dem Tod der Frau damals?«

»Nein. Sie war nicht dabei. Sie hat nur das wiedergegeben, was ihre Freunde ihr damals erzählt haben. Alle gaben an, Melanie Zimmermann ging es nicht gut und sie sei früher gegangen. Ihr Bruder konnte es nicht glauben. Er gibt allen aus der Gruppe die Schuld am Tod seiner Schwester. Wenn sie nach Hause begleitet worden wäre, wäre das nicht passiert.«

Dem musste Samantha insgeheim zustimmen. Aber gleich allen die Schuld am Tod seiner Schwester zu geben fand sie heftig.

»Er geht sogar weiter. Auf der Party muss jemand Melanie K.-o.-Tropfen in ihr Getränk gemischt haben. Entsprechende Substanzen wurden bei der Autopsie nachgewiesen.«

»Die Tropfen waren der Grund fürs Unwohlsein, nehme ich an«, sagte Samantha.

»Davon ist auszugehen.«

»Die Freunde können nichts dafür, wenn in ihr Getränk K.-o.-Tropfen gemischt wurden.«

»Ja und nein.«

»Willst du damit sagen, einer ihrer Freunde habe die Tropfen in das Getränk gegeben?«

»Matteo Zimmermann beschuldigt sie, sie hätten mehr Spaß haben wollen und einen besonderen Kick gesucht.«

»Mit K.-o.-Tropfen?«, fragte Samantha ungläubig. »Alle?«

»Sagt er, was nicht stimmen muss. Jeder der Gruppe streitet die Anschuldigung ab. Das ist nicht alles. Florin Nidegger hatte mit Melanie hinter dem Rücken von Annina Nidegger eine On-off-Affäre, obwohl er zu diesem Zeitpunkt bereits einige Jahre verheiratet war. Melanie soll schwanger gewesen sein, als sie starb.«

»Das heißt, er soll ihr gefolgt sein, sie vergewaltigt und danach umgebracht haben?«, fragte Samantha. »Nur, um eine Schwangerschaft zu vertuschen? Das klingt für mich weit hergeholt.«

»Weder das eine noch das andere konnte nachgewiesen werden. Fest steht, alle haben kurz nach Melanie die Party verlassen. Genau wie am Abend, als Bianca Arnold starb, gingen Florin und Annina getrennt nach Hause, da sie gemäß Giulia Russo eine heftige Auseinandersetzung hatten.«

»Wegen Melanie? Annina hatte also ein Motiv.«

»Das ist richtig. Sie stritt einen Zusammenhang und auch die Auseinandersetzung ab, die Frau Russo beobachtet haben wollte. Den Grund für die Differenz weiß Frau Russo nicht, aber sie war heftig, sagt sie. Die Stimmung an dem Abend sei allgemein explosiv gewesen. Jeder hatte mit jedem Reibereien. Ich will damit sagen, jeder könnte am Tod von Melanie beteiligt gewesen sein. Genauso kann es jemand gewesen sein, der mit der Gruppe nichts zu tun hatte. Wie erwähnt wurde der Fall bis heute nicht gelöst. Für die Freunde gab es jedenfalls keine Konsequenzen.«

»Melanies Bruder wollte es nicht auf sich beruhen lassen, machte Selbstjustiz und wollte sich mit K.-o-Tropfen rächen«, folgerte Fatima. »Es gibt sicher wirkungsvollere Varianten, oder kann man an diesen Tropfen sterben?«

»Es ist alles eine Frage der Dosierung«, erwiderte Nussbaum. »In der Regel führen selbst große Mengen dieser Substanzen nicht zum Tod, aber die Kombination mehrerer zentral wirksamer Medikamente kann die Atemregulation dämpfen und so über eine Atemdepression zum Tod führen. Wenn das Opfer zum Beispiel zusätzlich eine größere Menge an Alkohol getrunken hat, kann es kritisch werden, was bei Bianca Arnold der Fall war.«

Samantha erinnerte sich an Joels Erklärung. Nussbaums Ausführungen stimmten mit ihnen überein.

»Man kommt so einfach an diese Substanzen heran?«, fragte Fatima.

»Ich sage nur Internet. Das ist eine zusätzliche Gefahr. Man kennt die Konzentration und genaue Zusammensetzung nicht und weiß nicht, was beigemischt ist oder ob es Verunreinigungen hat.«

»Das heißt, Florins Tod geht ebenfalls auf Matteos Konto, und Annina und Giulia hatten zu Recht Angst?«, fragte Samantha.

»Ja.«

»Wo sind sie überhaupt?«

»Inzwischen sind sie nach Hause zurückgekehrt«, erwiderte Nussbaum. »Sie haben sich zusammen in einer Ferienwohnung von Giulia Russos Cousine versteckt.«

»In Sirmione?«

»Nein, im Tessin. Nachdem Frau Nidegger bei dir war, ist sie zu Frau Russo gefahren. Ihr war es nicht sicher genug, in der Region zu bleiben.«

»Wo war Florin vor seinem Tod, und wieso habt ihr ihn nicht für eine Befragung erreichen können?«

»Beides ist bis jetzt ungeklärt.« Nussbaum kratzte sich am Kinn. »Soweit bekannt ist, hat er wie Annina nicht in dem Haus gewohnt. Wir vermuten, er hat sich wie seine Frau eine vorübergehende Unterkunft in Liestal und Umgebung gesucht. Genauso ist der Umstand nicht klar, wieso er erstochen im Garten lag. Wie wir bereits vermutet haben, wird er zum Haus gekommen und von Matteo abgefangen worden sein.«

Samantha erinnerte sich an ihre Diskussion, als sie und Joel mit Nussbaum im Haus der Nideggers gewesen waren. »Wieso war Giulia nicht in der Wohnung, als ich ihr das Handy brachte?«

»Frau Russo hat einen maskierten Mann bemerkt, der versuchte, in ihre Wohnung einzubrechen.«

»Sie ist vor ihm geflüchtet, bevor ich kam?«, fragte Samantha.

»Genau.«

»War es der Jogger, der einbrechen wollte?«

»Nein, es war Matteo Zimmermann«, antwortete Nussbaum. »Welchen Jogger meinst du?«

»Den, den ich gesehen habe, als ich bei ihr war, um das Handy zu bringen.«

»Nein. Dieser Mann wohnt dort.«

»Wieso behauptete er dann, mich nicht gesehen zu haben?«

»Er hat dich mit einer anderen Anwohnerin verwechselt, die aus Sri Lanka stammt und erst seit Anfang April dort wohnt.«

War das plausibel? Es war dunkel, und die Lampe neben der Haustür war nicht besonders hell gewesen. Der Mann hatte sie nur flüchtig angesehen.

»Wieso hat Giulia anfangs gelogen und behauptet, Bianca Arnold nicht zu kennen?«, fragte Samantha.

»Sie hatte Angst, als potenzielle Tatverdächtige in den Vordergrund zu rücken, da sie offensichtlich die Letzte war, die Frau Arnold gesehen hat.«

»Mal abgesehen davon, dass ich dabei war, als Giulia Bianca gefunden hat, was hat das Ganze mit mir zu tun?«

»In den Augen von Matteo Zimmermann hast du deine Nase zu tief in diese Angelegenheit gesteckt. Er befürchtete, du würdest ihm auf die Schliche kommen. Eine Bestätigung seiner Bedenken sah er, als du zu Giulia Russo gefahren bist. Wie eben gesagt, war er es, den du in der Wohnung überrascht hast. Da Giulia Russo nicht dort war, hat er die Gelegenheit genutzt und die Wohnung nach Hinweisen, die ihn belasteten, durchsucht und die K.-o.-Tropfen deponiert.«

»Was ist mit dem Blut?«

»Giulia Russo hatte sich in den Finger geschnitten, kam aber nicht dazu, das Blut wegzuwischen, weil sie Zimmermann bemerkt hatte.«

»In dem Fall war das Chaos nicht inszeniert.«

»Lorenz hat sich getäuscht. Du hast Matteo Zimmermann gestört. Er ging davon aus, ihr wolltet beratschlagen, was zu tun sei. Außerdem hast du mit Fabia Burri gesprochen, und du hast in seinen Augen zu viel Interesse gezeigt.«

Samantha wusste nicht, ob sie sich geehrt fühlen sollte, dass er ihr zugetraut hatte, ihn als Täter zu entlarven.

»Zimmermann glaubte, du hättest Giulia Russo und Annina Nidegger geholfen, sich zu verstecken. Er war auf dem Apéro an eurem Tag der offenen Tür und wollte dich mit der Needle-Spiking-Attacke außer Gefecht setzen. Das lief allerdings nicht so, wie er sich das vorgestellt hatte. Er wollte dir seine Hilfe anbieten, nachdem du dich unwohl fühltest, und dich später in seine Gewalt bringen, damit du ihm verrätst, wo die anderen beiden Frauen sind.«

»Mitten in dem Trubel hat er versucht, mir das Zeug zu injizieren?«, fragte Samantha.

»Zimmermann hat zugegeben, dass die Idee nicht ausgereift war. Das Gleiche gilt für das Deponieren der Fläschchen mit den K.-o.-Tropfen. Er wollte damit den Verdacht auf Annina Nidegger und Giulia Russo lenken. Und auf dich und Emma Hofmann als Unterstützende. Dabei hat er nicht berücksichtigt, wie unglaubwürdig es uns mit der Zeit erscheinen musste, wenn überall diese kleinen Flaschen auftauchen.«

»Und wieso hat er Jasmin auf dem Apéro gepikst?«

»Die Attacke auf Frau Hofer sollte Verwirrung stiften, nachdem der ursprüngliche Plan nicht funktioniert hatte.«

»Und wieso Emma? Kennen die beiden sich?«

»Nein. Von Giulia wusste er, wer bei Amry Cosmetics wofür zuständig war und wo sich welche Räume befinden.«

»Emma war also Mittel zum Zweck?«

»Gewissermaßen. Er lenkte den Verdacht auf sie, um weitere Verwirrung zu stiften. Hilfreich für sein Vorhaben war, dass Frau Hofmann sich seltsam verhielt. Sie hat uns nun erklärt, sie habe Angst gehabt, weil sie wieder vergessen hatte, die Tür zum Labortrakt zu schließen. Das ist bereits einmal vorgekommen. Franz Ammann hatte sie verwarnt, und sie befürchtete, er werde ihr dieses Mal kündigen.«

Nussbaum verlagerte sein Gewicht auf dem Stuhl und schlug das linke über das rechte Bein. »Einen neuen Anlauf, dich außer Gefecht zu setzen, unternahm Matteo an dem Morgen, als er dich von der Straße abgedrängt hat.«

»Eine Sache verstehe ich bei dem Ganzen nicht«, mischte Fatima sich in das Gespräch ein. »Matteos Ziel war, Bianca zu töten. K.-o.-Tropfen sind nicht das sichere Mittel, wenn ich Sie richtig verstanden habe.«

»Wie bei dem Needle-Spiking-Vorfall wollte er Bianca seine Hilfe anbieten und sie nach Hause begleiten, um sie zu töten, wenn er mit ihr allein war.«

»Hätte das nicht den Verdacht auf ihn gelenkt, da er der Letzte gewesen wäre, der sie lebend gesehen hat?«, fragte Samantha.

»So weit hat er nicht gedacht. Er wollte den Mord an seiner Schwester so detailgetreu wie möglich nachstellen.«

»Wollte er sie zusätzlich vergewaltigen?«, rief Samantha fassungslos.

»Hierzu äußert er sich nicht.«

Es klopfte, und die Pflegerin betrat das Zimmer. Sie trug ein Tablett, auf dem ein Teller mit einem Brötchen und einem Stück Käse, ein Fruchtjoghurt und ein Konfitürendöschen standen.

»Sie sind noch da?«, sagte sie zu Nussbaum. Der Tadel war unüberhörbar. Sie stellte das Tablett auf Samanthas Beistelltisch. »Frau Kälin und Frau Demir benötigen Ruhe.«

Nussbaum stand auf.

Samantha hielt ihn zurück. »Wer ist dieser Sven, der Matteo geholfen hat?«

»Ein Arbeitskollege von Zimmermann. Über seine Motivation wissen wir bis zum jetzigen Zeitpunkt nichts, da er die Aussage verweigert. Zimmermann hat hierzu ebenfalls geschwiegen.«

Die Pflegerin räusperte sich lautstark. Nussbaum hob entschuldigend die Hände und stellte den Stuhl zurück. Er verabschiedete sich von Samantha mit drei Wangenküssen und reichte Fatima die Hand.

»Dr. Frey hat gesagt, Sie dürfen eine leichte Mahlzeit zu sich nehmen, wenn Sie aufgewacht sind. Trauen Sie sich zu, aufzustehen, oder möchten Sie im Bett essen?«

»Aufstehen«, sagte Samantha und schlug die Decke zurück. Sie hielt mitten in der Bewegung inne, da sich alles drehte.

»Langsam.« Die Pflegerin half ihr auf. »Alles in Ordnung?«

»Bis auf die gummiartigen Beine geht es gut.«

Samantha setzte sich an den Tisch. Fatima gesellte sich zu ihr. Sie aßen schweigend, bis Fatima nach einigen Minuten das Wort ergriff. »Ich finde es erschreckend, wohin Trauer führen kann.«

»Nicht nur das«, erwiderte Samantha. »Es ist erschreckend, wie Trauer in Zerstörung ausarten und was der Verlust eines geliebten Menschen auslösen kann.«

Gedankenverloren schaute sie zum gekippten Fenster. Die Sonne schien, und ein milder Luftzug wehte ins Innere. Die Bäume hatten mehr Laub als vor einigen Tagen. Auf einem Ast direkt vor ihrem Fenster landeten zwei Stare. Einer begann zu zwitschern. Der zweite rutschte dichter an den anderen und stimmte ein. Die friedliche Szenerie stand im Kontrast zu dem Grauen, das sie erlebt hatte, und erschien Samantha unwirklich.

Sie sehnte sich nach Joels Umarmung. Sie wusste, was er sagen würde, damit sie das Grauen abschütteln konnte. Deutlich hörte sie seine Stimme im Kopf: »Lass dich nicht von dem dunklen Vergangenen beherrschen, sondern genieße die Helligkeit.«

Fatimas Gemüse-Feta-Auflauf

Zutaten
800 g Cherrytomaten
1 mittelgroße Zucchetti
1 mittelgroße Aubergine
1 rote Zwiebel
2 bis 3 Knoblauchzehen
400 g gekochte Kichererbsen
150 g schwarze (entsteinte) Oliven
4 bis 5 EL Olivenöl
2 bis 3 TL flüssiger Honig
Salz
Pfeffer
Cayennepfeffer
400 g Feta

Zubereitung
Die Cherrytomaten halbieren. Zucchetti und Aubergine schälen und in kleine Würfel schneiden. Zwiebel und Knoblauch klein hacken. Die Kichererbsen abspülen und abtropfen lassen. Die Oliven hinzufügen. Alles zusammen in eine Schüssel geben und mischen.
Das Olivenöl mit dem Honig mischen und mit Salz, Pfeffer und Cayennepfeffer würzen. Die Marinade über das Gemüse geben. Alles mischen und auf ein Backblech geben.
Den Feta in kleine Würfel schneiden und über dem Gemüse verteilen. Im Ofen bei 180 °C circa 30 Minuten backen, bis der Käse braun wird. Dabei nicht mischen.
Dazu passen Reis oder Pizzabrot.
Wer keinen Feta mag, kann stattdessen Mozzarella verwenden.

Emmas Mohnstreuselkuchen

Zutaten (26-Zentimeter-Springform)
Creme:
1 l Milch
3 Eier
3 EL Maizena
4 EL Zucker
1 Vanillestängel
200 g Mohn

Mürbeteig:
300 g Mehl
150 g Butter
120 g Zucker
1 Ei
1 Prise Salz

Streusel:
150 g Mehl
75 g Zucker
100 g Butter

Zubereitung
Milch, Eier, Maizena, Zucker und Vanillestängel in einen Topf geben. Unter Rühren aufkochen. Den Mohn dazugeben, etwas abkühlen lassen.
Für den Teig die Zutaten zusammenfügen. Die Springform einfetten und mit dem Teig belegen. Dabei den Teig circa 5 Zentimeter am Rand der Form hochziehen. Die Creme hineingeben. Die Zutaten für die Streusel kneten und über den Kuchen verteilen.

Im auf 180 °C vorgeheizten Ofen circa 60 Minuten bei Umluft backen. In der Form auskühlen lassen, bis der Kuchen nur noch lauwarm ist. Ihn danach aus der Form nehmen und mit einem Tuch zugedeckt ganz auskühlen lassen. Am nächsten Tag servieren.

Glossar

Ambulanz – Krankenwagen

Apéro – Umtrunk

Cheminée – Kamin

Coiffeur – Friseur

Couvert – Briefumschlag

D-A-CH-Region – deutschsprachiger Raum (Deutschland, Österreich und die Schweiz)

Goal – Tor

Gotte – Patentante

Harasse – hier: Flaschenkisten

hoi (Mundart) – hallo

Hosensack – Hosentasche

Lavabo – Waschbecken

Plättli – Fliesen

Rossschwanz – Pferdeschwanz

Sackmesser – Taschenmesser

Spital – Krankenhaus

Stedtli (Mundart) – liebevoll für die Liestaler Innenstadt

Store – Jalousie

Töffkleider – Motorradbekleidung

Trottoir – Bürgersteig

Velo – Fahrrad

Die Kriminalromane von Erfolgsautorin Ina Haller im Überblick
Alle Titel sind auch als eBook erhältlich.

Krimis mit Samantha

Rüebliland
ISBN 978-3-7408-0631-6

Chriesimord
ISBN 978-3-7408-0791-7

Chienbäse
ISBN 978-3-7408-1123-5

Liestaler Gold
ISBN 978-3-7408-1439-7

Liestal in Flammen
ISBN 978-3-7408-1758-9

Krimis mit Andrina

Tod im Aargau
ISBN 978-3-95451-076-4

Gift im Aargau
ISBN 978-3-95451-264-5

Der Metzger von Aarau
ISBN 978-3-95451-483-0

Schatten über dem Aargau
ISBN 978-3-95451-796-1

Aargau-Fieber
ISBN 978-3-7408-0058-1

Der Fluch von Aarau
ISBN 978-3-7408-0284-4

Aarauer Finsternis
ISBN 978-3-7408-0513-5

Nebel im Aargau
ISBN 978-3-7408-0925-6

Aargauer Abgründe
ISBN 978-3-7408-1259-1

Verschwunden im Aargau
ISBN 978-3-7408-1587-5

Aargauer Grauen
ISBN 978-3-7408-1868-5